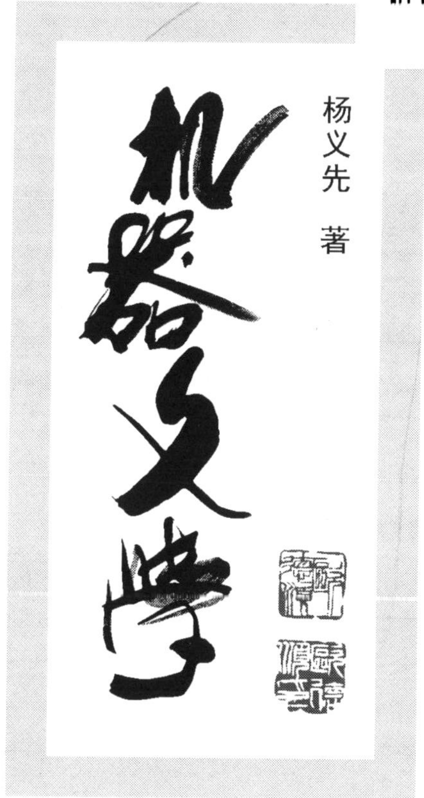

杨义先 著

北京邮电大学出版社
www.buptpress.com

内 容 简 介

“机器文学”既可理解为“用机器创作文学”，又可理解为研究“机器文”的学问。谦虚其心，宏大其量，融会贯通，方能大成。用科技琢磨辞采，将中华民族上下五千年的文字魅力表现的淋漓尽致，妙趣横生。如何利用人工智能和计算机等技术，创作出高水平的文学作品？这将是一个理论和技术难度很大，但是，应用前景十分美妙的领域。《机器文学》是老少皆宜的休闲知识类书籍，适合于所有背景的读者，甚至中学生都能享受其大部分乐趣。

图书在版编目（CIP）数据

机器文学/杨义先著. --北京：北京邮电大学出版社，2016.11

ISBN 978-7-5635-4898-9

Ⅰ. ①机… Ⅱ. ①杨… Ⅲ. ①计算机应用—文学创作—研究 Ⅳ. ①I04-39

中国版本图书馆 CIP 数据核字（2016）第 192829 号

书　　名：机器文学

著作责任者：杨义先　著

责 任 编 辑：付兆华

出 版 发 行：北京邮电大学出版社

社　　址：北京市海淀区西土城路 10 号（邮编：100876）

发 行 部：电话：010-62282185　传真：010-62283578

E-mail：publish@bupt.edu.cn

经　　销：各地新华书店

印　　刷：北京京鲁创业科贸有限公司

开　　本：710 mm×1 000 mm　1/16

印　　张：11.25

字　　数：176 千字

版　　次：2016 年 11 月第 1 版　2016 年 11 月第 1 次印刷

ISBN 978-7-5635-4898-9　　定　价：35.00 元

序

最近因一事，如鲠在喉，寝食难安。

邢育森，从 1998 年起，我们就在一起合作，迄今，快二十年了。他写剧本，我做导演。育森想象力和词汇量丰富，逻辑紧密，做人低调，颇合我的胃口，于是，我们也成了生活中的挚友。但是，因为这样一本书，让我对这位多年的搭档和伙伴产生了怀疑。

是啊，谁能不怀疑呢。一个电信博士，精通密码学，还在国际权威学术刊物上发表过论著，居然弃理从文，做了网络文学三驾马车的一驾，还混入影视编剧圈儿兴风作浪。原来对他由衷钦佩——跨行业，居然也做得这么深度“垂直”，代表作和影响力让职业编剧汗颜艳羡——可是现在，看了这本《机器文学》，谁能不深深地怀疑！

数日前，育森拿来一本书，说是他博士导师的著作，要我写个序。我笑喷了：你导师不是国内密码泰斗吗，我能看懂他的书?！别逗了，还能不能好好创作啦！

育森幽幽地看了我一眼，幽幽地说：你还是认真看看的好……说完就幽幽地走了。

看着他意味深长的背影，我打开了这册本来距离我甚为遥远的书。多年喜剧的创作，已经让我笑点极高，国产某几部高票房的喜剧我能哭着看，可这本书开始就让我嘴角微扬——不愧是育森的师傅，杨义先教授，国内密码学泰斗，居然琢磨着让计算机搞文学！而且写得颇有板眼！哈哈……可是，看着看着，该轮到我“幽幽”了！我幽幽地想，万一今后机器真能随意创作了，那我们咋办?……咦！不对呀，这样的研究肯定非一日之功，今天能出书，一定是卓有成效了，那之前肯定有无数次实验和论证，那育森也肯定协助导师做了不少工作，那育森是不是用机器完成了自己的文学创作来验证导师的科研……我瞬间明白了育森“幽幽”的眼神。

你别说，《机器文学》这本书还真出人意料！其人工撰写部分，能够出自一位理工科教授，真的少见，其文字水平完全不亚于文科生；其机器创作的部分，更是有点让人目瞪口呆：

2014 央视春节联欢晚会上，成龙大哥在《剑心书韵》节目中领诵的《千字文》我也懂，可是，万万没想到的是，《机器文学》却把这么高深的文学作品，玩得如此轻松。不但纠正了古人的错误，删补了重字部分；而且，还从数学上找到了一般性的存在定理，把奇迹变成当然。书中的“史上最长千字文”，长达七千余字，而且四言、五言、全韵、转韵，想怎么玩，就怎么玩。把人看得眼花缭乱，只剩下一堆震撼。这算恐怖剧?! ——那育森写的剧本……

见过百家姓，听过千家姓；还真没碰到过，由机器创作的“百家姓”和“千家姓”。著名的“赵钱孙李、周吴郑王……”，在计算机面前，竟然变成“死的百家姓”了，真的还有活的，每句话都有含义的“百家姓”呢！“千家姓”的众多隐私秘密，在《机器文学》里，已经被剥得几乎一丝不挂了。这算“儿童不宜”剧?!

坦率地说，“机器训诂学”和第一章“用数学研究语文”我没看懂。什么甲骨文啦，猜想啦，命题啦等等，我就不瞎评了，否则，我又不是机器……

关于单音文，我还想再啰嗦几句。这章的内容，除了让我头晕，还是头晕！一篇文章中的所有字，都只发一个音！虽然在网上偶尔看到过什么“唧唧鸡，鸡唧唧。几鸡挤挤集矶脊。机极疾，鸡饥极，鸡冀己技击及鲫。……”，但是，真没想到，机器能够创作出上百篇这种怪文，而且，还声称：汉字的每个音也许都存在着这样的文章。可能不会有任何一个人能把这章一字不漏地读完。本章不但能让你惊讶，而且，还可以给你催眠——想想育森创作的喜剧中某些人物的大贯口……不寒而栗啊！不行，我得去问问邢育森，见见他导师，我要弄明白这二十年来，育森给我们写的剧本和出版的书是他写的还是机器创作……但是，我还得发自内心地“幽幽”地说：《机器文学》还真值得认真研读，而且，确实老少皆宜！也许有一天，你们都能通过机器，成为邢育森……

吕小品

作者序

浪漫的文学与冷冰冰的机器能结婚生子吗？

逻辑思维的数学与形象思维的语文能谈恋爱吗？

左脑支撑的理工科人员与右脑支撑的文科学者水火不容吗？

文学家、科学家、艺术家、音乐家、工程师等职业人员能彼此融会贯通吗？

读大学之前，就非要把学生分为文科生和理工科学生吗？

以上问题一直困惑着学生、家长、老师、官员，甚至每一个社会成员。许多人都会以“那不是我的专业”为借口，拒绝了无数天赐良机。虽然跨界成功者比比皆是，虽然大部分学生毕业后其实都会转换专业，都会“用非所学”，但是，“专业框框”仍然根深蒂固，牢牢地卡住了创新的脖子。这也许就是“钱学森之问”的答案之一吧。

本书将以出人意料的事实证明：**人为划分的所谓专业、学科等真的不重要，它山之石也许更可攻玉！**特别是进入大数据时代后，一方面大量的博闻强记已经越来越不重要了(即，右脑优势被冲淡了)，许多精密的逻辑推理也不需要人工了(即，左脑的优势也被冲淡了)；另一方面超凡的想像力在解决理工难题中越来越重要了(即，右脑在理工科中可发挥更大作用了)，抽象思维在社会科学的建模研究中也越来越重要了(即，左脑在文科中也能发挥更大作用了)。总之，左脑与右脑的融合已经势不可当了！

为了让所有背景的读者都能够轻松、愉快地享受此书，认可我们的文理融合观点，我们主要论述了如何用理工科思路去解决文科中的一些难题，并将其命名为《机器文学》。

机器文学有两层含义：其一，利用机器(计算机)来研究多种文学创作问题；其二，研究“机器文”的学问。

关于第一层含义，目前国际上已经取得了许多重大成果，比如，计算机已经能够快速地自动创作许多特殊的新闻稿，几乎可以与记者的作品相提并论；能写藏头诗的计算机软件已经随处可见。但是，关于这部分成果的描述，绝对逃脱不出众多高科技知识范畴，因此，它不是本书的重点。

本书重点研究机器文学的第二层含义。那么，何为“机器文”呢？粗略地说，**所谓“机器文”就是历史和现代文学家们一直在研究，但其实更加适合于机器来研究的文学体裁**。其实，历史上各种“机器文”的地位相当高，甚至数百年来，国人首先接触到的就是“机器文”。例如，

《百家姓(千家姓)》：几乎每个中国人都喜闻乐见的一种文章，细节见第二章；

《千字文》：历史上与《三字经》齐名的蒙童必读书籍，细节见第三章；

单音文：如果文章中的所有“字”都发同一个“音”，那么，这样的文章就称为“单音文”。历史上，最著名的单音文作者可能要数“中国语言学之父”赵元任(1892,11,3—1982,2,24)老先生了！他一生创作了五篇单音文，比如，最具代表性的单音文之一便是《施氏食狮史》：石室诗士施氏，嗜狮，誓食十狮。施氏时时适市视狮。十时，适十狮适市。是时，适施氏适市。氏视是十狮，恃矢势，使是十狮逝世。氏拾是十狮尸，适石室。石室湿，氏使侍拭石室。石室拭，氏始试食是十狮。食时，始识是十狮，实十石狮尸。试释是事。

不难看出，这篇《施氏食狮史》完全仰仗赵元任老先生无与伦比的文字功底，一般人很难企及！但是，如果借助计算机，那么，单音文的创作难度将大幅度降低，因为，从理论上讲，只需要将某音的所有同音字放入一个库中，然后，让机器来自动排序便可产生相应的“同音句子”。当然，其核心难点是：机器如何判断一串同音字组成的内容是“人话”！根据《新华字典》，当代汉字共有400余个音，事实证明，几乎每个音都能够产生一篇单音文。至今，本书作者已经创作了150余篇单音文(见第五章)。比如，根据北京堵车的事实，我们写出了如单音文。堵都：嘟，……，嘟，嘟……！堵，毒堵，都堵，堵都，渎都，黩都。独堵，独都堵，都督堵，妒堵督，睹都堵，读堵都。都督笃堵，毒渎独都；都堵肚堵，肚妒都督；独犊杜堵，赌椟杜堵；堵堵都督，督督堵度。杜堵赌杜庋，都督黩堵都；笃犊督堵都，堵都堵堵堵！嘟，嘟，……

同音文：两篇文章称为同音文，如果它们的发音完全相同，但是，内容和含义又完全不同！虽然对同音文的研究不多，但是，同音字和同音词绝对是现在网上的潮语，比如，“同学”与“童鞋”、“有才华”与“油菜花”等。同音短句的例子

是“分久必合，合久必分”与“汾酒必喝，喝酒必汾”等。关于一般的同音文，本书将在第一章中提出有趣的“影文猜想”。

单字文：即由单独一个字的不同读音写成的文章。至今，最著名的“单字文”可能要算下述三副对联了。1）上联：长长长长长长长（读法：Chang Zhang Chang Zhang Chang Chang Zhang ）；下联：长长长长长长长（读法：Zhang Chang Zhang Chang Zhang Zhang Chang）；横批：长长长长（读法：Chang Zhang Zhang Chang）。2）上联：朝（zhao）朝（chao）朝（zhao）朝（chao）朝（zhao）朝（zhao）朝（chao）；下联：朝（chao）朝（zhao）朝（chao）朝（zhao）朝（chao）朝（chao）朝（zhao）；横批：朝（zhao）朝（chao）朝（chao）朝（zhao）。3）上联：行（hang）行（xing）行（hang）行（xing）行（hang）行（hang）行（xing）；下联：行（xing）行（hang）行（xing）行（hang）行（xing）行（xing）行（hang）；横批：行（xing）行（hang）行（hang）行（xing）。

单字单音文：它由单独一个同音字的不同音调写成。至今，最著名的“单字单音文”也是这样两副对联。1）上联：好（hào）好（hǎo）好（hào）好（hǎo）好（hào）好（hào）好（hǎo）；下联：好（hǎo）好（hào）好（hǎo）好（hào）好（hǎo）好（hǎo）好（hào）；横批：好（hào）好（hǎo）好（hǎo）好（hào）。2）上联：种（zhǒng）种（zhòng）种（zhǒng）种（zhòng）种（zhǒng）种（zhǒng）种（zhòng）；下联：种（zhòng）种（zhǒng）种（zhòng）种（zhǒng）种（zhòng）种（zhòng）种（zhǒng）；横批：种（zhǒng）种（zhòng）种（zhòng）种（zhǒng）。

当然，“机器文”绝不仅限于上述的几类，本书中将对历史上最著名的几类“机器文”进行系统而深入的研究，解决多个千百年来，文学家们前赴后继，想解决但却又始终未能解决的难题。

无论从选题内容、著述思路、笔法运用、读者对象等方面来看，本书都属于异类。感谢研究生庞林源同学，在整理此书过程中所付出的辛劳。感谢雷敏博士的众多编辑和协调工作。更要感谢夫人钮心忻教授和儿子杨牧龙的支持和理解，因为，作为一名理工科教授的我，花费大量的时间和精力，动笔创作这本“不伦不类的异端邪说”确实有点不可思议。

虽然我已经出版了数十本中英文学术专著和大学教材，涉及数学、密码、编码、安全等领域；但是，本书是我的第一本，但肯定不是最后一本“莫名其妙”的作品。我坚信，中国太缺少本书这样的“胡思乱想”了。真心盼望本书能够激发更多的专家和学者，拿起笔来，打破学科界限，创作出更多、更好的跨界作品，以此激活国人创新能力，早日解决钱学森之问。

作者于北京

目　　录

第一章　用数学研究语文

数学是科学之母，语文是科学之父。可是，国人非要棒打鸳鸯，活生生地把这个幸福家庭拆散，让数学和语文比邻若天涯：文科专家们一听到数学，就头皮发麻，恨不能只学点《九九口诀表》；理科专家则对语文不屑一顾，即使贵为博士，也仍然是错别字连篇，甚至许多高大上科研成果的文字描述也令人汗颜。

那么，数学和语文真的就不共戴天吗？如果数学和语文都能『相亲相爱』，以数学为核心的理工科和以语文为核心的文科，还有天壤之别吗？

本章是全书的理论基础，主要利用数学思路，从全新的角度，提出有关语文的若干重要猜想。这些猜想将在解决后面各章的许多重要问题中，扮演关键角色。

字距猜想

人类的全部内涵可概括为两个要素:“言”与“行”。并且，成立如下定律。

定律1:“言”与“行”其实是基本一致的。虽然确有“言行不一”的情况，但是，从整体统计规律看，长期生活在谎言中的人不多，而且也很痛苦。因此，可通过对“言社会”的分析，来了解“行社会”。比如，在“言社会”中，若“政府”与“贪腐”这两个词经常“碰面”的话，那么，很有可能“行社会”就“亚健康”了;

定律2:“言”与“行”是相互影响的。人类通过各种“行”，获得若干经验，然后，以文字、图表、音视频、物品等“言”(或可以转化为“言”)的方式，把“经验”记录下来并(异地)传承给后人，以此影响后人的“行”。

定律3:“言”是可以继承的。“行”却不能继承，至少“行”无法异地直接继承，即，必须以“言”为媒介。因此，人与动物的根本区别在“言”而不在“行”，当然，就更不在“劳动”这种特别的“行”了。

定律4:“言”的稳定性远远好于“行”。甚至几千年前的经文、遗物等“言”，至今都还在(对“行”和“言”)发挥影响重要作用，当然，也在不断地产生新“言”。特别是在当今“大数据时代”，每天产生的新“言”量，大大地超过了人类早期数百年的“言”量总和。

关于“行”的社会，过去人们认为完全杂乱无章，但是，现在最新的科研成果发现，“行”的社会其实是一个紧凑的“小世界”。即：

6度社交空间猜想：任何两个人，都可以经过至多六次引荐，便能够相互认识。

虽然作为一个世界著名的数学猜想,“6度社交空间猜想”的表述非常不严谨，但是，事实证明该猜想在指导诸如Facebook、新浪微博、Twitter、微信等社交网络的建设和发展过程中扮演着非常重要的角色。而且，该猜想表明，至少在某一点（“相互认识”这一点）上，“行”社会是小尺度社会。

互联网是“言”社会中的第一大“国”，此外，诸如档案、影视、文艺等也都是“言”社会中的不同“国”。既然，根据上述定律1，“言”的社会与“行”的社会基本一致，那么，在“言”社会中也应该有类似的“6度空间猜想”，即：

字距2度猜想：任何两个字A、B，要么，它们在同一个词中（此时称为A与B的距离为1)；要么，可以找到第三个字C，使得A与C在同一个词中，同时，B与C也在一个词中（此时，称为A与B的距离为2)。

与“行”的“6度社交空间猜想”相比，此处“言”的“字距猜想”显然更加清晰。虽然至今仍然未能证明其正确性，但是，也没能找到反例，即，没找到某两个特殊字，使得它们之间的距离既非1，也非2!

由于汉语语法研究中，其实没有“字”的概念，代之却是“语素”“词”“短语”“句子”等“似曾相识而又生”的概念。虽然直观含义最清楚的是“字距2度猜想”，但是，为吸引更多研究者们的注意，上述猜想分解为如下几种情况：

语素级2度猜想：任意两个语素A、B，要么它们在同一个词中（此时称为A与B的距离为1)；要么，可以找到第三个语素C，使得A与C在同一个词中，同时，B与C也在一个词中（此时，称为A与B的距离为2)。

词级2度猜想：任意两个词A、B，要么它们在同一个短语中（此时称为A与B的距离为1)；要么，可以找到第三个短语C，使得A与C在同一个短语中，同时，B与C也在一个短语中（此时，称为A与B的距离为2)。

短语级2度猜想：任意两个短语A、B，要么它们在同一个句子中（此时称为A与B的距离为1)；要么，可以找到第三个短语C，使得A与C在同一个句子中，同时，B与C也在一个句子中（此时，称为A与B的距离为2）。

如果上述“2度猜想”正确，那么：

(1)“言社会”将比“行社会”更紧凑。而且，在“言社会”中各种概念更确定，相关数学工具和建模理论将更有用武之地，当然，必须承认，至今对“言社会”的动力学理论几乎是一无所知，但是，只要有足够强大的需求驱动，“语言动力学复杂性理论”的诞生一定不会太遥远了。

(2) 由于“言”的继承性和“言”对“行”的影响性将导致“行”的可预测性。换句话说，虽然“个人命运”不一定能“算”出来，但是，从统计学观点来看，人群的命运是“可算”的。当然，这绝对不是在宣扬“封建迷信”。

(3) 直接改变“行社会”难度较大，甚至基本上不可能；但是，相比而言，“言社会”的改变就容易多了。对“言社会”的篡改，其影响将肯定蔓延到“行社会”中，并最终改变“行社会”，虽然有一定的时滞；同样，如果融入到全人类的统一“言社会”之中，那么，若干年后，“行社会”也就真正“与国际接轨”了。

(4) 人们对“行社会”的“6度社会空间猜想”已经做了多年研究，并取得了不少成果，相信其中某些成果可以应用于研究“言空间”的“字距2度猜想”；同时，由于“言社会”的确定性更好，相信今后在“言社会”中的成果将更加深刻，而这些“更深刻”的成果，又将有助于“行社会”的研究。

在本小节结束前，还有如下几点说明：

(1) 虽然上节是以中文为例来表述“字距2度猜想”的，但是，该猜想与语种无关，因为，各语种之间是可以翻译的，即用数学术语来说，它们是“同构的”，所以，只需考虑一种语言的“言社会”就行了。

(2)“字距2度猜想”还处于相当幼稚的阶段，理论基础、模型等都是空白，但是，随着大数据时代的来临，对它的研究将越来越必要。相信在“语言动力学”研究方面，在不远的将来，一定会发表一批高水平的学术成果，甚至可能登上《Nature》或《Science》这样的世界顶级刊物。

(3) 给出“字距2度猜想”的严格数学证明其实并不重要，重要的是用它来揭示若干不为人知的重要秘密。当然，证明该猜想的可能思路有如下几种，其一，语文方法，比如，找反例来否定该猜想；其二，数学方法，仿照“6度社交空间猜想”的数理统计法；其三，生物学方法，从人类的智能水平来考虑，比如，众所周知的“言不达意，词不达言”这个事实就表明，当今人类“言”的表述水平还不高，也许再经过若干世纪的进化后，人类的“言”水平将大幅度提高，“言社会”将更加复杂，到那个时候，“言社会”的维度数将有所增加；同理反推，也许人类早期（比如，甲骨文或更早的时期）的“言社会”是一个很简单的0度孤立空间呢，这时只有“语素”，压根就还没有“词”。

字典猜想

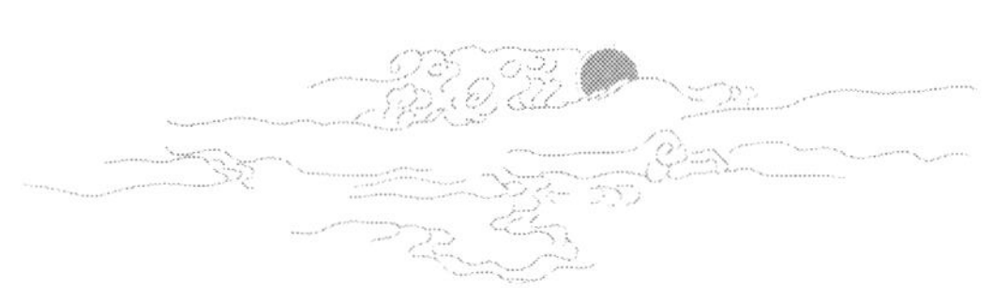

字典猜想：对任何一个自然字库，即，没有人工有意干扰的字库（比如，《新华字典》中的所有汉字或其中某些汉字组成的字库等），都可以撰写出至少一篇满足“字不重叠”且“有含义”两个条件的文章。其实，创作于一千多年前的《千字文》和经典的《百家姓》就是字典猜想的典型案例。为突出要点，本书中将满足“字不重复”和“有含义”这两个条件的文章也称为“千字文”，虽然它们的字数其实不足一千字。

其实从前面的字距猜想，我们可以看出：字与字之间的关系非常紧密。而此处的字典猜想，又使得我们从另一个角度体会了“字与字之间的紧密程度”。同样，本书不去努力证明该猜想，而是要揭示它给我们带来的若干惊奇。

现以大家喜闻乐见的《百家姓》为例，来说明字典猜想。

提起《百家姓》，大家立即就会想起那篇家喻户晓的文字：“赵钱孙李，周吴郑王；冯陈褚卫，蒋沈韩杨；朱秦尤许，何吕施张……”但是，这类文章不是本文要研究的“千字文”，虽然在此文中每个字也只出现一次（并未重复），但是，每句话却都没有含义，仅仅是简单的堆叠，内容是“死的”。实际上，我们研究的“千字文”必须满足两个条件：其一，每个字都不重复出现；其二，文章是“活的”，即，每句话都是“有内容”的。

若取字典猜想的“字库”为最新《百家姓》中的前100个汉字，即“王、李、张、刘、陈、杨、黄、孙、周、吴、徐、赵、朱、马、胡、郭、林、何、高、梁、郑、罗、宋、谢、唐、韩、曹、许、邓、萧、冯、曾、程、蔡、彭、潘、袁、于、董、余、苏、叶、吕、魏、蒋、田、杜、丁、沈、姜、范、江、傅、钟、卢、汪、戴、崔、任、陆、廖、姚、方、金、邱、夏、谭、韦、贾、邹、石、熊、孟、秦、阎、薛、侯、雷、白、龙、段、郝、孔、邵、史、毛、常、万、顾、赖、武、康、贺、严、尹、钱、施、牛、洪、龚”。

那么，利用该字库，便可写出如下多种“有含义”的“百家姓”：

例1，四言版“连续韵”的“活百家姓”：“侯谢秦王，邱董洪江，傅宋韦蒋，周顾吴姜，武郑戴方，罗陈于梁，牛高吕黄，马冯石常，钟魏郭唐，李萧杜康，崔龙徐江，白叶胡杨，熊毛孔张，施何林段，夏蔡陆田，任刘龚韩，许金余万，郝赖邵钱，贾史赵谭，雷邓贺袁，邹丁程严，沈姚薛范，朱苏卢潘，彭曹廖阎，孟尹曾孙。”

此例1的逐句白话解释是：各地诸侯感谢秦王；邱先生管理洪涝事务；辅导宋先生，违背蒋先生；十分周全地照顾吴地的生姜；继承严谨，尊重规矩；把渔网放在房梁上；牛很高大，其背脊是黄色的；马跑得很快，石头很坚硬，长久；城郭很宏大，钟楼很威严；李子树虽然很萧条，但是，杜仲树却很健康；猛龙在江中慢慢游动；胡杨林的叶子是白色的；熊毛的毛孔张开着；施种的是哪个路段的林木？夏天的野草长在陆地的田地中；委任刘先生来供养韩先生；承诺黄金万两；郝先生要赖掉邵先生的钱；赵先生在谈论贾家的历史；打击邓先生，祝贺袁先生；邹先生很壮实，而且规规矩矩；沈女士很好，是薛先生的榜样；红色的苏子林，黑色的淘米水；官府热热闹闹，但是，里巷却冷冷清清；尹府官员的第四代曾孙。

由此可见，例1中的“百家姓”确实是“活的”，虽然，中途被迫两次“转韵”（由ang转为an，再转为un），但是，只要认真阅读，人类是能够读懂其意的。

例2，四言版“间隙韵”的“活百家姓”：“刘杜史段，赵宋李唐；魏尹顾侯，吕韦秦王；洪武许金，施钱谢康；邹曹万钟，曾贺何方；郑戴吴傅，姚郝雷姜；朱石苏林，白叶胡杨；廖熊毛卢，马冯牛黄；孟夏潘谭，袁余彭汪；

沈董薛田，崔龙徐江；贾郭阎高，丁孔周张；蔡萧邵邱，罗陈于梁；邓孙严程，龚韩赖蒋；陆任范常。”

此例2的逐句白话解释是：刘先生杜撰历史片段，包括，赵家的宋朝、李家的唐朝；魏国官员如何照顾诸侯，吕不韦如何违逆秦王；洪武大帝如何许下重金，施舍钱财，感谢健康；邹地官府曾经如何敲响一万个钟，祝贺何方神圣；郝姓美女如何慎重地拥戴吴师傅，研磨生姜；红石头紫苏林中怎样长出白叶子的胡杨林；病愈后狗熊的毛是多么黑，马有多快，牛有多黄；初夏的淘米水太多，流水长长，形成很大的一个水塘；沈先生如何管理薛先生的田地，巨龙如何在江河中慢慢游荡；贾家的围城内门有多高，钉子的孔眼是如何向四周扩张；野草在邵地的山丘中枯萎，渔网陈放在房梁上；邓家的子孙严格按规程行事，供养韩先生，依赖蒋先生；连续六届长久担任先进模范。

细细品味例1和例2之后，不难发现，在“活内容”的情况下，“间隙韵”更适合于人类的阅读习惯（也许是因为它们与熟知的“绝句诗”相近的原因吧），而且，还不需要中途“转韵”，即一个韵（ang）就贯穿全文。在“死内容”的情况下，结论刚好相反，即，死内容的“连续韵”比“间隔韵”更易让人接受。

由于上述“字库”的字数为100，因此，四言版天生就有残缺，即，最后一句被切掉了一半。因此，下面再给出一个五言版“间隙韵”例子。

例3，五言版“间隙韵”的“活百家姓”：“刘常杜史段，赵宋范李唐；魏傅顾吴侯，吕何韦秦王；洪武许万金，施钱谢龙康；孟孙贺邹曹，曾任尹彭江；夏雷潘谭田，沈董崔周汪；邵邱萧薛蔡，蒋罗陈于梁；熊廖毛徐卢，马冯邓牛黄；朱石戴苏林，白叶袁胡杨；严郑龚韩姜，陆丁余孔方；贾郭赖阎高，姚郝钟程张。”

此例3的韵律始终未变，即一个韵（ang）贯穿全文，而且，它也是“活的”，其逐句白话解释是：刘先生经常杜撰历史片段，比如，宋朝的赵家如何垂范唐朝的李家；魏国的太傅怎么照顾吴国的诸侯，吕不韦如何违逆秦王；洪武大帝如何许诺万两黄金，施舍钱财感谢龙体健康；长孙去邹家官府庆贺，祝贺曾经担任管理汹涌彭湃的江河的官员；夏天打雷，淘米水都淤积成浩瀚的水田了，沈先生负责管理周边很长的大水溏；邵家的丘陵地上“赖蒿”的草苗都萧条了，蒋家的渔网存放在房梁上；刚刚病愈的熊的毛发正在慢慢变黑，马很快，邓家的牛很黄；红色的石头像项链一样戴在“紫苏”林上，白色的叶子像长衣袖一样罩在胡杨林上；郑重严肃地奉献韩国出产的生姜，六个家丁都获得了富余的金钱（孔方兄）；贾家的城郭仰仗其高大的内城门，郝美女广泛收集各种规程和主张。

比较上面的三个例子后，我们认为，在“字库”容量为 100 字的情况下，采用五言绝句诗来写“百家姓”既是可行的，其结果也是比较满意的。

如果上面三个例子纯粹是用蛮力编排出来的，那么，其价值就大打折扣了。现在来认真分析它们的数学原理，并用概率结果来说明“千字文”存在的必然性。

由姓氏字组成的“字库”可能是最不适合于撰写“千字文”的“字库”，因为，其中“字”之间的关联度最小，各“字”最独立，彼此最松散，从而，最难形成紧密的大众化语句！当然，姓氏“字库”也有好处，即，库中每个字均为“名词”，有利于组成“人话”。

仔细分析上面“百家姓字库”中的这 100 个汉字后，可以发现：

(1) 共有 56 个动词，即，从“库”中抽出任何一个字为动词的概率大于 0.5；

(2) 共有 46 个形容词，即，从“库”中抽出任何一个字为形容词的概率约为 0.5；

(3) 共有 24 个字同时是名词、动词和形容词，其概率也不小，大约为 0.25。

在继续分析之前，我们先把“人话”的含义特别解释如下：“人话”即指人类能够读懂的话，哪怕是需要认真研读才能读懂的话，也都算“人话”。虽然并非汉字随意排列都能成“人话”（否则，“千字文”的撰写就没有任何难度了），但是，“人话”的密集程度可能会出乎大多数人甚至包括语言学家的意料！比如，许多人都不会相信“谭谭谭”这三个字排成一句“人话”！实际上，这三个字不但是“人话”，而且还是具有多重含义的人话，因为作为名词，“谭”可作为一个姓氏；作为动词，“谭”同“谈”；作为形容词，“谭”

意指“伟大”，所以，“谭谭谭”至少可以解释为：①谭先生在谈论谭先生；②伟大的谭先生正在谈话；……其实像这种“名动名”“形名动”“动形名”等的“人话”还有很多，甚至随意从本文的“字库”中选三个字排成一行后，它形成“人话”的概率远远超过0.5！虽然一般人很难判断某句话是否是“人话”，但是，普通人却可以很轻松地判断某些字的排列是否形成“大众话”（对计算机来说，它不用，也没那个智力，区分“人话”和“大众话”）。

为便于分析，下面我们锁定用“百家姓字库”来撰写五言绝句型的韵文，其实，此处的分析思路完全适用于任何给定“字库”的“千字文”存在性分析。首先回答几个问题。

(1) 为什么选用“诗”来做载体？

文章好不好，取决于两个方面：其一，作者是否“写得好”；其二，读者是否“读得好”！如果给某篇文章冠上“诗”的头衔，那么，读者便会无意识地努力去读懂它，哪怕这首“诗”完全是颠三倒四，逻辑混乱！比如，谁会嘲笑“举杯邀明月”的荒唐呢？谁又会说“白天不懂夜的黑”是在胡言乱语呢？如果某人非要拿一首诗来论证“社会主义就是好”，那么，他不挨骂才怪呢！因此，如果没本事把文章写好，那么，就可用暗示的办法，努力让读者把文章读好！

(2) 为什么选五言绝句诗？

原因有两个：其一，100能被10整除，所以，不会出现像例2中那样的“残句”；其二，这100个姓氏中，有13个字同为“ang”韵，所以，足以保证五言20句的“诗”不转韵，其实只需要10个同韵字就够了。当然，如果韵字不够，中途转韵也是可以接受的。

(3) 为什么一定能够成功？

如果五个字排成一行，那么，在许多情况下，仅仅根据它们的词性顺序就能够以很大的概率判定这一行字为“人话”，比如，形名形动名、形名形动名、名形动形名等。而这些词性顺序出现的概率不小于$0.5\times0.5\times0.5=0.125>10\%$（这里，概率0.5的依据是：这100个汉字中有56个动词和46个形容词）（对于密码破译者来说，10%已经是相当大的概率了，通常密码破译概率能够达到万分之一的数量级，就基本能够保证破译成功了）。所以，从密码破译角度，我们已经可以肯定：即使是锁定每段五言绝句诗中的最后一个字，也能够以很大的概率排列出由 10 个字（分两句）组成的“人话”。当然，从计算机排列出来的众多“人话”中，挑选出满意的“大众话”，就完成了五言绝句诗中“一段”（两句）的构造！然后，从“字库”中去掉这“一段”中的 10 个字，得到由 90 个字组成的新“字库”，再仿照上述过程，构造出另“一段”，以此类推，直到所有 100 个字都被用完为止。实际上，例 1、例 2 和例 3 正是在这种数学理论的指导下，才有信心撰写出来的！

增加“千字文”存在性的另一个原因是中文的模糊性，即歧义性。从精确描述角度来看，中文的这种歧义性是一大缺点，法文在精确性方面就有明显的优势，但是，从写“千字文”角度来看，这又刚好是中文的优点！因为，每个汉字的含义太多，千丝万缕，很可能就有一根“线”把松散的汉字们串成一句“人话”，甚至是“大众话”。

上面的思路不但适合于“百家姓”中前 100 个汉字的“库”，而且，也适合于其他库。至此，我们清理一下“字典猜想”的依据。

考虑一个事先选定的“字库”D，比如，D 可能是《新华字典》中的全体汉字组成的“库”，也可能是《新华字典》中的某部分字组成的“库”。

第 1 步，定“言”：如果 D 中汉字个数能够被 10（相应地 14、12、8 或 6）整除，那么，基于该“库”的“绝诗型千字文”就可以选择为五言（相应地七言、六言、四言或三言）。当然，根据人类的阅读习惯，也许五言和七言更好。如果实在字数不整齐，那么，宁愿保全大局，不惜遗留一个残句（可以适当补缺）。

第 2 步，定“韵”：如果 D 中某个韵的字数超过总数的 1/10（相应地 1/14、1/12、1/8 或 1/6），那么，就把该韵定为“千字文”全文的“韵”，同时，把这些“韵字”放在一起，形成一个“字库”Y，并把 Y 中的字锁定在每段“诗”的最后一个字的位置上。如果同韵字不够，那么，可以转韵。但是，由于汉字一共只有 23 个韵，而且，这些韵字的分配极不均匀（明显集中于“ang”“an”“eng”“u”“a”“i”“ao”“en”“ou”“ai”等十个韵上），因此，根据数学中的“鸽子洞原理”，基于 D 的“千字文”能够“一韵到底”的可能性非常大。为避免描述过程太零乱，下面假定“一韵到底”已可行。

第 3 步，词性分类：从 D 中去掉第 2 步选定的那些“韵字”（这些“韵字”已被锁定在“绝句诗”中每段的最后位置上了），得到一个新“字库”E。按“名词”“动词”“形容词”“副词”“介词”“数词”等把 E 中的汉字进行分类。

注意：①如果某个字同时具有多个“词性”，那么，优先将它放入“名词”“动词”或“形容词”的类中；②如果某个字还可同时在“名词”“动词”或“形容词”三类中有多个选择，那么，尽量使得“名词”和“形容词”类中汉字个数大约相同，而“动词”类中的汉字个数为前者的一半；③与第 1 步和第 2 步不同的是，第 3 步的词性分类在整个拼接“千字文”的过程中是可以随时调整的。

第 4 步，计算机造“人话”：把第 2 步中的韵字锁定在“诗”的段尾处，根据第 3 步中的词性分类，按常见的“人话”词性顺序（比如，形名形动名、形名形动名、名形动形名……）让计算机自动排列出若干“人话”候选句子，然后，真人再从这些候选句中挑选出满意的“诗句”，至少应该是“大众话”吧。注意：真人在挑选“诗句”时，还要特别留心，要通过微调，尽可能多、尽可能早地用掉 E 中的那些非主流词性字（比如，副词、介词等），虽然这些字不会出现在计算机造出的“句子”中，以避免最终留下一些“边角废料”。

第 5 步，裁减“字库”：把第 4 步中，真人挑选出的“诗句”中的那些字，分别从 E 和 Y 中去掉，形成规模更小的新“字库”F 和 Z。然后，对这两个新“库”重复第 4 步的“造诗”过程。如此反复，直到最初的“字库”D 中的所有字都被用掉为止。

在本书的第 4 章中，读者将看到，把《新华字典》等作为字库时，确实能够写出相应的“千字文”。

惊悉郑州大学郭保华教授耗时三年多，把四千个汉字写成了四文绝诗版的“千字文”——《中华字经》！佩服，佩服！不知郭教授当初选择这四千个汉字时，是否进行过人工干预，如果不曾干预（即，随意选择而得），那么，郭教授的壮举就从另一个侧面验证了本节“字典猜想”的正确性。如果郭教授当初的四千“字库”是精挑细选的，那么，郭教授的研究就与本文不是一回事了。虽然我不知道郭教授是如何完成《中华字经》的，但是，至少可以肯定，他主要不是用计算机完成的，因为，《中华字经》在“顶层设计”方面明显不足，比如，一方面进行了“转韵”（首韵本是 ang），另一方面，却又浪费了不少本来可用的“ang 韵字”（从第二、三、四部分中能够找出许多“ang 韵字”，也可从第一部分的“非尾”位置找出“ang 韵字”等）。如果郭教授拥有这四千字的电子版完整“字库”（至少包括韵、词性等），那么，也许能够重写《中华字经》，使它“一韵到底”，或写成“五言、七言绝句诗”（这时，“一韵到底”就更有保障了）。

此处只写了最新“百家姓”中的前 100 个字，如果读者有兴趣，借助本文的五步算法，可以试着用前 200 或前 300 个字，甚至更多的字，来写出五言绝句诗版的，有内容的《百家姓》。当然，有特殊兴趣的网友，也可以干脆把传统“百家姓”的全部 400 余个单字姓氏重新撰写成一首“一韵到底”的五言绝句诗呢！

另外，序言中提到的“单音文”的理论依据也是字典猜想，可见，本章确实是全书的理论基础。

影文猜想

万物皆有影，而且多光源时，一物现多影。当然，“物”与“影”可能相差甚巨，但是，“物”的局部与其“影”总有某种关联。“无影灯”下的“物”，并非真的无“影”，而是“影”太多，彼此抵消，致使在人的裸眼视力之下，显得“无影”而已。

受“物影”的启发，我们大胆地问一下：文章有“影”否？本节就试图来研究此奇怪的问题。

影文的定义：文章B称为文章A的“影文”，如果**仅仅用耳朵听**(不用眼看)，则A与B的发音完全相同。这里的“发音”包括拼音的全部要素，比如，声、调、韵等，因此，文章A与其“影文”B的“听写”结果将完全一样。从定义上看，“影文”关系是可逆的，即，若A为B的影文，那么，B也是A的影文。但是，仿照物体灯影的情况，我们把那篇**最容易被普通大众理解的文章**称为“物”文，其他文章称为该“物”的“影文”。既然物体与其“物影”之间可能存在巨大差别，而且，“物影”可能完全变样，那么，“影文”与其“物”文之间也可能面目全非。

虽然，至今还没人严肃研究过“影文”，但是，同音字其实就是互为“影字”吧，而且，此时，“影”字与其“物”字都是明白无误的；同音词，比如，“同学”与“童鞋”，也彼此为“影词”吧。在网络语言中，众多的“影词”不但被反复应用，而且，常常还能带来意外的效果，大有“登堂入室”的趋势，这也是本书正式研究“影文”的最后一个原因。

影文猜想：任何一篇文章，都存在至少一篇“影文”！

为了从直观上，让读者相信影文猜想，我们先给出一个实例如下。

诗仙李白的名诗《早发白帝城》妇孺皆知，但是，为完整计，作为选定的“物文”，此处再复述一次：“**朝辞白帝彩云间，千里江陵一日还；两岸猿声啼不尽，轻舟已过万重山**。”借助于计算机，我们很轻松地就获得了李白这首诗的如下十篇“影文”：

《早发白帝城》的“影文”1（常用字版本）：昭瓷白羝踩纭笺，签礼将聆伊日环；魃按辕牲蹄部浸，倾粥蚁过腕虫衫。

此处例1中，**只有常用字，其含义也是明确的**，即，“明亮的白瓷制作的公山羊模型“镇纸”，踩压住纷乱的信笺纸；在礼单上签了字后，便可以聆听她的日环演奏节目了；节目描述了古代传说的怪兽“魃”是怎样按住马车上拉辕的牲口的蹄子，使蹄子都浸湿了；节目还讲述了怎样把粥碗打翻后，蚂蚁爬过了腕部已经生虫的旧衬衫”。

当然，与李白的著名诗篇《早发白帝城》相比，从文学角度来看，例1基本上是垃圾，甚至有对诗仙不敬之嫌，但是，本节只是想以实例表明“**影文的存在性**”。其实，如果我们不限于常用汉字，那么，《早发白帝城》还有如下众多的“影文”，现一一罗列，并给出它们的白话解释。

《早发白帝城》的“影文”2（动物版）：駋餈犤睇睬熉豜，汧鲤鳉鲮医驲貆；魈豻蚢鼪騠怖殭，卿騆鳦騍蝪崇羴。

此处例2中，虽然用到了许多生僻字，但是，其含义也是能够讲通的，当然，它们的发音与李白诗中相应位置的字音是完全相同的。用白话逐句解释为：名为“駋”的骏马，很厌食；矮小短足的牛，斜着眼看着黄色的大猪；古代名为“豜”的河中有三种鱼（鲤鱼、鳉鱼、鲮鱼）具有药效功能，它们能医治驿马和貆的病；怪物魈、野狗豻、蚢鼪、黄鼠狼、驴骡等都害怕被饿死；卿大夫的神马、燕子和红肿的野兽“蝪”都很崇拜群羊。

《早发白帝城》的“影文”3（植物版）：鋁梮白棣棌萛蓶，杆李姜菱樀日萓；两萎筦笙稊柹芪，青州笣鍋蓾澿杉。

此处例 3 的含义就更清楚了，它其实就是一张植物（或植物的制成品）的清单，当然就完全没有文学价值了。它的白话解释是：镰刀、镰刀把、白色的棣棠、栎树、油菜、蜀葵、乔木杆、李树、生姜、菱角、樀树、白天的植物萓；两株古书上说的萎草、筦竹制成的笙、稗子稊草、柹树、草本植物芪，青州产的笋、鍋、初生的荻以及澿河边生长的杉。

《早发白帝城》的“影文”4（矿物版）：錯磁白碲彩匀鋻，钎锂礌砼铱鉬峘；搁錍垣銈碮钚瑨，錆瑚钇鍋妧澿珊。

此处例 4 与例 3 类似，它其实就是一张矿物（或矿物的制成品）的清单，也无文学价值。它的白话解释是：锥子、磁铁、白色的非金属元素碲、彩色而均匀的硬铁、钢钎、锂、不透水的矿石礌、砼石、铱、化学元素锗、高于大山的小山、装饰用的柔铁、断墙、铁锈、砧、钚、似玉的美石瑨、表面已经受氧化作用形成了有各种颜色薄膜的玉石瑚、金属元素钇、镰刀、美好的澿水中生成的珊瑚。

《早发白帝城》的“影文”5（玉石版）：昭濸白珶彩郳玲，岍俚玲鑋玏瓛；两案圆珄瑅廍瑨，郜瑚孅鍋妧蝩幓。

此处例 5 的白话解释是：著名的濸水出产的白色珶玉、古国郳出产的彩色似玉美石玲，岍山百姓的玲玲着响的黑色美石鑋、钝洁的古代玉瓛；堆满两案桌的圆型的金色瑅玉、台湾廍地出产的似玉美石瑨，古地郜出产的瑚玉、很好的镰刀、美好的晚蚕做成的旌旗飘带。

《早发白帝城》的“影文”6（美女版）：妱痤犤婂婇妘奸，奸娌姜妗猗袓嬛；裲媥婊甥题布赆，亲娴齮腂腕爔膻。

此处例 6 的白话解释是：美女妱厌恶矮小短足的牛，美女婂和宫女妘都很奸诈，美女奸的妯娌，姓姜名妗，赞美穿着贴身内衣的美女嬛；穿着坎肩儿的美妇婊的外甥在布上题写了临别时赠送给远行人的礼物清单，亲爱的美女娴咬红肿了手腕，其旱热之气膻味很浓。

《早发白帝城》的“影文”7（山水版）：岹濸白地埰郳礒，岍岃礌滘鄌日洹；两岸沅垄崹吥涊，鄀鄘㞳过澫陻邺。

此处例 7 的白话解释是：美女媌的家乡河（滋河）、白土地的坟墓、郧国的山坡、岍山的下山台阶、名为溌的河、中国殷商鄁国的名为洹的白日河、沅河两岸的古地垄、山势渐趋平缓的柬埔寨吥地的涊河、古代鄀地的鄘国中宫殿内门和窗之间的地方、经过了沿澫河的陻地和邺地。

《早发白帝城》的“影文”8（飞禽版）：招鹚白鸐桗惧鹈，鸧檒䴔鸰呷日萑；䴙黯鶅鵧鹈劼濋，蜻鹇䴕过忼虫姗。

此处例 8 的白话解释是：招呼鸬鹚、白野鸡和栎树上忧愁的比翼鸟，鸧鸟像鹊一样地行走，啄着捕鸟兽的网，并呷呷呼叫白日的猫头鹰，夹脊肉昏黑的海鸟（鶅）腾飞而起，水鸟（鹈）用力地打着冷冻哆嗦，蜻蜓、鹇鸟、燕子飞过苟安的虫子和恶健犬。

《早发白帝城》的“影文”9（家当版）：錔茨犪梯寀篢椷，榼檒缰瓴衣衵窦；褊案榱笙澼篰杩，圊𫐄攺鍋鋄蝩栅。

此处例 9 完全罗列了一些日常的家当器物等（**全部都是名词**），其白话解释是：锥子、用茅或苇覆盖房子、矮小短足的牛、古代簪子一类的束发用具、官位、生长在水边的大竹子、箱子一类的器具、泄水器、捕鸟兽的网、缰索、盛水的瓶子、衣、贴身的内衣、围墙、坎肩儿、案桌、古代络丝的器具、笙、研米槌、竹篓、梳丝的器具、厕所、射鸟的箭、古代用以驱鬼避邪的佩物、马头上的装饰物、晚蚕、木栅。

《早发白帝城》的“影文”10（短句版）：招雌犪桀婇熉缣，骞檒浆舲揖驲綄；褊黯嫄甥惿部缙，卿谄婤皼腂蝬爈笘。

此处例 10 完全由一些短句罗列而成，虽然这些短句彼此间互不相关，但是，它仍然是一篇**人能够读懂**的文章。其实它的白话解释是：招呼雌性的矮小短足的牛。掠取宫女的黄色双丝细绢。高举捕鸟兽的网。浆洗有窗户的小船。向驿马、测风仪和坎肩儿作揖。昏黑的，后稷的母亲的外甥很胆怯。部级退休官员喜欢胡编乱造。名为婤的美女嬉戏红肿的野兽（蝬），熏烤折竹做的鞭子。

当然，《早发白帝城》一诗还有许多其他的“影文”，上面给出的十篇，仅仅是一些例子。为节省篇幅，下面转向一些普遍性研究。

从上面李白名诗的众多“影文”实例来看，“影文”的**文学价值为零**！如果“影文”仅仅是偶然现象，那么，其研究价值也为零！但是，如果“影文”是一个普遍现象，那么，它确实就揭示了一个长期被忽略，至少未曾被系统研究过的“语文现象”，**这当然就有语文价值了**。

虽然至今无法严格证明“影文猜想”的正确性，但是，如下事实确实都有利于肯定该猜想。

(1) **中文可以由“字”写成**！日常生活中的文章，几乎都是由“词”写成的，从而使人们误以为“无词不成文”。其实，仔细分析后，将发现，绝大部分的“词”中都有冗余，比如，词“美丽”＝字“美”＋字“丽”，而这两个字的含义其实重叠度很高。从严格的语文角度来看，“丽美”也是一个“词”，其含义与“美丽”是一样的。换句话说，除了有限的“成语”之外，所有“词”其实都是可以分拆的；即使是“成语”，如果从研究“影文”角度看，可以只考虑其本意（忽略其比喻的含义），那么，“成语”也可以被分拆了。因此，从研究“影文”的角度看，任何“词”都是多余的，都可以分拆成多个“字”的串接。

(2)“字”的关联度巨大！前面的“字距猜想”就是例证。

(3) 中文“字”的含义很多，同音“字”更多，而且，同音字的“词性”很丰富：名词、动词、形容词、量词、副词等都很常见！提醒：看看上面的例 9，甚至可以在李白名诗的每个“字”的同音“字集”中，找出名词来！

(4) 人话的密度远比想象的要浓！“人话”串接起来，便成为“文章”。当然，如果“文章”中的各“人话”之间有较强的逻辑关系，那么，这样的“文章”就是上品；如果各句“人话”之间的逻辑混乱，那么，这样的“文章”就是“疯话”，但是，不可否认：“疯话”也是“文章”呀！“主＋谓＋宾”是典型的“人话”，“主＋谓”也是“人话”，此外，还有许多其他类型的“人话”。既然，“人话”密度如此之大，那么，从同音“字库”中挑选出相关的“字”，能够组成“人话”的可能性就非常大了！

(5) 中文的纠错能力更强！如果严格按照“语文”的要求，那么，包括唐诗、宋词、歌词等许多“文章”都是不及格的，甚至是荒唐的，比如，“白天不懂夜的黑”这样的歌词就不对！但是，任何人在读“文章”之前，其实都事先假设“文章”是正确的，然后，自己努力来把它读懂（甚至是猜懂），这就更为“影文”的生存性开了“绿灯”。

当然，还有许多其他的“证据”来支持“影文猜想”，但是，这种罗列的思路永远无法严格证明该猜想，因此，必须寻求新的方法和思路。但是，我相信，若想否定该猜想也绝非易事，除非能够找出一个反例来！

中文实在太奇妙！既有只能“看”、不能“听”的文章（即，“同音文”），又有只能“听”、不能“看”的文章（即，此处研究的“影文”）！真不知中文里还有什么稀奇古怪的文章呢！研究这些“怪文”，虽然没有文学价值，但是，其“语文价值”是显然的，更重要的是，它们有助于“计算机创作”，因为，在计算机眼里，这些“怪文”一点也不怪，它们与历史名著没有区别！

关于如何证明“影文猜想”，肯定需要创新思路。下面是一个值得尝试的想法。

第一步：将“影文猜想”简化为“影句猜想”，即，对每个“句”A都存在一个“影句”B，使得A与B的发音完全相同。

第二步：如果“影句猜想”正确，那么，“影文猜想”也就自然成立了，因为，“文章”毕竟就是由“句”串成的嘛！

在网络语言中“影句”太普遍，但是，如果证明其必然性，却也非易事！

字说

上学时，以为只要有老师，就会认字和写字；毕业后，以为只要有字典，就会认字和写字。直到最近，我才知道，原来认字很难，写字更难，要想把这种“难”说清楚，绝对是难上加难！

字是什么？

每见到一个“字”，就会在大脑中形成一个“印象”，或简称“象”；所以，“字”其实就是“象”。“字”可以分为两大类：有物之字和无物之字，它们产生的“象”也分别称为“有物之象”和“无物之象”。前者，能够形成比较清晰、专一的“象”，比如，猫、狗、树、人等，这样的有物之“字”比较容易认；后者，形成的“象”就比较模糊、抽象，比如，大、小、高、低等，这样的无物之“字”就比较难认。而每个“象”又会刺激大脑，产生某种天生的情绪，比如，喜、怒、哀、惧、爱、恶、欲、思、恐、惊等，或者是这些情绪的某种“加权组合”。然后，大脑会根据这些情绪，向人体发出指令，导致身体产生各种行为。

所以，“字”有点像“电灯开关”，它能打开每个“字”所对应的“象灯”(或简称“灯”)，并进一步激发相应的情绪，指挥相应的动作。如果情况仅是到此为止，那么，事情就很简单了，但是，难点在于，这个“字开关”打开的“灯”，不是一盏灯，而是由一群灯所形成的“灯云”。这片“灯云”与天上的白云类似，远看边界很明确，近探时却发现根本就没边界。正是这种

“边界模糊性”，使得认字很难，以至于我们过去其实只感受了“字灯云”的主体，根本就没有完全认清一个“字”，几乎全是文盲！你若不信，咱们就来梳理一遍。

在婴幼儿阶段，父母和老师，总是千方百计地利用视觉、听觉、嗅觉、味觉和触觉等，试图将每个“字”（符号）与某种“象”尽可能“标准”地对应起来；或者说，试图将每个“字”与其在大脑中的“灯云”对应起来。一旦这种对应关系稳固了，便以为这个“字”就认识了，其实不然。

每个人的个体差异，决定了同一个“字”的“象”，在不同人群中肯定不标准。比如，“辣”字在四川人和北京人头脑中，所形成的“象”就不可能一样。即，同一个“字开关”，在每个头脑中所打开的“灯云”其实是不同的。

在不同的时间，同一个字在同一个人的头脑中形成的“象”，也是不一样的。比如，幼年、青年和老年时期，“爱”字在头脑中形成的“象”就完全不同。即，每个人头脑中本来随时都有某种变化着的“象”或“灯云”（背景灯云），当某个“字开关”打开一片“灯云”（字灯云）时，在头脑中形成的最终“灯云”其实是“背景灯云”和“字灯云”的叠加，当然它是时变的。

在不同的地点，同一个字在同一个人的头脑中形成的“象”，也是不一样的。比如，分别在冰窖里和火灶旁，“冷”字会形成不同的“象”。其实早在宋朝，大儒王阳明就已经知道这个秘密了，他为了更加全面、准确地认识“死”字，甚至亲自躺进石棺中去体验。

由于多义性，某些字同时对应着多个“象”，使得在不同的词（或文）中，该“字开关”打开的“灯云”也不一样。

由于字本身的演化，它相应的“象”也在变化，比如，“囧”对应的“象”就在网络的推动下，在短短几年时间内，就从“明亮象”转变成“难堪象”了。

上面从理论上解释了“为什么字难认”，下面再给出几个最难认的字例。

《易经》的 64 卦，每个卦都有自己的“象”，所以，它们其实就是 64 个“字”。《易经》有 384 个爻，每个爻也有自己的“象”，它们其实也是 384 个“字”。但是，与我们熟悉的其他字“象”不同，《易经》“字”的“象”更“易”，即更加变幻莫测，以至于虽然它们的含义其实只有两个（吉、凶），但却几乎没有人能够真正认识它们，都觉得《易经》神秘无比。当然，易经字的“象”在大脑中留下的印象，要明显强于其他汉字，因为整个一部《易经》的核心其实就是三个字：易、象、辞。

如果说不认识“易经字”还情有可原的话，那么，我们连最重要和最常用的“字”也不认识，你相信吗？

“道”字可能是中华文化中最重要和最常见的字之一了，但是，读者真的认识这个字吗？“道”字在读者头脑中所产生的“象”是什么？儒家、道家、墨家的“道”虽然有不少相似之处，但是，无论从内涵还是从外延上看，在各家经典中，“道象”的本质都是不同的。即使是在道家中，老子的道和庄子的道也有很大差别。总之，诸子百家的“道”字之“象”，都不相同。甚至像老子这样，人类历史上最聪明、最伟大的哲学家，用了洋洋五千字，写成《道德经》试图来解释清楚“道”字的“象”，最终的结果却也都只能是：“道之为物，唯恍唯惚。惚兮恍兮，其中有象。恍兮惚兮，其中有物。”你看，连老子都不认识“道”，难道你能?!

既然“字”这么难认，当然就别指望每个人都能够把每个字认得清清楚楚，其实，在日常生活中，只需把字典中的常用字认个大概就行了，即，了解常用字的“象”的主体，能够打开常用字的“灯云”的大部分“灯”就行了。但是，若真想有所作为，那么，一生就必须精准地认识哪怕只是一个字！看，王阳明躺在棺材中认清了“死”字，从而创立了“心学”，成为与孔、孟、朱比肩的大儒。老子一辈子都在努力认识“道”字，从而奠定了中华文化的坚实基础。孔子、孟子等前赴后继，世世代代都在精研“仁、义、礼、智、信、恕、忠、孝、悌”这九个字，从而打造出了中华民族的主体文化。释迦牟尼也是在努力打开“生、老、病、死”这四个字的全部“灯云”过程中，创立了佛教。

每个人的一生中，都有自己的关键“字”，如果愿意努力对它进行深入研究，那么，认识该“字”的过程，其实就是《大学》所说的“致知”过程，就是王阳明所说的“致良知”过程。通过这个过程的不断推进，最终将达到“知行合一”，从而使自己跃上一个新台阶。

字难认，其实更难写，更难造。当然，不可否认，“认字”越深刻，“写字”或“造字”的难度就会越小，虽然仍然很难。

设想一下，在庞大的文字体系中，如果制造新字很容易，那么，诸子百家早就各造自己的“道”字，来表述自己哲学体系的精华了，而不需费尽笔墨，用现成的文字体系去试图给自己的“道”画像。当然，如果只是构造“由很少几个字组成的”文字体系，那么，造字、认字和写字都非常容易了，只需要应用巴甫洛夫条件反射原理，就能够轻易制造出，甚至连猪狗等低级动物，都可不费吹灰之力就认识的“字”。其实，最初教婴儿认字，与训狗差不多，只不过人的智商高得多，可以对更多、更复杂的“条件”产生“反射”而已。

但是，人的智商毕竟也是很有限的，不可能针对头脑中的每个“象”都去单独造一个“字”来与之对应，而是应该在够用的情况下，“字”的总数越少越好，哪怕有时牺牲一些准确性。比如，辣椒的辣、生姜的辣、孜然的辣在头脑中形成的“象”完全不同，但是，为简化起见，都简单地用一个“辣”字来概括了。

与“字”在人脑中会生成一个“象”相同，“词”和“句”等，其实也在大脑中生成一个“象”，言语也对应着“象”，所以，从“象”的角度来看，“词”“句”和“言”都可当作“字”。

人脑大约有 $N=1\ 000$ 亿个脑细胞，而脑细胞主要包括神经元和神经胶质细胞。神经元负责处理和储存与脑功能相关的信息。神经元之间通过相互连接（称为“突触”），在大脑中形成不同的“象”。由此可见，从理论上看，人脑中可以形成 2^N（即 2 的 1 000 亿次方）种不同的神经元连接情况，也就是有 2^N（$N=1\ 000$ 亿）个“象”。

汉字作为世界上总字数最多的文字体系，目前正在使用的字，少于一万个（常用的字，更只有 3000 左右），无论这些字怎么组合（形成“词”和“句”等），它们所能形成的“象”的个数，在天文数字 2^N（$N=1\ 000$ 亿）面前，都小得几乎可以忽略不计。

再有，言语（“言”）所形成的“象”，不但与所用到的“字、词、句”有关，而且，还与说话人的肢体动作、声调和当时的语境等诸多因素有关，因此，根据相同的“字、词、句”可能产生出若干种不同的“言之象”。换句话说，“言”所形成的“象”的个数，也远远大于“字、词、句”的“象”的个数，同时也仍然远远小于人脑能够生成的“象”的个数（2^N）。

至此，我们就可以清楚地解释过去的一些奇怪语文现象了。比如：

为什么有时“只能意会，不能言传”呢？因为，大脑中的每个“象”，都通过刺激人的天然情绪来产生的相应的“意”，即，能够被“意会”的“象”的个数也是 2^N（N=1000亿），它远远大于“言”所能够“传”的“象”数，而每个可言传的“象”，一定包含在大脑所能够产生的意“象”中。所以，除了那些少部分的可言传的“象”之外，大脑中其他绝大部分的“象”都是不可言传之“象”，于是，便出现了“只能意会，不能言传”的现象了。

为什么经常会出现“词不达言，言不达意”的情况呢？理由与前段相似，即，“词”所能够表达的“象”，属于并远远小于“言”所能够达到的“象”，这就是“词不达言”；同时，“言”所能达到的“象”，属于并远远小于大脑能够生成的“象”（意象），这就是“言不达意”。

为什么会有诸如“孤舟蓑笠翁，独钓寒江雪”这类千余年来能让人心头一震的佳句呢？因为，人的喜、怒、哀、乐等情绪（或者这些情绪的复合情绪）是天生的；情绪所形成的意境，给人的美、丑、善、恶等感觉也是天生的；当某些词句的“象”所打开的“灯云”，刚好大部分重叠于某种意境的“灯云”时，便能够引进共鸣，从而让人产生奇妙的感觉。但是，如何才能写出这样的佳句呢？这好像完全没有章法可寻，一方面，并不是大脑中的每种“象”都能够用文字表述出来；另一方面，即使是某些美妙的“象”可用现成的文字逼近，也不是每个人都能写出这样的文字来，哪怕是高手，也得反复推敲，才可能偶然获得灵感，抓住这样的佳句。当然，如果“认字”的精准度越高，那么，写出绝句的可能性也就越大，这又从另一个方面肯定了“努力认字”的好处。所以，诗人“认字”的能力更强，或者说，他们感觉“灯云”边界的能力更强。

为什么不同的语种之间都可以相互翻译？因为，语言在大脑中所点亮的“灯云”都属于同一个神经元细胞区域。若 A 语种的一句话 X，打开了大脑中的某片“灯云”；而针对这片“灯云”，也可以找到 B 语种的另一句话 Y，使得 Y 刚好也能打开这片“灯云”（的主体），于是，X 就被成功地翻译成了 Y。

比如，英文可以翻译成中文，文言文可以翻译成现代汉语等。

为什么乐谱和文字不能相互翻译？因为，语言文字只能点亮大脑左脑的某些“灯云”，而音乐点亮的却是大脑右脑的某些“灯云”，所以，无论你怎么努力，怎么善于文字书写或谱乐，你也很难用左脑中的某片“灯云”去覆盖右脑中的某片“灯云”，从而就不能完成彼此间的翻译。

什么是字？

前面论述了“字是什么”，现在来研究“什么是字”。伙计，我可不是在玩文字游戏哟！

什么是“字”？能够在大脑中形成“象”的东西都是字！因此，乐谱是字，雕塑是字，绘画是字，它们都是艺术“字”，在大脑中点亮的“灯云”最含糊，以至于能在张三大脑中激发美感的“象”，却在李四大脑中激发出了丑“象”；图表是字，数学公式是字，化学反应式是字，物理定律是字，它们都是科学“字”，在大脑中点亮的“灯云”最清晰，特别是数学公式的“灯云”几乎就只有一盏“灯”，或明或暗没有含糊；音视频是字，生物基因是字……总之，所有事物都是字。只不过这些字，比普通字典中的字更复杂，也只有相关专业人员才会去努力认识和书写这些特殊字而已。

到目前为止，读者可能误以为本文只是文科内容，其实不然！因为人类的活动，主要包括“认字”和“写字”。这里的“认”是指“从物到象”或“从象到象”的过程，而“写”是指“从象到物”或“从物到物”的过程。换句话说，通过“认”的过程，不断逼近“良知”并争取达到“知行合一”，然后，完成“写”。下面就以科研工作为例，来详细阐述。

科研工作主要干两件事：发现和发明。

所谓“发明”就是根据某种“象”，结合已有的物，创造出与那个“象”相对应的新物的过程。这里的“物”既可能是有形之物，也可能是无形之物。当然，“发明”主要属于“写字”和“造字”过程，其中肯定也有各种创造。

在我国，有文字根据（比如，胡适《中国哲学史》上册第60页）的“由象得物”的最早发明可能是：由《易经》中涣卦的“木在水上”之象，发明了船；由小过卦的“上动下静”之象，发明了杵臼；由大过卦的“泽灭木”之象，发明了棺椁；由夬卦的“泽上于天”之象，发明了书契。

现代社会中，“从象到物”的发明更是随处可见，比如，根据嫦娥奔月的“象”，结合已有的火箭等物，发明了登月艇；根据小鸟飞翔的“物”，结合飞人的“象”，发明了飞机；根据乌托邦的“象”，结合电子计算机，发明了互联网等。

再举几个根据“象”来发明无形之物的典型例子。比如，古人根据《易经》中蒙卦的“山下出泉”之象，发明了儿童教育；根据随卦的“雷在泽中”之象和复卦的“雷在地下”之象，发明了休假制度；根据姤卦的“天下有风”之象，发明了公告制度；根据观卦的“风行地上”之象，发明了视察制度；根据谦卦的“地中有山”之象，发明了公平制度；根据大畜卦的“天在山中”之象，发明了补救陋识的方法等；根据“羊毛出在羊身上”之象，互联网大佬们发明了第三方支付的新型商业模式……

所谓“发现”就是找出某种“象”或“物”中隐藏着的“象”或“物”，把它们从隐藏不为人知的状态，变为众人能知的状态的过程。这里的“象”既可以是有物之象，也可以是无物之象。当然，“发现”主要属于“认字”过程，许多“发现”会导致后续的发明。比如：

在数学中，根据“A 大于 B”和“B 大于 C”的“象”，便可发现“A 大于 C”这个新“象”。更一般地，其实整个数学研究，都是在发现已知“象”中的新“象”。当然，数学中的“象”，几乎都是无物之象。

牛顿正是根据“苹果掉地上”这个“物”，找出了隐藏在万物之间的“万有引力”之“象”(无物之象)。然后，天文学家们根据万有引力，对比了天王星与海王星的运行轨道之异常现象（有物之象)，发现了冥王星这个有物之“象”。化学家们，根据门捷列夫元素周期表之“象”（无物之象)，发现了许多新元素（有物之象)。总之，科学发现无非就是四类：根据有物之象，找无物之象；根据有物之象，找有物之象；根据无物之象，找有物之象；根据无物之象，找无物之象。

最后，再举一个从“发现”到“发明”的例子：通过“用中子轰击铀核”这个“物”，人们发现了隐藏在“原子裂变”中的新能源之“象”。再结合超级炸弹之“象”和核裂变之“物”，人们发明了原子弹这个“物”，使其“象”吻合于超级炸弹之“象”。

总之，希望广大科研工作者，在明白了科研工作的“物象转移”本质之后，能够轻松跨越所谓的“学科鸿沟”，灵活运用它山之石，在自己的科研领域取得更大的研究成就。

在结束本小节之前，我还想说：其实信仰宗教就是在“认字”，创立宗教就是在“写字”或“造字”。因为，几乎所有宗教都是在根据某些有物（或无物）之象，构造复杂的、系统的无物之象。比如，

佛教的，脱离生死轮回的“涅槃”之象；印度教的，成神的“解脱”之象；伊斯兰教的，“天堂”和“地狱”之象；犹太教的，“耶和华神”之象；基督教的，“亚当”和“夏娃”之象；道教的，“鬼神”之象；儒教的，“天帝”之象，等等。

虽然每个宗教的“字系统”都是封闭、完善的系统，但是，由于宗教中的“字象”比普通字典中的“字象”更复杂、更抽象、更无物，所以，既然认识“普通字”都很难，要想认识“宗教字”就更难了。于是，绝大部分老百姓，对自己所信仰的宗教之“字”，就干脆不去努力认识它们，而只是无条件相信罢了，这也许就是许多人迷信的原因吧，因为，如果他们能够很容易就认识“宗教字”，就不会出现迷信了。比如，相对来说，儒教所构造的“字系统”似乎更靠近“有物之象”，它的“宗教字”的认识难度相对要小一些，所以儒教迷信者就少一些，但是，相信儒教的总人口并不少，也许还是全世界最多的呢。

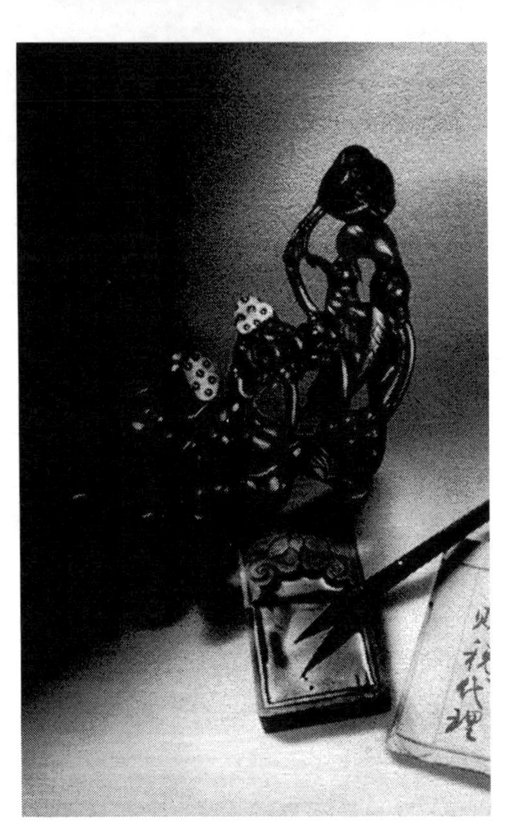

第二章　千家姓

有了第一章的基础后，我们就可以研究各种「机器文」了。首先关注老百姓们耳熟能详的《百家姓》和《千家姓》。

把《百家姓》写活

上一章中有说起《百家姓》，读者马上就会想起那篇家喻户晓的蒙学经典："赵钱孙李，周吴郑王；冯陈褚卫，蒋沈韩杨；朱秦尤许，何吕施张；……"此文虽朗朗上口，但是，它却毫无内容情节可言！本节将以两个实际案例表明：可以重排《百家姓》中汉字，并将它们变成一篇完整的"故事"。当然，本节仅仅是后面研究《千字文》的伏笔，而且，它们本身也是一种特殊的"千字文"。根据"字典猜想"，将任何一堆姓氏字放在一起，都可以对它们进行重排，将其变为一篇有含义的文章。

下面分别用《百家姓》中，前100个姓氏字和前200个姓氏字为字库，撰写出两则"春秋战国侯王们的致富故事"。

100字案例：韩、赵、郑、蔡、陈、吴、谭、邓、沈、薛、刘、徐、赖、罗、许、曾、陆、廖侯［杜］夏、周、秦、魏、唐、宋史；［武］孔孟，［戴］萧何；常于江苏、吕梁、邱、邵郭（邹段），［施］姜田，［顾］彭洪汪，［傅］姚丁，［谢］蒋贾，［贺］郝孙，［任］崔尹，［龚］潘曹，严［程范］袁阎王，

[董] 高朱叶林、胡杨、黄李；方 [余] 白毛冯马、雷龙石钟、康牛、万张熊韦、金钱卢。

上段共100字，它们是由《2011年中国最新姓氏排名 [1]》中的人数最多的前100个姓氏重新排列后形成的一个完整故事。其中为清晰起见，用方括号 [X] 表明该字（词）取其动词含义，现把上段的故事细细解释如下：春秋战国时期部分国家（韩、赵、郑、蔡、陈、吴、谭、邓、沈、薛、刘、徐、赖、罗、许、曾、陆、廖）的诸侯们，杜撰历史（夏、周、秦、魏、唐、宋史），继承孔孟之道，拥戴萧何，经常在多地（江苏、吕梁、邱（邱县）、邵郭（邹段）（邵城的邹地段））施种生姜地，照顾洪水汹涌澎湃的大湖，辅导姚姓士兵，感谢蒋姓商人，庆贺郝家子孙，任命崔姓府尹，尊重潘姓总务长，严格按程序规范袁姓坏蛋（袁阎王），认真监管很高的红叶树木、胡杨树、黄李树；于是，便结余了诸如白毛快马、雷龙样的石头闹钟、健康的牛、上万张柔软的熊皮和金饭碗炊具等巨额财富。

读者朋友们，怎么样，这是一个具有历史穿越情节且基本完整的故事吧！

200字案例。若取《2011年中国最新姓氏排名 [1]》中的人数最多的前200个姓氏（由于不能分割，复姓“欧阳”算做一个字），重新排列后，也可形成的一个完整故事如下（而且该故事的主题仍然是“春秋战国的诸侯强国致富故事，甚至好像更生动有趣”）：

韩、赵、郑、蔡、陈、吴、谭、邓、沈、薛、徐、赖、罗、许、曾、陆、廖、陶、鲁、齐、黎、温、倪、邢、申、纪、甘、舒、单、卫、费侯 [卜解] 周易，俞 [武] 孔孟，[戴向] 萧何，[尚] 项庄，霍 [安] 刘季，[欧] 简喻殷曲；[杜] 夏、秦、魏、唐、宋史文；常于江苏、吕梁、邱、宁、祁、邬、阮岳、阳谷关、兰田、崔、潘、邵郭（邹路段），辛 [施] 姜苗，毕 [查] 焦芦柴柯，尤 [管] 彭洪汪汤，耿 [傅] 姚丁，[谢] 蒋贾，[贺] 郝孙，[任] 覃尹，冉 [龚] 翟曹，[莫左] 阎王，[程范] 蒙党，颜 [顾] 裴童，聂 [祝] (欧阳) 詹翁吉，[涂] 蓝袁房、包车，[靳] 游钱，[闵] 凌樊，[屈] 蒲滕，严 [董] 高叶林、胡杨、黄梅李、葛柳、朱乔；方 [成] 盛时华章，[司] 庞伍骆连符，[余] 白毛冯马、雷龙石钟、康牟牛、万张熊韦、金卢、饶鲍。

此例中仍然用方括号 [X] 表明该字（词）取其动词含义，用（欧阳）表明这个特别的不可分割的姓氏。现把此处的200字故事细细解释如下：春秋战国时期部分国家（韩、赵、郑、蔡、陈、吴、谭、邓、沈、薛、徐、赖、罗、许、曾、陆、廖、陶、鲁、齐、黎、温、倪、邢、申、纪、甘、舒、单、卫、费）的诸侯国君们，用占卜解析周易，诚意继承孔孟之道，真心拥戴萧何，崇尚项庄，迅速安定刘邦，歌唱简单明捷的殷曲；杜撰历史文献（夏、秦、魏、唐、宋史文）；经常在多地（江苏、吕梁、邱（邱县）、宁（南京）、祁（祁县）、邬（山西介休县）、阮岳（阮山）、阳谷关、兰田、崔（章丘市西北）、潘（荥阳市）、邵郭（邹路段））辛辛苦苦地施种生姜苗，彻底检查烧焦后的芦干和柴棍等，尤其认真管理洪水汹涌澎湃的泥塘，耿直地辅导姚姓士兵，感谢蒋姓商人，庆贺郝家子孙，任命覃姓府尹，徐徐地尊重翟姓总务长，从不冒犯阎王老爷，按程序规范相关党派（蒙党），笑容可掬地照顾裴姓小童，附耳向喜欢唠唠叨叨的欧阳大爷祝福吉祥，把袁家的房子和包车涂成蓝色，连闲钱也要珍惜，忧虑凌乱不堪的笼子，把蒲滕卷起来（放好），认真监管很高叶木林、胡杨树、黄梅李树、盘根错节的柳树、红色的乔木等；于是，便成就了盛时华章，司掌了庞大的骆驼连军队指挥兵符，结余了诸如白毛快马、雷龙样的石头闹钟、健康的小牛、上万张柔软的熊皮、金饭碗和众多的鲍鱼等巨额财富。

当然，读者若有兴趣，还可以自己动手，把“百家姓”中前300姓氏（或更多的姓氏）编写成有故事的文章。当然，我们不鼓励仅仅依靠人工去进行蛮力排列！

上面几篇活的百家姓是第三章将研究的“千字文”的特例。所谓“千字文”是由常见汉字写成的文章，其最大特点是：每个汉字在文章中最多只能出现一次！历史上，第一篇《千字文》是南朝梁武帝时期（502—549年），员外散骑侍郎周兴嗣奉皇命从王羲之书法中选取1 000个字，编纂成文。此文的开篇部分是：“天地玄黄，宇宙洪荒，日月盈昃，辰宿列张；寒来暑往，秋收冬藏，闰馀成岁，律吕调阳；云腾致雨，露结为霜，金生丽水，玉出昆冈……”

实在佩服古人，不知道他当初到底是怎么撰写出来的如此奇文！

但是，根据第一章的“字典猜想”，如果借助计算机，那么，千字文的创作，从理论上来说，是完全可行的。实际上，其基本思路可以如下。

第一步：从待用字库中遍历选出一些字（比如，上节中的《百家姓》中的姓氏），组成字串，然后，判断是否为“词”。若是“词”，那么，将此“词”放入一个“词库”，同时，将此“词”中的字，从原“字库”中删除；若不是“词”，那么，重新从“字库”中选取字串，重复上述过程，一直到“字库”中的字不再组成“词”为止。（这一步对计算机来说，很容易）

第二步：遍历排列“词库”中的“词”和“字库”中的“字”，并判断所形成的字串是否为“人话”。若是“人话”，那么，将此句放入一个“句库”，同时，将此句中的字，从原“字库”中删除；若不是“人话”，那么，重新从“词库”和“字库”中选取元素串，重复上述过程，一直到“字库”中的字全部被用完为止（如何判断某串字是否为“人话”是最关键和最困难的课题，目前还没有实质性的突破，不过，在一些特殊情况下，完成可能获得实用的结果，比如，可以通过网络搜索，凡是网上流行的字串，就基本上是“人话”）。

第三步：在“字不重复出现”的条件下，将上述第二步中获得的“句子”进行遍历排列，并判断所获得的段落是否“人话”，如果是“人话”，那么，“千字文”便完成了，否则，再以乱序重复上述各步骤（虽然，“判断一个段落是否为人话”比“判断一个句子是否为人话”更难，但是，如果字数不太多，那么，仅仅依靠人工，第三步的工作量也不会太大。而且，解决第三步的基础也是第二步的“人话判断”难题）。

当然，目前还不知道哪些“字库”能够被穷尽地写出相应的千字文，即，文章写完后，“字库”变空。不过，这不是关键问题，毕竟，实在不行，可把多余的“字”删除就是了。

实际上，本节中的两篇春秋战国诸侯强国致富“百字文”就是按上述思路完成的，只不过是靠人工来判断是否是“人话”。相信，按照同样的思路和步骤，仅仅依靠人工，就可以把“百家姓”中更多“姓氏库”重新排列成一篇有故事的文章（放弃音韵要求）。

新童谣《百家姓》

计算机虽然还不能独立撰写任意文章,但是，确实可以独立撰写《百家姓》童谣，而且，简直就是小儿科而已。此时，计算机只需要根据用户事先设定的韵律，把选定的姓氏汉字排列出来就行了，而根本不用去考虑被排汉字的“语义”!

下面，以《2011年中国最新姓氏排名》[9] 中公布的人数最多的前100个姓氏汉字为例，根据不同韵律要求，请读者们体验一下，完全由计算机独立撰写出来的“文章”到底感觉如何。

先看三言版《百家姓》。

考虑连续韵的情况。所谓连续韵，就是文中的内容是形如“XXA，……”这样的句子的重复排列，其中，“A”是韵字，“X”是其他姓氏字，当然，如果“X”也能够依韵，顺序排列的话，朗读起来更顺口。

三言版连续韵《百家姓》童谣的算法是：计算机根据每个姓氏汉字的音韵，把这100个字分成若干组；选出字数最多的那一个（或多个）组，然后，将这些组中的字依次排进韵字（即，每句三个字中的最后那个字）就行了。对每句中的非韵字，即第1或2个字，也可以如此排列（当然，也可随意排列)，直到所有汉字排完为止。比如，下面就是完全由计算机独立撰写的三言版连续韵“百家姓”的一个例子：

宋郑杨，孔邓张；洪曾王，龚彭方；董程唐，龙蔡常；钟赖江，熊戴梁；冯白康，孟史黄；赵施姜，廖石汪；萧李蒋，邵雷韩；姚秦谭，郝尹段；曹金田，高林潘；毛陈严，刘沈范；侯任袁，周马阎；邱贾万，邹夏钱；牛魏吴，徐崔武；于韦傅，许何陆；余贺胡，吕薛杜；卢叶苏，郭丁朱；罗孙顾，谢［始］［祖］。

这里最后两个汉字“始祖”是人工补缺加上的，否则就不齐了。

再考虑间隙韵的情况。所谓间隙韵，就是文中的内容是形如“YYY，XXA；……”这样的句子的重复排列，其中，“A”是韵字，“X”和“Y”是其他姓氏字，当然，如果“X”，特别是每句中的第三个“Y”，也能够依韵，顺序排列的话，朗读起来更顺口。其实，大部分诗都是“间隙韵”的。

三言版间隙韵《百家姓》童谣的算法是：计算机根据每个姓氏汉字的音韵，把这100个字分成若干组；选出字数最多的那一个（或多个）组，然后，将这些组中的字依次排进韵字（即，每句六个字中的最后那个字）就行了。对每句中的非韵字，特别是第3个字，也可以如此排列，直到所有汉字排完为止。比如，下面就是完全由计算机独立撰写的三言版间隙韵《百家姓》的一个例子：

宋郑韩，吴高杨；龙毛范，杜邓梁；孔曾谭，武彭张；钟程袁，苏蔡江；洪赖段，傅戴王；熊白阎，朱金唐；龚林田，胡尹方；冯秦万，顾石姜；董史潘，陆施黄；孟李钱，卢雷汪；赵陈严，吕沈常；姚任邱，余孙蒋；廖魏刘，许崔康；郝韦邹，于郭贾；萧罗侯，徐何夏；曹贺牛，薛叶马；邵丁周，谢［大］［家］。

这里最后两个汉字“大家”是人工补缺加上的，否则就不齐了。与连续韵的那个例子相比，此例读起来就显得“拗口”多了，这就提示了人对韵律感觉的一个共性，这也将是“计算机撰写《百家姓》童谣”的一个潜在应用（随后将特别叙述）。

虽然“诗”更适宜于“间隙韵”（而不是连续韵），但是，《百家姓》童谣却相反，其原因可能是：每句诗都是有语义的，而在韵律的限制下，《百家姓》的每句童谣都无语义，除非放弃韵律，否则不可能把《百家姓》写活。

再看四言版《百家姓》。

先考虑连续韵的情况。为简洁计，直接给出完全由计算机独立撰写的四言版连续韵《百家姓》童谣例子如下，其算法与三言版时一样，不在此复述。

白吴宋杨，戴武孔张，赖傅洪王，蔡陆龚方，陈胡董唐，沈杜龙常，
任苏钟江，马朱熊梁，贾顾冯康，夏郑孟黄，金邓赵姜，林曾廖汪，
尹彭萧蒋，韦程邵韩，崔吕姚谭，魏卢郝段，何于曹田，贺许高潘，
叶余毛严，谢徐刘范，薛李侯袁，罗雷周阎，郭施邱万，孙史邹钱，
丁石牛秦。

再考虑间隙韵的情况。仍然为了简洁计，我们直接给出完全由计算机独立撰写的四言版间隙韵《百家姓》童谣例子，其算法与三言版时一样，不在此复述。

吴宋郑杨，赵刘史韩；陆董彭张，郝邱雷严；武孔邓王，廖侯施谭；
杜龙程蒋，曹邹石范；顾洪曾方，萧周李段；苏钟冯姜，高牛金袁；
傅龚孟唐，邵蔡尹田；朱熊马黄，毛戴林阎；胡陈贺常，姚赖罗潘；
卢孙何汪，于白郭万；吕薛崔江，徐沈贾钱；余谢韦康，叶任夏秦；
许丁魏梁。

将此例与众所周知的《百家姓》蒙学经典（赵钱孙李，……）相比，其可读性显得更差。仔细分析后，我们认为，不是此例不好，而是后者的“先天优势”太强了，因为，每位中国人早已将它烂熟于胸，所以才朗朗上口。我们相信，如果让外国人来阅读此例和间隙韵的古文“赵钱孙李，……”那么，差别将完全消失。

最后再看五言版《百家姓》。

先考虑连续韵的情况。为简洁计，直接给出完全由计算机独立撰写的五言版连续韵《百家姓》童谣例子，其算法与三言版时一样，不在此复述。

李郑赵韩杨，史邓廖谭张，施曾萧段王，石彭邵田方，谢程姚潘唐，
叶蔡郝严常，薛赖曹范江，马戴高袁梁，贾白毛阎康，夏熊刘万黄，
郭冯侯钱姜，罗孟周吴汪，魏沈邱傅蒋，雷任邹武宋，贺陈牛胡孔，
何金徐陆洪，韦林许杜龚，崔尹于苏董，卢秦吕朱龙，孙丁余顾钟。

五言版连续韵的《百家姓》童谣读起来还是勉强可以接受的，但是，经

测试，六言版（或更多“言”）的《百家姓》童谣（无论是“连续韵”还是“间隙韵”）读起来就很难受了，除非读者有特殊的天分。

再考虑间隙韵的情况。为简洁计，我们直接给出完全由计算机独立撰写的五言版间隙韵《百家姓》童谣例子，其算法与三言版时一样，不在此复述。

吴宋刘史杨，赵郑秦何谭；武董邱施张，廖孟尹贺段；
傅孔侯李王，萧邓林叶田；胡龙邹雷方，邵彭金陈潘；
陆洪周石唐，姚曾蔡沈严；杜钟牛魏常，郝程赖任范；
苏龚徐孙江，曹冯戴夏袁；朱熊许丁梁，高贾白蒋万；
顾卢于薛康，毛阎姜崔钱；郭吕余谢黄，罗韦马汪韩。

此例阅读起来已经比较费劲了。由此可见，古人用四言版来写《百家姓》还是很聪明的，不过，也许古人用四言版的“连续韵”，甚至用三言版的连续韵（或间隙韵），也许效果会更好。

完全由计算机来独立地撰写《百家姓》童谣，这件事情轻而易举，显然没有什么技术含量。但是，这类“文章”也许有其他潜在应用，比如，用计算机随心所欲写出来的《百家姓》童谣其实可用作“验韵器”！

为解释“验韵器”的概念，让我们先归纳一些流行事件：“鸟叔”的骑马舞为何风靡全球？为什么大家都喜欢《最炫中国风》这样的“神曲”？为什么有些经典名句（比如，“生存还是死亡，这是个问题”）能够引进所有人种的共鸣？虽然我们无法准确回答这些问题，但是，可以肯定的是：人类一定有某些共性的，而且至今无法精确描述的“愉悦感觉”。如果某位作曲者碰巧暗合了人在音乐方面的某种“愉悦感觉”，那么，一首神曲便诞生了！在韵律方面，人也应该有这样的“愉悦感觉”，而“验韵器”便是对某种韵律进行验证的“文章”，看看它是否暗合了“愉悦感觉”的韵律，就像一边作曲，一边用钢琴来验音一样。

各种韵律的《百家姓》童谣为什么就能够用作“验韵器”，或是“验韵器”的主体呢？因为，汉字共有400多个“音”，经统计分析后发现，从绝大部分的“音”中都能够找到至少一个姓氏汉字，比如，yang音对应于“杨”等，因此，各种韵律的姓氏《百家姓》童谣就能够很好地覆盖千变万化的“韵律谱”。其实，真应该有人以《百家姓》的姓氏为基础，建一个汉字音库

(对姓氏未覆盖的音，要选一个汉字来补充)，然后，用上述的《百家姓》童谣撰写算法，根据“作家”们的需要，计算机自动编写出一些韵谱，然后，“作家”再一一验证这些韵谱，从中找出能够激发自己“愉悦感觉”的韵谱来，从而产生某些“神文”。

当然，必须承认，经典名句不仅仅依赖于其“韵律”，更主要是因为其“意境”。但是，不可否认，如果“韵律”方面都让人读起来很难受的话，这样的句子成为“名句”的可能性是很小的！

《千家姓》机器创作

中华姓氏有多怪，看完此节再表态！

竟然还有姓“屎”的，姓“一、二、三、四、……”的！不说了，说多了满眼都是笑死的泪呀，还是你们自己看吧！

与人工撰写相比，本节由机器创作的千家姓确实很“牛”。其牛劲主要体现在如下几个方面。

(1) 本《千家姓》收集了汉族的 2 274 个单姓、96 个“双字复姓”和 2 个“四字复姓”。其中，包括 16 个同型异音的单姓：石（shi）、石（dan）、翟（zhai）、翟（di）、乐（le）、乐（yue），惠（hui）、惠（xi），覃（tan）、覃（qin），镡（tan）、镡（chan），隗（wei）、隗（kui），郗（xi）、郗（chi）。

(2) 这里的单字姓氏，按最新统计的人口多少顺序来排列，人多者排在前面。至少前 300 个单字姓氏是这样，因为，后面的姓氏人数没有相关统计数据支持。

(3) 单姓部分一韵到底。如果“押韵”与“人数”冲突，那么，在尽量保持“人数顺序”的条件下，优先照顾“押韵”。最后还有挂单两字：“一完”。一语双关，既指“一”和“完”是两个姓氏字，又意指“第一部分（单姓）结束”。

（4）适当考虑了平仄，所以，本《千家姓》读起来就像在唱歌（特别是后半部分）。如果“平仄”与“人数”冲突，那么，在尽量满足“平仄”关系的条件下，优先照顾“人数”，可以对顺序进行适当微调。为简单计，此处采用如下四句一组的平仄规律：仄平平仄，平仄仄平；（韵）平平仄仄，仄仄平平。（韵）

（5）第二段为复姓。它们单独排列，并采用单独的韵律（其中转韵两次），几乎忽略平仄。最后两个为 4 字复姓。

（6）为了便于阅读，对每个姓氏都给出了注音。

总之，机器算法的优势，在此处《千家姓》的生成过程中，得到了充分体现。若是人工来编排，估计早就累死啦！

最新版《千家姓》：

lǐ wáng zhāng zhào	liú mǎ zhèng hán	chén yáng lín sòng	xiè xǔ huáng pān	dèng sūn zhōu cài	wú dǒng yè yuán
李王张赵	刘马郑韩	陈杨林宋	谢许黄潘	邓孙周蔡	吴董叶袁
xú hú lǚ wèi	jiǎng dù zhū tián	shěn guō hé fù	gāo dài rèn fàn	liáng luó lù liào	xià jiǎ táng tán
徐胡吕魏	蒋杜朱田	沈郭何傅	高戴任范	梁罗陆廖	夏贾唐谭
mèng cáo xiāo hǎo	féng kǒng shào yán	céng chéng gù lài	shǐ wǔ péng duàn	hè yú sū yǐn	yú mò yì wàn
孟曹萧郝	冯孔邵阎	曾程顾赖	史武彭段	贺于苏尹	余莫易万
dīng jiāng lǔ ní	xíng niè jiāng yán	zhōng lú wāng cuī	yáo fāng jīn qián	qiū wéi zōu xióng	qín xuē hóu dàn
丁姜鲁倪	邢聂江严	钟卢汪崔	姚方金钱	邱韦邹熊	秦薛侯石
léi bái lóng máo	cháng kāng shī fán	niú hóng gōng tāng	táo lí wēn ān	gě qiáo wén xiàng	yīn wǔ liǔ yán
雷白龙毛	常康施樊	牛洪龚汤	陶黎温安	葛乔文向	殷伍柳颜
zhuāng zhāng zhù jì	shàng bì páng lán	gěng yú zhái zuǒ	qí jì qǔ tán	shēn chái luò jìn	qí lù jiāo guān
庄章祝纪	尚毕庞蓝	耿俞翟左	齐季曲覃	申柴骆靳	祁路焦关
huò ōu lú yuè	fú gǔ bo guǎn	xīn miáo níng shèng	líng bào tú zhān	yù péi méi jiě	tóng wèi xiàng lán
霍欧芦岳	符谷卜管	辛苗宁盛	凌鲍涂詹	喻裴梅解	童卫项兰
wēng you mǐn jí	dǎng fèi yóu gān	gǔ kē móu xí	téng mù jǐng ruǎn	shū chéng suí mǐ	mài ài ráo dān
翁游闵吉	党费尤甘	古柯牟席	滕穆景阮	舒成隋米	麦艾饶单
bǎi chá huá dòu	bāo yù guì rǎn	qū fáng miù chàng	gǒng chǔ pú jiǎn	gǒu chē wū bǎo	shí yáng sī lián
柏查华窦	包郁桂冉	屈房缪畅	巩褚蒲简	苟车邬保	时阳司连
méng qiáng jī gōng	qú lì shā yàn	zhuó qī lóu zhēn	láng chí cóng tán	cén nóng chí shāng	chǔ zāng shé yān
蒙强姬宫	瞿栗沙晏	卓戚娄甄	郎池从谈	岑农迟商	楚臧佘鄢
yú diāo lěng yìng	kuāng chóu jiē luán	shī tóng fēng sāng	kuàng zhòng wū quán	chǔ áo zhí kòu	jīng gài jǐng biān
虞刁冷应	匡仇揭栾	师佟封桑	邝仲巫全	储敖植寇	荆盖井边
zōng lóu lè yín	míng mù tú biàn	gào jū róng lìn	xī jì shuài liàn	má yōng lì huā	wén yī hé guān
宗楼乐银	明木屠卞	郜鞠荣蔺	奚冀帅练	麻雍利花	闻衣和官
yuè gōng mén xì	shí ào àng yàn	dí qín ǎi bǐ	bà bì kuí yuán	bǐ bā bā zì	chī bì zì gàn
乐公门惠	石澳盎燕	翟覃霭匕	罢必隗原	比八巴字	郗闭自干
bēi cái bèi cǐ	bǐ cì dá yuàn	bǐ cí dá bì	bā bào cù nán	bī bí bà běi	bǎi bài bì xiǎn
碑裁被此	笔刺达苑	俾词答碧	芭抱促南	逼鼻霸北	百拜蔽冼
bèi bá bā bèi	bó bèi běn lián	bēi biāo bèi bù	bù biǎo bēi zhàn	bù biāo bó bù	bó bǎo bǐng mǎn
贝拔捌背	伯辈本廉	卑标备不	布表悲占	步彪泊部	帛饱丙满

bó bāo bǎo bìng　bǎo bǐng bó tán　bào bāo bào bǎi　báo bào bǐng àn　bō pō bìn bǎng　pù chǐ bó àn
博褒宝并　葆邴搏镡　报剥豹摆　薄暴秉岸　播颇鬓榜　瀑齿渤暗

cùn bīng bāng cǎo　bīn cài cè ān　bīng bié cǎi cuò　cè cuì cái biàn　dǐng cái cí dà　cái cì dǐng biàn
寸兵邦草　宾莱册谙　冰别彩错　策翠才弁　顶材辞大　财次鼎变

zī céng duǒ dǎo　dào dǎ cí biàn　dǎo cí cū diào　cí dǎo dù biàn　cóng cún dào dòu　dào dù cūn biān
兹层朵导　到打慈便　岛茨粗调　祠捣度遍　从存悼斗　盗渡村编

dào cōng cāo dòu　cóng dǔ dǎo biān　chāo cāng dìng dí　dàng dòng cāng biàn　dòng cāng chā dí　cuī dǐ dòng bàn
稻聪操豆　琮堵祷鞭　抄仓定籴　荡动苍辩　洞沧叉敌　催底栋办

cuī dá dì dǔ　dǐ dùn duō bàn　dì dāo dú duì　dōu dì duì bān　dú dé dì duì　dì dǎi dú bān
摧笪第笃　邸顿多半　谛刀独兑　都碲对班　渎得帝队　地歹犊斑

dài dé dié dài　dié dài diào bàn　dié dí dài děng　dài duǎn dí bǎn　è dì dāng fèng　dǐ fèn fèng cán
代德叠岱　迭带钓伴　牒涤待等　骀短狄板　鄂弟当凤　祗奋奉蚕

dì dōng dài fèng　fěng fěn dī cān　fù dì dūn fǔ　diāo fù fǎng diǎn　diāo dēng fù fǎng　fǔ fǎ diāo diǎn
递东殆俸　讽粉堤参　父蒂敦抚　凋妇仿点　雕登付访　府法貂典

fù é fēng fàng　é fù fěi dān　é fēng fú fàn　gòng gè é dàn　fàn é fēn gòng　fēn gǒng gǔn dàn
阜俄丰放　娥赋匪丹　峨风拂饭　共个蛾旦　泛鹅分贡　芬拱滚但

fēng fén gù fǔ　gǔ guǐ féng dān　gè fēng fū guò　fēng gǔ guǒ dǎn　fēng fú gǔ guì　gào gǒu fú dàn
枫坟故俯　股晷逢耽　各锋夫过　峰鹘果胆　酆扶鼓贵　告狗伏啖

gù fú fāng gǎo　fú gòu gěn dān　fú fāng guǎng gǎi　gǎng gǎo fú dàn　gèng fù fáng guà　fú guì gǎng duàn
固幅坊杲　孚垢艮担　福芳广改　岗稿浮澹　更覆防卦　凫柜港缎

fá fēi guǎ guì　guài gěi fā duān　huì fēi fú hǎo　fēi huì hào diàn　féi fó hǎi huì　huǐ hào gōng diàn
伐飞寡炅　怪给发端　会非弗好　非卉号电　棐佛海蕙　悔耗工店

hào gōng gē hài　gōng hào hǔ yán　gōng gē hàn hào　huǐ hù gōng diàn　hòu gé gū hòu　gé hòu hù gē
皞躬戈骇　弓昊虎炎　功哥汉晧　毁护攻奠　郈阁姑后　革候祜鸽

gē gū hòu hù　hù huǒ guī diān　huò gé gū huò　guī huà hè diàn　guī guó jiǔ jǐ　jiǔ jǐ guī diān
歌孤厚户　扈火闺颠　货格辜获　龟画鹤甸　妫国九几　酒己珪滇

huà gui guō hé　guī jiǔ guī fān　guó gāo gāng gēn　gōu gēng gāo fān　gōu gēng guāng gāng　hóng hūn huī guàn
化瑰锅河　邽久归番　虢皋钢根　缑庚羔翻　钩赓光刚　弘昏灰冠

gōu gāng guā gā　hún hóng hún guān　gōu gēng hóng hēng　hóng héng huí guàn　hóng héng huī háo　huī háo héng guàn
沟纲瓜旮　混鸿浑观　勾耕红亨　虹恒回贯　宏衡徽毫　晖豪横灌

hé huì huáng jiù　huī jiù jì gān　huì huáng jiù jì　jì jiè háng gàn　jì háng hóu jì　hù jì jǐ gǎn
合诲皇就　辉救计柑　慧蝗咎技　寂藉杭淦　稷航猴际　互既戟敢

hú huái jì jiè　jì jiè hū gǎn　jì hú huái gài　hū jiè jiǎ gàn　hū huái jià jìn　jìn jiǎ hú gàn
湖怀记介　济界忽感　暨壶槐芥　乎戒甲旰　呼淮稼近　尽假狐赣

jì hē huá jià　hú jià jìn hàn　hēi huá jìn jiàng　jià jì hú hǎn　jīn gé hā jǐng　hú jǐn hé hàn
寄喝划价　斛架进汗　黑滑晋降　驾绩瑚罕　斤佫哈警　弧谨禾旱

hé jiū jié jiā　jié jiá jí hán　jiū jí jié jiá　jī jié jiā hán　jiē jiá jī jīn　jiā jìng jí hán
荷鸠竭家　捷夹及含　纠汲节郏　饥截加函　阶荚鸡今　嘉竞极寒

jiā jiā jīng jī　jí jǐn jì kàn　jié jīng jìng jiǎng　jìng jù jī hàn　jiàng jié jīng jù　jí jìng jù huán
佳葭经机　即瑾蓟阚　桀京静讲　径巨基撼　绛结晶具　集境拒还

jié jīn jìng jù　jǐn jù jí huān　jì jié jīng jǔ　jī jù jiào huán　jiē jīng jù jiǎo　jù jiào jī huán
洁津靖剧　锦钜姞欢　继杰泾举　畿聚叫桓　皆精俱皎　矍教积环

jiǎo jīng jiāng jùn　jí jiǎo jùn huàn　jī jiē jiǎo jùn　jùn kǒng jí huàn　què jié jīng kuàng　jī kuàng kǎi huàn
敫旌疆骏　疾娇隽患　箕街曒俊　峻恐戢宦　阙劫茎旷　激况凯唤

jū jiāo kǎi kè　kàng kě jí huàn　kàng jiāo jūn kě　jí kàng kuò huǎn　jiāo jūn kè kuì　kǔ kuài jí huán
驹交楷克　亢可籍焕　伉蕉均轲　棘抗括缓　娇钧刻匮　苦郐楫缳

kè jiāng jū kǎ　jī kù kào jiàn　jú jiāo kuǎi kǒu　kè kuò jī jiān　kòu jiāo jūn lǐng　jūn lǐng luò jiān
客将居卡　稽库靠见　桔椒蒯口　恪阔嵇尖　扣郊君领　军岭络坚

kōng kūn kuài liù	luò lòu kuí jiàn	luò kuáng kāi lǔ	kuí lòu lù jiǎn	kuí kāng lù lùn	lǜ liàng kuí jiàn
空坤快六	洛陋奎涧	雒狂开卤	葵漏鹿剪	夔糠露论	绿亮逵件
lù kēng kuí lìng	liú lù liǎng jiān	guī kū lǔ lèi	liàng lǚ kuā jiān	lěi liū líng lù	líng lù lěi jiàn
录坑魁令	流禄两艰	规枯虏累	量侣夸菅	垒溜伶律	灵麓蕾箭
liú líng lèi lǚ	lǜ lì líng jiǎn	lì lín luó lǚ	lín lěi lì jiǎn	líng lú lì lǎng	lè làng líng jiǎn
留泠泪旅	虑厉聆翦	力鳞骡履	淋磊立检	绫庐笠朗	勒浪玲减
lì lóng lún liè	lín liè mì jiàn	lóng lún lǘ lì	lǘ lǐ lún jiàn	là nóng lái lì	liáng lí liè jiàn
历隆伦列	临劣宓贱	珑轮闾荔	驴里纶剑	腊浓来丽	粮犁冽建
liáng lí liè mì	mǐ mǎ lí jiān	lì liáo láng mǐ	liáng lì mì jiàn	liáo láng dì lǐ	lì mì méi jiàn
凉厘裂蜜	芈玛离肩	励聊狼弭	良隶密荐	潦琅棣礼	俪秘眉践
lǐ liáo lā mì	liáo mèng mǎi jiān	mí méng mài mào	mào miào mí jiàn	men máo mí mù	mí miǎo mào juǎn
理僚拉汨	辽梦买兼	縻盟卖贸	冒妙迷渐	们矛弥目	糜邈茂卷
mí máo mù mǐn	mào mǔ míng kàn	miào máo móu mǔ	míng mù měi luán	míng máng mù mìng	mèi mǐn mó lián
靡茅睦敏	貌亩鸣看	庙茆谋母	茗慕每鸾	名芒牧命	妹闽摩莲
mù nú ōu měi	mín mù mǎng liàn	máng mó miè niè	niè niǔ míng lián	mǎng pí pín mò	pī mò nà lián
沐奴鸥美	民墓莽炼	茫模灭陧	乜钮铭联	蟒貔频陌	邳墨那帘
mó ní mò nà	me nà míng liǎn	nǐ ná náng nì	ēn ní nǎi lián	ní niáng nài nǎng	nài niǎo pí lián
磨尼默娜	么纳冥敛	你拿囊匿	恩霓乃濂	泥娘奈曩	鼐鸟皮怜
niǎo néng pī nèi	pí nǚ pǐn lǎn	pī píng bàng fǔ	pǐ píng pōu lán	pì pín pén pà	péng pǔ bǔ làn
袅能丕内	疲女品览	披屏傍甫	匹萍剖岚	辟贫盆怕	鹏浦捕烂
bā pú pěng pò	pǔ bù pó lǎn	pǔ pō pāi qì	pú piào pài miàn	pú piāo qǐ pèi	pó qǐ bēi mián
扒莆捧破	普簿婆缆	朴泼拍气	濮骠派面	仆飘岂沛	鄱企杯绵
qǐ jī qī tǐ	páo qì qù miǎn	qí tí qǔ qiào	qì tì qū miǎn	qǐ qú qiáo tǐng	qī qìn qǐ mián
起丌妻体	庖器去冕	其提取谯	汽惕区勉	启衢桥挺	七沁绮眠
qí tī qìng qiě	qǐn qiè xī nián	qǐ qú qiáo tiě	qī què jiàng niàn	qí qū què tíng	qiǎo tiào qí yǎn
奇梯庆且	寝妾膝年	杞璩樵铁	期雀匠念	祈麴鹊庭	巧眺旗眼
qí qīng qiē qiú	qí rǔ ěr zhān	qīn qí ěr ruǎn	ruǐ ràng qi niǎn	èr tíng qín rùn	qí rùn ěr nán
岐青切裘	麒汝尔粘	亲綦耳软	蕊让乞辇	二停琴闰	蕲润铒楠
tíng qīng èr wěi	ruì rǎng qí quán	rè qióng qún shǐ	qíng ruò rǔ nán	qín tiē ruì rǎn	sì sǎ quē qián
亭清佴尾	锐壤骐泉	热琼群矢	晴弱辱男	勤帖瑞染	驷洒缺虔
rì qiáng tīng shǐ	qīng ruì shǐ nán	qīn qióng ěr sì	suì sǎ qīng piān	suǒ qiáng qīn sà	qīng sòng sù piān
日墙听屎	轻芮始难	钦穷迩四	岁撒倾篇	索蔷侵萨	卿诵速偏
qín tiáo suì sè	sù sǎo suō sàn	sà qiāng qiū sòng	qiú sè sù pàn	qiū rén sì sù	xiǔ suì qiú pàn
禽条燧色	夙扫娑散	卅羌丘颂	求瑟素畔	湫人肆肃	宿穗酋泮
sù qiū rén tǒng	rén sì tòng fán	róng rú sù tún	tǒng tǔ réng pàn	tǔ róng rú suì	ér sì tù pán
簌秋壬桶	仁祀痛璠	绒如粟豚	统土仍盼	吐蓉茹遂	儿姒兔盘
rú ér tuò sì	tǎ tǎo ér pàn	tuì rán róng tuǒ	yún tài tòu quán	ráng róu tào tài	tè tiào sī sān
儒而拓泗	塔讨袻叛	退然榕庹	耘太透权	穰柔套泰	特粜思三
zhǐ suí shā tài	suī zhì tà tiān	sōng sāi zhì zhǔ	zhǐ chù suī shān	tàn sōng sāo zhì	sī zhì zhèn qiān
止绥纱态	睢至踏天	松塞帙主	纸触眭删	叹嵩骚稚	丝志振阡
tóng tún zhì zhèng	zhì zhèn tóng qiān	zhuàn tóng tú zhì	tóng zhì zhù qiān	tōng tú zhì zhèn	zhì zhěn tóng xiān
同屯治正	质阵仝仟	沌桐途秩	铜雉筑迁	通图智镇	郅枕彤纤
zhì tū dú zhèng	tuō zhòng zhǔn qiàn	tuō tuī chǐ chǎng	zhà zhòu tái tǎn	zhǎng tā táng zhào	táng zhǔ zhǎng qián
制突毒政	托众准欠	脱推尺昶	诈昼邰坦	掌他堂肇	糖渚仉前
táng tūn zhù zhài	zhào zhě tái tàn	zhòu téng táo zhù	téng chǎng zhàng qián	téng táo zhòu zhà	zhé chì tóu tuán
棠吞柱寨	照者苔炭	胄誊桃注	藤厂障潜	腾逃宙乍	哲敕投团
zhào tóu zhī zhè	tāo chàng chàng qiān	zī zhū chǎng chǒu	chǒng zhǎo zhú zhǎn	chǎng zhī zhú zhòng	zhī chǒu chǔ qiǎn
兆头支这	涛倡唱牵	资珠敞丑	宠沼烛展	场知逐重	只畲杵浅

zhuō zhēn jǔ chǐ	chù zhù zhí zhàn	chǒu zhuō zhēng chì	zhí chù chì qiàn	zhuó zhēn shùn shì	shǐ shùn zhī zhàn
桌珍鉏耻	处助直战	俶捉征赤	殖黜叱倩	浊真舜释	驶顺织绽
shì zhēn zhōng shuǐ	zhī shè shuì qiān	zhēn zhōng shè shì	shǐ shě zhī zhān	shàng zhōng zhuāng shè	zhēng shì shè qián
氏箴忠水	枝射税谦	斟衷厍奭	使舍之沾	上终装涉	蒸势设黔
zhēn zhú shì shǎo	shì shào zhāng zhuān	shǒu zhū zhāo shèn	zhū shǒu shěn qiǎn	zhuī chuí shòu shèng	shǒu zhé zhāng zhuān
祯竹事少	是绍漳砖	手洙招甚	诸守审遣	追椎受胜	首折彰专
shì zhōu chén shè	zhú shǎng shèn gān	zhōu chéng shì shèng	shì shòu chá chuán	shì zhōu chéng shù	chéng shì shǔ tián
仕舟臣摄	竺赏慎乾	洲呈世圣	士寿茶传	市州承庶	诚式曙恬
chén chōng sì shǔ	shì shǔ chá zhuǎn	shǔ chéng chōng lǜ	chéng shuò wǔ jiān	chēng chūn wǔ wěi	wǔ è chóu chuān
忱充似黍	视暑察转	蜀澄冲率	城硕五笺	称春午伪	仵恶俦川
wú chūn chóng wěi	chéng wǔ wàng shān	chāng cháo wù shù	wèi wò cháo chǎn	wù chén cháng wèi	cháo wù wèn tán
吾椿崇伟	乘舞望珊	昌晁坞数	尉握潮产	务沉长位	巢勿问潭
cháng cháo wěn shú	wù wèi chóu chuān	wèi chóng chún wò	chū wèi wò xín	chū qū wèi wò	wèi wǎ chóu tuān
苌朝稳熟	兀慰踌穿	蔚虫纯沃	出渭卧镡	初诎谓斡	畏瓦绸湍
wěi chú chí wài	chú qì xià diàn	chí xī shěng xìn	xì xìng chuāi chuán	xì chuí chōu hù	chuī xì xìng tán
纬除持外	锄泣下橝	驰郗省衅	舄兴揣船	戏锤抽苄	吹系幸檀
chuáng chāo xǐ xìng	xǐ xìng sháo shān	xì shí shuí xìng	chuí xùn xù zhān	shōu shē xù xuě	xù xuè cháng càn
床超喜性	禧姓韶山	细识谁杏	垂训叙毡	收奢旭雪	蓄血嫦璨
xiě cháng shāng xiào	shí xùn xiǎng zhān	chén shī xù xiǎng	xiào xiè chú chuán	xiào shēng shí xù	shēng xiǎo xiè zhuàn
写尝觞笑	十迅享旃	谌诗续响	校卸雏舡	效声食绪	生小泄籑
shēng shí xiǔ qiǔ	xiào xiù shī sǎn	yǎo shēn shū xiàng	shēn xiù xiǎng chán	cháng shū xiào yào	yáo yǐng wēi wán
笙实朽糗	啸绣失伞	杳身淑巷	深秀想婵	裳殊孝要	尧颖薇丸
shú shāng shuāng sháo	shuāng shāng wú shàn	wú wén wēi shū	wú wéi xiáng xuán	ā wā xí wéi	xī xiá wēi yán
孰伤双芍	霜殇无扇	梧雯危疏	毋围翔玄	阿洼习唯	汐遐微延
wū wéi xī xiá	xí háng wēi wǎn	xī xīn xiōng xún	xū xué wéi wǎn	xī xīn xiōng xū	xīn xiōng wéi wǎn
乌圩窸侠	隰行威宛	熙欣凶寻	盱学惟晚	牺忻胸顼	薪兄维碗
xī xīng xié xiāo	xī xīn xiū xiān	xié shēn xī xīn	xié xiāo xué xián	xiàng xī xíng yà	xī yào yè shǎn
晰星颉肖	吸心貅先	携莘嬉新	协逍穴弦	象羲刑亚	西药夜闪
xī qī yě yuè	yìn yào xū xuān	yìng xī xíng yè	xī yě yuè shàn	xī xún yě yuè	yuè yǔ xū xuān
锡栖也月	印耀虚宣	映悉形业	夕野阅善	希荀冶悦	粤与胥萱
yuè xí xún yè	xiao yè yuè shàn	xié xiāo yù yòu	yù yǒu xī xuán	yù xiāo xiū yǒu	xiāo yǔ yǎng shǎn
跃袭旬曳	消邺越膳	斜潇聿又	誉友溪悬	玉嚣休有	枭雨养陕
xiāng yāo diào yǔ	yǔ yòu xī xuān	yǐ xiāng yāo yù	xiāng yù yǎng wán	xiāng yáo yù yùn	yú yì xī xián
襄夭铫宇	语幼昔轩	乙箱幺浴	香豫仰玩	湘摇遇孕	愚亦息舷
yùn xiāng yáo yì	xiáng yǔ yǐ wán	xiāng yáo yù yǒng	yù yǒng xiū xǐan	yǒng yín yīng yǔ	yíng yù yòng wǎn
运相遥亿	祥禹以顽	乡谣毓咏	裕永修冼	勇吟英庾	营域用莞
yíng yá yì zǐ	yì zuò xiāo xiān	yùn yíng zhá yì	yíng yùn yì wān	yīng yā yì zuò	yì zuǒ xiāo xián
瀛牙邑訾	懿坐宵仙	郓嬴轧义	莹恽弋弯	鹦押刈座	奕佐销贤
yì yīn yá yùn	yīn yǐ zuò wān	yāng yuē yì zuò	yǐ zǎi yíng yuán	yì yuē xū zǎi	yú yì zài xuán
意茵崖韵	音椅作湾	殃曰绎祚	扆宰盈元	抑约吁载	盂异再旋
yú yōu yǐ zǎo	yì zǎo yīn yuán	zào yú yōu zǎi	yū yì zhǐ xuān	yú yóu zhào yì	zhǎn yì yīn yuán
榆优蚁早	翼枣荫垣	造扵忧仔	纡益旨禤	鱼由罩裔	斩翳阴辕
zǎo yū yōu yì	yáng zhǐ zǒu xiǎn	yōu yáng zǔ xiàn	yuǎn zǐ yāng yán	xiàn yí zhái zú	yún zǔ zòng zàn
藻於攸佾	羊芷走显	幽洋祖羡	远紫鸯言	陷夷宅卒	云组纵赞
zāo zhī zòu zuì	yì ào yīn yuán	yuàn yún yōng ào	yī jìng hè xián	yí zé xiàn ào	yuàn zhuàng yáng yán
糟芝奏最	羿奥因源	怨郧拥傲	依敬赫咸	移则线骜	愿壮炀闫
yàn yún yōng jiǎo	xióng yǎn shǔ xiān	yuán yí yǎn wǎng	wǎng yàn yóu yuán	yàn yí zéi zǎn	yī yàn xiǎo yuán
砚芸庸角	雄奄属鲜	员仪衍罔	往艳猷沅	宴贻贼昝	医雁晓园

yí zé xiǎn sǔn　yǎn zǐ yí yān　yǐn yí zōu càn　zūn zǎn qiè yuán　zá zēng zhài wù　shū wěi bēn yān
怡泽险笋　偃子宜烟　引遗驺灿　遵攒郄圆　杂增砦物　书隗奔嫣

zhǎn wēi wáng chǎn　áo xiàn chuàng yuān　zú zōng shuò jì　xiàn shì chóu chán　zhǒng lóng méi zhào　tái jiǎn cì yán
盏巍亡阐　鳌县创鸳　足踪朔祭　献适筹禅　种笼玫召　台蹇赐筵

hái chén yàn xiàn　yàn huì róng huán　zé yí áng cuì　qí diàn yī fán　qí róng sī tí　sēng róng zú yán
孩晨彦宪　厌惠戎郇　迮饴昂萃　棋殿伊繁　琦容斯蹄　僧融族岩

fù píng zhōng dǒu　bēn shù pǔ fān　péng láo lì què　nuò wù yáo mán　dǎi páng jú èr　shū yù hài yān
富平锺钭　贲束溥藩　蓬劳郦却　诺戊徭蛮　逮逄僪贰　殳愈亥焉

xū hé yǔ zài　shì wěi lái hán　bèi qiáo zhōng wù　hūn mǎo sì dān　láo méi lèi yǔn　sài shì zhāi qiān
须盍羽在　示委莱邗　邶侨中悟　荤卯俟郸　牢枚类允　赛侍斋千

fěi sēn péng jiǎo　qī ǒu zǔ tán　hóng qí bèi suǒ　yù shù páng jiàn　dào zhāo yíng mò　mí yǐn jìng nǎn
斐森朋佼　漆偶俎郯　闳歧孛锁　御树旁谏　道钊赢貊　祢隐镜赧

suí lóng suǒ kǎo　lù lǎo zhuó jiǎn　xìn gōng yóu ài　féi cáng chāo màn　shū píng āi guī　tuó jiē bō yān
随泷所考　逯老禚謇　信恭犹爱　肥藏钞漫　叔凭哀圭　陀接波咽

qióng hāo duó zhēn　qú zhuó qí yán　shéng kuì wèng jí　miù cuō shuō zhàn　yáng xī qí líng　yín jú dū dàn
邛蒿铎针　渠濯骑研　绳蒉瓮戢　谬蹉说湛　扬析亓零　鄞局督淡

yī wán dá xī gōng sūn　líng hú xuān yuán　tú qīn dì wǔ　guī hǎi rǔ yān　běn shēng bèi ér　chéng mǎ hè lán
一完达奚公孙　令狐轩辕　涂钦第伍　归海汝鄢　本生孛儿　乘马贺兰

zhī jǐn mó qi　sī mǎ shàng guān　xià hóu zhū gě　yán fǎ hè lián　wén rén huáng fǔ　yù chí duàn gān
只斤万俟　司马上官　夏侯诸葛　闫法赫连　闻人皇甫　尉迟段干

tán tái gōng yě　qī diāo qí guān　zōng zhèng rǎng sì　lè zhèng hū yán　tuò bá jiá gǔ　huí hé tú dān
澹台公冶　漆雕亓官　宗政壤驷　乐正呼延　拓跋夹谷　回纥徒单

wū mǎ gōng xī　bái lǐ chì gàn　liáng qiū zuǒ qiū　zǎi fù gǔ liáng　chún yú chán yú　yī qí gāo yáng
巫马公西　白里叱干　梁丘左丘　宰父谷梁　淳于单于　伊祁高阳

tài shū shēn tú　mèng sūn bó shǎng　zhòng sūn sī kòu　běi gōng gāo táng　zhōng lí yǔ wén　lóng qiū wū yáng
太叔申屠　孟孙伯赏　仲孙司寇　北宫高堂　锺离宇文　龙丘巫阳

xiān yú lǘ qiū　shǎo zhèng lǔ yáng　zhuān sūn duān mù　pú gù ōu yáng　dōng mén xī mén　shū sūn dōng fāng
鲜于闾丘　少正鲁阳　颛孙端木　仆固欧阳　东门西门　叔孙东方

xiān dū zǐ chē　gē shū gōng yáng　shā tuó wū sūn　ā jiā gōng liáng　dōng guō nán mén　yáng shé pú yáng
仙督子车　哥舒公羊　沙陀乌孙　阿加公良　东郭南门　羊舌濮阳

wēi shēng xiū tú　qū tū jǐng gōng　pǔ chōng mù kǒng　zhǎng sūn mù róng　sī tú sī kōng　nán gōng bù nóng
微生休屠　屈突井弓　朴冲木孔　长孙慕容　司徒司空　南宫布农

ài xīn jiào luó　wán yán yē lǜ
爱新觉罗　完颜耶律

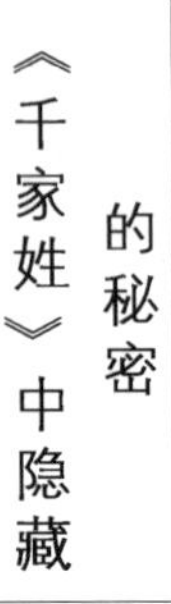

《千家姓》中隐藏的秘密

本节发现，把中华民族的几乎所有单姓字（共 3 292 个字），经过简单排列后，就能成为一首又好听、又好笑的歌曲。当然，为增加趣味性，我们还是借助机器文学算法，把其中一部分姓氏排成了成语、地名、诗句等。享受此文（特别是歌曲部分）的最佳方法是：让朋友朗读，您闭眼静听！

对中国人的姓氏字，大家既熟悉，又陌生！

姓氏字给人的印象是很专用，很呆板，即使是家喻户晓的《百家姓》，赵钱孙李……，其语句也是没有任何含义的。但是，当把中国人的所有姓氏字聚集到一起时，情况就完全不一样了（此处只考虑单姓，不考虑复姓）。

首先，绝大部分中国人不知道，原来中华（单）姓氏字竟然至少有 3 292 个之多（如果考虑字形相同，发音不同的情况，比如，石（shí）和石（dàn），那么，这个数目会更多）！更意外的是，只需要经过简单的排列，那么，借助中文自身的“音、调、韵”等，所有姓氏就自然地、一字不重复地，变成了一首又好听、又好笑的歌曲。您若不信，请看完此节。

姓氏歌曲的排列法如下。

第 1 步把同音字放在一句话中，并用“句号”隔开；

第2步在每句话中，如果该音的四声是齐全的，那么，就按“调”的“阴阳上去”顺序进行切割，用“逗号”分隔；如果切割到四声不全了，那么，就把所有“调”相同的同音字放在一起，并进行“四字一组”的再切割，用“逗号”分开，不够四字时，不同调之间用“分号”隔开。

这种排列法，还有一个好处，那就是可以协助认识那些稀奇古怪的姓氏字。当然，该排列法对《百家姓》是无效的，因为，其样本太小！

由于按该姓氏歌曲排列法，排出全部3 292字的歌曲太长；为了增加趣味性，也为了显示姓氏字的无穷魅力，我们在下面详解。

第1段，给出了由部分姓氏字组成的141个“四字成语”；

第2段，给出了由其余姓氏字中的部分字，组成的22句李白和杜甫的“五言诗句”；

第3段，给出了由其余姓氏字中的部分字，组成的24句“四言诗句”；

第4段，给出了由其余姓氏字中的部分字，组成的33句《三字经》和《弟子规》“三字片断”；

第5段，给出了由其余姓氏字中的部分字，组成的56个城市（区）名称；

第6段，给出了由其余姓氏字中的部分字，组成的电影《音乐之声》的主题曲《哆来咪》的跑调版（建议此部分由朋友给您念，您只听不看！另外，为了对照方便，我们把《哆来咪》的“工科版”简谱，用阿拉伯数字，附在本段的后面，以增加趣味性）；

第7段，它是本文的主体，由所有剩余姓氏字，按前面的“姓氏歌曲排列法”排出的一首歌（仍然建议此部分由朋友给您念，您只听不看）。当然，我们也可以完全忽略前6段，把所有3 292个姓氏字排成一首歌，如果您不嫌长的话。

到此，国人的几乎全部3 292个姓氏字就被“一字不少，一字不重复”地排列完毕了。

对了，还有一个小秘密：那就是，包括您在内，绝大部分中国人，可能都是“有姓无名”，即，您名字中的每个字其实只是一个姓氏字而已！不信，您就自己试一试吧！

1. 由部分姓氏字组成的141个“四字成语”

胸有成竹，安富尊荣，贵而贱目，礼贤下士，花言巧语，长此以往，粟红贯朽，灰飞烟灭，性命交关，止于至善，沽名钓誉，森罗万象，食不果腹，端倪可察，与民更始，用舍行藏，通宵达旦，美人迟暮，树大招风，烛照数计，功德无量，颜面扫地，身强力壮，云消雨散，出奇制胜，快马加鞭，进寸退尺，实事求是，恨之入骨，理屈词穷，火烧眉毛，如运诸掌，床头金尽，瞻前顾后，忧国奉公，孙康映雪，蛇口蜂针，任重道远，识文断字，虚舟飘瓦，艰苦朴素，短兵相接，神施鬼设，去伪存真，芒刺在背，造化小儿，跃然纸上，海枯石烂，解甲归田，时和年丰，决一死战，鱼龙混杂，耳鬓厮磨，蠹众木折，玉洁冰清，高朋满座，例直禁简，夫唱妇随，裂土分茅，开路先锋，狱货非宝，卧薪尝胆，精诚团结，咎由自取，四衢八街，井中视星，使羊将狼，心织笔耕，离弦走板，新陈代谢，被山带河，曲终奏雅，投鼠忌器，昂首阔步，冠冕堂皇，爱莫能助，音容笑貌，思潮起伏，祸从天降，细枝末节，灵丹圣药，世外桃源，家常便饭，光阴似箭，尸居余气，明知故问，鸾翔凤集，智勇双全，北辕适楚，墨子泣丝，麦穗两歧，皮里阳秋，得陇望蜀，瓜熟蒂落，深恶痛绝，日积月累，生栋覆屋，布鼓雷门，粉白黛黑，对酒当歌，鹤立鸡群，争猫丢牛，吐刚茹柔，寡见少闻，画虎类狗，才疏意广，斗转参横，空谷传声，呼幺喝六，千载难逢，十围五攻，西除东荡，利傍倚刀，畅叫扬疾，扶颠持危，拔本塞原，林寒洞肃，饱谙经史，卷帙浩繁，毒赋剩敛，审几度势，藉草枕块，观变沉机，三百瓮齑，业峻鸿绩，桂殿兰宫，留犊淮南，登崇俊良，章甫荐履，迈古超今，价等连城，构会甄释，二缶钟惑，物极必反，欢喜若狂，忘恩负义，乘热打铁，游手好闲，合浦还珠，隐约其辞，鄙俚浅陋。

2. 由其余姓氏字中的部分字，组成的22句李白和杜甫的“五言诗句”

鼻息干虹霓，朗咏紫霞篇，践苔朝霜滑，别梦绕旌旃，毋令旷佳期，夕鸟栖杨园，偃蹇陟庐霍，英图俄夭伤，季冬携童稚，衣露净琴张，君看渥洼种，楼孤属晚晴，蓬蒿翳环堵，凭谁给麹糵，缆侵堤柳系，郎官幸备员，萧曹拱御筵，回帆又省牵，已谓殷寥廓，守职甚昭焕，筑场怜穴蚁，萍流仍汲引。

3. 由其余姓氏字中的部分字，组成的24句“四言诗句”

汉女倏忽，侧近桥梁，羽仪未彰，黍稷稻粱，我仓既盈，工祝致告，靖共尔位，俾躬处休，番维司徒，悉率左右，汤谋易旅，妹嬉何肆，後兹承辅，王虺骞只，豪杰执政，仰慕严郑，俯托轻波，胄衍祀绵，拜服李杜，激越苍凉，野菜充饥，讨论标准，披荆斩棘，宗旨牢记。

4. 由其余姓氏字中的部分字，组成的33句《三字经》和《弟子规》“三字片断”

亲师友，曰岱华，嵩恒衡，遍水陆，青赤黄，及辛咸，宜调协，弟则恭，唯书学，凡训蒙，宋齐继，失统绪，受周禅，皆称帝，号洪武，迁燕京，历乾嘉，昔仲尼，苏老泉，且聪敏，唐刘晏，显父母，次谨信，应勿缓，须敬听，苟擅为，怡吾色，悦复谏，昼夜侍，己即到，过犹待，仁者希，列典籍。

5. 由其余姓氏字中的部分字，组成的56个城市（区）名称

昌平，延庆，晋州，正定，元氏，乐亭，抚宁，邯郸，肥乡，临漳，邢台，隆尧，内丘，巨鹿，沾益，澄江，腾冲，镇雄，盐津，鲁甸，个旧，绿春，剑川，瑞丽，福贡，麻栗坡，普洱，屏边，申扎，班戈，岗巴，措勤，革吉，永寿，旬邑，吴旗，岚皋，商洛，景泰，庄浪，迭部，泽库，玛沁，策勒，莎车，尉犁，博湖，奎屯，沙湾，阿克陶，焉耆，香港，油尖旺，太保，闽侯，尤溪。

6. 由其余姓氏字中的部分字，组成的电影《音乐之声》的主题曲《哆来咪》的跑调版

多来；米～；铎来；弭～；朵郲，芈发；所拉，梯～。剁莱；弥堕；祢钭；縻～；赖，麋；伐阀，糸赖；法～；方～；宓，邡；索，秘；锁密；锁～；坊缩；腊辣，桫芳；喇～；刺～；娑，豆；乃迷，防宿；那～；纳～；娜，迺；蜜房，皲拿；提～；逳～；题，汨；鲂蘇，曩体；闟～；兜，惕蹄；囊放；贴王；陡速；縻鼐。（12；3～；12；3～；12，34；56，7～。12；31；31；3～；2，3；44，32；4～；4～；3，4；5，3；53；5～；4，5；66，54；6～；6～；5，1；23，45；6～；6～；6，2；34，56；7～；7～；7，3；45，67；1～；1，77；64；75；15；32。）

7. 由所有剩余姓氏字，按前面的“姓氏歌曲排列法”排出的一首歌

蔼霭；哀；艾。犴岸暗；铵。盎。奥奥澳骜，傲；敖隞熬鳌；凹。霸灞罢；笆；仈捌芭；把。柏栢摆。斑般；昄坂；办半伴。邦；蒡；榜。褒雹葆报；抱豹鲍暴，瀑；包剥。卑悲碑杯；贝邶倍，辈。奔贲。鬓。毴逼蜱；匕比；毕闭邲畢，赑弊碧蔽，薜。编；扁；卞弁辩。彪标；表婊。鳖；别。宾彬；膑髌。丙邴秉炳；并。铂薄搏渤，伯帛泊；钵播；卜；孛。卟补捕；簿。材财裁；采彩；蔡。蚕；璨灿。沧。鹐鄵；操；漕。册厕恻筴。岑。层。插叉；查茬茶；岔姹。侪柴；虿。缠镡婵；产阐。菖苌厂倡；昶敞；嫦裳；巶。晁巢鼌鼂；抄钞。车；彻。尘臣辰陈，晨谌忱；郴；闯；衬。呈程箴橙。蚩弛耻斥，匙茌齿敕；叱；池墀驰。春；虫；宠。雠仇丑臭；瘳抽；绸踌俦筹；佥俶。初厨钼黜；滁雏锄；储楮褚褚，杵；触矗。揣。啜。巛歂舛串；穿；船舡篙；钏。创。吹炊；椎垂锤。椿；纯淳。慈茨祠；束赐。苁枞葱；丛琮。醋促；粗。汆；攒；爨。崔催；毳翠摧萃。村；厝。蹉；错。奋；妲笪答达；沓。歹逮；戴殆骀。单耽担；但啖淡萏，澹。当；党黨。的。灯；邓鄧。低敌底旳，祗狄邸谛；磾氐；籴涤迪荻；第棣遆碲。嗲。滇佃点店；碘；奠电。刁貂雕凋。牒叠。丁，鼎顶。耑；段瑕锻缎。队兑。惇敦；趸；囤盾顿。娥鹅蛾峨；鄂锷。兒褊；迩铒；佴贰。菲淝斐废，斐棐匪黂；费。芬；坟；奋龚。沣冯讽俸；枫封峰丰，酆；冯。佛。伕敷；芙苻洑茯，郛浮涪符，蕍孚凫幅，弗拂；府釜；付附阜傅。伽旮；尕。该垓；改；盖蓋。甘尴柑；敢澉橄；绀淦幹赣，旰。冈江纲钢，罡棡；杠。睾糕羔；稿杲镐；郜。哥鬲葛各；鸽阁；阁格；舸。根哏艮亘。庚赓；耿。龚弓宫龚；巩；供。勾沟缑钩；笱；垢。估姑辜嫴；股鹄；固崮顾顧。刮；卦。夬；怪。管；灌。犷。圭妫龟巂，闺邽珪规；氿诡晷；刽炅柜；瑰。滚。呙郭锅；虢。铪哈。亥骇；孩。憨函喊汗；韩韓含邗；罕；菡撖熯旱。杭航。毫；郝；耗皓颢灏，皓皞昊。禾荷菏貉，佫盍；贺赫。很。亨。轰訇；弘宏闳。吼；猴；郈厚候。乎轷；弧狐胡壶，斛瑚；戶户护沪，扈互祜苄。華；话；划。怀槐。缳郇桓寰；幻奂宦浣，患唤。黄蝗；晃。徽辉翚輝，晖；悔毁；卉惠慧蕙，诲。昏荤婚；浑魂。豁活伙或；秳；获。丌岌芶际，讥伋纪蓟，乩佶脊祭，玑雞戟冀；芨姬笄基，嵇赍箕稽，畿墼罽；姞笈戢楫，蒺辑蕺蕺，戢；伎纪技芰，洎济荷寂，寄悸暨蓟，繼霽刂。镓夹贾驾，葭郏賈架；荚；假；稼。奸坚间肩，姦监菅兼，笺缄；謇减剪检，翦簡；建健渐蹇，鉴瞷鑑涧，件。姜茳薑疆；讲奖蒋；绛酱匠。郊姣胶焦，蕉椒娇；角皎矫敫，缴噭佼；徼教觉。阶捷姐介；揭；孑颉窦截，劫桀竭；戒芥界。斤巾；瑾锦卺；妗荩缙靳。泾茎晶；警；婧竞静镜，竞境径。鸠纠阄摎；九久玖韭；臼柏就舅，舊鹫救。苴局苣拒，琚菊沮句，雎桔举具，駒瞿莒俱；鞠祖驹；钜聚剧衢；僪。娟；隽。钧军均菌；隽郡竣寯，骏。咖；卡。凯楷。勘堪；坎侃；阚。糠；亢伉邡抗。考；靠。柯科窠；轲；客恪刻。坑。䂬孔恐。叩扣寇蔻。哭堀。夸。蒯；郐。宽。匡；夼；邝况矿贶，鄺。哇逵葵魁，夔；蒉匮。髡裈坤。栝萿蛞括。劳勞醪；姥；嫪。冷。厘狸骊黎；笠厉吏励，隶俪栎荔，郦溧厲。谅亮；粮。辽聊僚潦；了廖蟉。劣烈冽。鳞淋琳；廪；吝蔺。伶泠苓瓴，凌陵零酃，聆玲绫；另；岭领。溜浏熮蹓，熘琉飗塯；硫蒥骝榴，瑠劉鹠瞜，嚠蓅餾廲，飂飀鎦；廇磟鹨雷，雡䨨遛镏。蘢龍珑笼，泷；衖。娄楼；漏。滷盧卤麓；卢芦爐；甪彔录陆，渌逯禄潞。驴闾；吕呂虏侣；律虑。伦倫轮纶。羅玀捋濼；螺蠃籮鑼，骡；裸曬；络骆絡雒，駱。妈；馬傌；杩祃骂。买買；卖麥賣。满；曼漫缦蔄；蛮。茫邙忙；莽蟒。矛茆；茂冒贸帽，鄮；么；卯。枚梅郿玫；每。们。孟；盟。眠芇棉；黾勉。苗；妙庙；邈秒淼。旻缗緍；皿闵閩。茗冥铭鸣。谬缪繆。蘑魔模摩；貊默陌；磨。牟。亩姆亩；仫沐牧钼，幕睦穆墓。

泥郳；伲逆匿；你。辇；念。娘。鹏袅。佞；甯。狃纽钮。农侬浓農；弄。耨；奴。虐。挪傩；诺。鸥欧殴歐；偶藕。扒；爬；怕。拍；排牌；派。潘攀；璠盘盤；泮畔盼叛。庞庞逄旁，龐；榜胖。咆庖。裴裵；沛。喷；盆溢。彭鹏澎；昆；捧。邳疲匹甓；丕辟；貔。偏；片；骈。嫖；骠。频；品；贫。泼颇；婆鄱；破。裒；剖。支扑；仆莆蒲濮；溥谱。戚祈企汽；七柒萋欺，妻漆；亓祁岐淇，棋綦蕲錡，麒荠骐乞，琦骑；岂启杞锜，棨绮。仟钤遣茜；阡纤谦；钱钳潜錢，黔虔；欠倩。羌；墙蔷；強。郬谯；乔侨乔樵。切；乩茄；妾怯。骎钦；芩芹秦禽，懃；寝。倾卿；苘。邛琼。邱湫楸；酋球遒裘；糗。区區诎麴；朐渠蕖璩，蘧。圈；权拳；犬。缺阙炔；却御雀舄，阕阙鹊。燃；冉染。穰穰；壤；让。饶饒。壬；荏。扔；礽。戎彤蓉融，绒榕。儒濡繻；汝辱；褥。阮软。芮锐；蕊。闰润。弱。撒洒；萨薩卅。赛。叁；伞。桑。骚。涩瑟。僧。杀繝纱；傻；煞。苫杉钐剡，删珊；剡闪陕；汕扇鄯膳。觞殇；赏；尚。蛸；芍杓韶；邵绍哨。奢；舌佘；厍射摄涉。姺；沈；慎。笙甥；绳；晟盛。诗拾矢奭，浉時驶柿；師蓍；屎；莳仕市示，式。殳孰暑戍；叔姝殊舒，淑儵；曙署；术束尌庶。要。帅。税。顺舜。寺汜佀姒。泗驷俟耜。松淞；诵颂。酸；蒜。眭睢；绥隋；岁邃遂燧。狲孫；笋。她他它禢；塔；踏。邰；态。坛谈郯覃，谭潭檀譚；坦；叹炭檀。湯棠倘烫；糖。涛；逃；套。滕藤誊。添；甜恬；琠。儵条；眺枭铫。廷庭停；挺。仝同佟彤，苘桐酮瞳，铜；桶。偷；透。凸突；涂涂荼屠，途塗；兔。湍。推。吞；豚。拖佗庹拓，脱陀妥柁。弯丸碗萬；宛莞婉皖；外；完玩顽。汪；亡；网罔。威韦伟畏，微嵬委魏，薇韋产蔚，巍惟維慰；圩；隗尾纬；卫渭。温聞稳汶；溫；雯。翁。沃握斡。乌吳舞兀，邬浯午戊，巫芜仵务，鄔梧伍悟；忤；坞。遐侠；丁夏厦鏬。仙伭冼县，鲜舷险苋；现线宪線，羡献霰陷。鄉庠响巷，湘祥想向；襄箱；项；享。枭箫霄蕭，销逍潇嚣，肖；晓筱；孝効效校，啸。忻欣莘歆，鑫；衅。刑形；杏姓倖兴。芎兄凶；熊。修羼貅；秀岫绣。徐徐许序，嘘戌許续；盱胥顼；婿絮緒旭，蓄叙。轩璇选炫；宣谖萱煊，儇禤；悬玄玹旋；铉。薛；踅；血。寻荀郇；迅。押鸦鸭；牙芽琊崖，衙；亚娅。阏嚴兖彦，淹沿演晏，阉讠琰砚，鄢炎郾宴，嫣研眼艳，咽顏奄厌；闫岩閆阎，閻檐顏；焱雁。央洋养样；殃鸯秧；炀楊卬；鞅漾。析习葸戏，郗席洗郄，奚袭禧郤；犀稀锡樨，膝吸羲醯，晰牺熙穸，戲汐；隰霫；

舄。腰姚咬要；摇遥谣徭，瑶；耀；杳。椰爷冶叶，耶揶也曳；页邺葉。伊彝乙亿，医颐矣弋，依移扆乂，壹夷椅佾；饴遗贻沂；刈艺仡亦，异役抑毅，奕羿裔翼，懿绎。因誾尹印；荫茵；寅淫银鄞，黄訚吟。婴樱鹰鹦；迎荥莹营，萦嬴赢瀛；郢颖颍。庸鄘雍拥。攸斿酉佑；优幽悠；猷尢；宥幼。迂渝予裕，淤虞宇喻，於庾臾芋，吁萸圉聿，纡扵禹浴；盂俞禺瑜，榆愚；郁预遇愈，毓豫鬻鬱，域。鸳鸢渊；负垣爰負，圆袁援缘，沅；苑院怨愿。岳玥钺粤，龠阅。耘妘沄郧，芸鄆雲；允；郓恽韵孕。甾。宰；再。攒昝趱；赞鏨。臧；奘弉葬。遭糟；早枣棗藻；灶皂啅。迮贼笮；昃。曾曽；增；缯锃甑赠。轧闸；乍诈。斋宅窄债；翟；砦寨。毡粘詹；展盏；鳣占绽湛，蘸。張鄣獐；仉；丈胀瘴障。钊釗；沼；召兆诏赵，肇趙曌罩。哲；褶；柘浙这。珍祯斟箴；圳阵鸩振，朕赈震。征怔钲铮，蒸徵；挣证诤症，鄭。支植芷治，芝殖指质；祗脂；志郅挚秩，彘雉。衷锺鍾鐘，忠。洲；纣皱宙。朱逐渚住，邾竺主柱；茱洙猪；翥注。抓。装砖专颛；沌饕。妆莊。墜；追。桌捉；卓禚濯浊。梓訾仔；孜资辎粢；資。综踪；纵。鄹邹驺；鄒。足卒；俎沮祖组；族。最。遵。佐；柞坐作祚。都；窦。祷岛导捣；悼盗。苳；董；动冻侗峒。督騆笃渡；独渎；芏。奈耐。拦娄蓝篮，藍蘭；览。樂。耒磊蕾垒；泪。帘濂莲連，联廉娈；炼恋链楝，练練。孪峦栾；卵。男莮楠難。赧。讷。涅聂臬聶；孽陧。靡。乜蔑。仿访。翻藩蕃；樊氾；范梵泛。稣；夙。收。朔硕；说。郎琅稂郎。帖。特。歇劦写泄；邪谐龤鞋；偰薤燮謝，蟹斜卸。

《百家姓》家喻户晓；“千家姓”知者寥寥；把中华三千单姓氏字，简单地不重复排列成歌曲的想法，绝对是妙，妙，妙!!

对希望认识更多姓氏字，特别是那些稀奇古怪姓氏字的朋友来说，通过阅读此节，并结合自己过去已经认识的部分姓氏字，那么，基于我们的排列法，您就可以比较容易地推断出绝大部分姓氏字的“音”和“调”，也就相当于认识了这些姓氏字。

对希望享受歌曲的童鞋，建议您请某位朋友替您阅读，您只需要闭眼倾听就行了。

利用“机器文学算法”，还可以从中华姓氏字全集中挖掘出更多的秘密，比如，大部分唐诗和宋词中的用字，其实都全部是姓氏字而已！

第三章　千字文

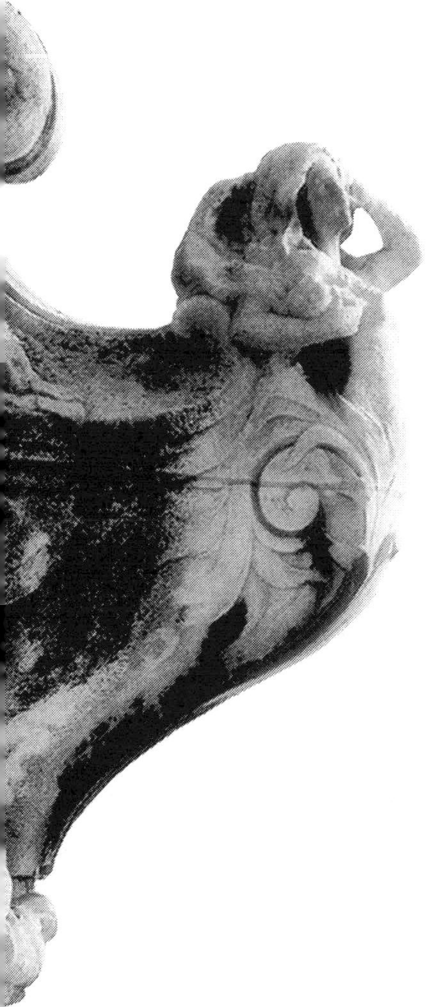

古文纠错 千年经典

“千字文”可能是最具中国特色的文种之一，其特点是：全篇文章中，每个汉字都不能重复出现！

本小节研究的千字文是历史上第一篇，也是至今最著名的一篇“千字文”。它是约 1 500 年前，南朝梁武帝时期（502—549 年），员外散骑侍郎周兴嗣奉皇命，从王羲之书法中选取一千个字，编纂而成的韵文。继周兴嗣版《千字文》之后，又相继出现了《续千字文》《叙古千字文》《新千字文》等不同版本的千字文。《千字文》很早就涉洋渡海，传播于世界各地：日本不仅有多种版本的《千字文》，而且还出现了很多内容各异，但都以《千字文》为名的作品；1583 年朝鲜出版了以朝语释义注音的《石峰千字文》；1831 年《千字文》被译成英文；此后数十年中，相继出现了《千字文》的法文版本、拉丁文版本、意大利文版本等。

唐朝以后，《千字文》这种形式被广泛采用和学习，出现了一大批以“千字文”为名的作品，如，唐朝僧人义净编纂了《梵语千字文》，宋人胡寅著有《叙古千字文》，元人夏太和有《性理千字文》，明人卓人月有《千字大人颂》，吕裁之有《吕氏千字文》，清人吴省兰有《恭庆皇上七旬万寿千字文》，太平天国有《御制千字诏》，等等。

除诗词外，在中国能够经久不衰，传承千年的文章还真不多，而《千字文》就要算其中的经典了！比如，2014 年央视春晚还把《千字文》的诵读作为一个核心节目呢！

《千字文》宣称将 1 000 个汉字编写成一篇韵文，其基本要求就是：**全文不出现重复字，即，文中的每个汉字只能出现一次**！但是，由于依靠人工编排，所以，《千字文》中很遗憾地出现了**个别错误**。

《千字文》这种文体就好像用鸡蛋垒成的一座宝塔，其中任何一个“鸡蛋”都不能挪动，否则，就会“牵一发，而动全身”使得整个宝塔瞬间崩溃！**仅仅依靠人工，几乎是不可能对这个错误进行修正**。

幸好我们发明了 种机器算法，它可以把这种“垒卵文”的整体架构“固定”下来，然后，对其进行任意的局部手术和挖补，虽然也会出现可控的“坍塌”。这个算法的效果到底如何，那就请看下节对著名《千字文》的挖补结果吧，看看是不是“修旧如旧”！

下节的**黑色字**及其位置是古典《千字文》本身的字和位置；**红色字**及其位置是把重复字中的一个挖掉后，填补上的新字；**蓝色字**及其位置是由于挖掉重复字后，引起局部“坍塌”的补丁（注：由于《千字文》有多个版本，本节引用的版本来自于网址：http：//bbs. etjy. com/thread-71048-1-1. html，其实采用我们的机器算法，任何版本《千字文》中的重字错误，都可以轻松搞定）。

“修旧如旧”的《千字文》：绝无一字重复

天地玄黄，宇宙洪荒。日月盈昃，辰宿列张。寒来暑往，秋收冬藏。闰余成岁，律吕调阳。云腾致雨，露结为霜。金生丽水，玉出昆冈。剑号巨阙，珠称夜光。果珍李柰，菜重芥姜。海咸河淡，鳞潜羽翔。龙师火帝，鸟官人皇。始制文字，乃服衣裳。推位让国，有虞陶唐。吊民伐罪，周戬殷汤。坐朝问道，垂拱平章。爱育黎首，臣伏戎羌。遐迩一体，率宾归王。鸣凤在竹，白驹食场。化被草木，赖及万方。盖此身发，四大五常。

恭惟鞠养，岂敢毁伤。女慕贞洁，男效才良。知过必改，得能莫忘。罔谈彼短，靡恃己长。信使可覆，器欲难量。墨悲丝染，诗赞羔羊。景行维贤，克念作圣。德建名立，形端表正。空谷传声，虚堂习听。祸因恶积，福缘善庆。尺璧非宝，寸阴是竞。资父事君，曰严与敬。孝当竭力，忠则尽命。临深履薄，夙兴温凊。似兰斯馨，如松之盛。川流不息，渊澄取映。容止若思，言辞安定。笃初诚美，慎终宜令。荣业所基，籍甚无竟。学优登仕，摄职从政。存以甘棠，去而益咏。乐殊贵贱，礼别尊卑。上和下睦，夫唱妇随。外受傅训，入奉母仪。诸姑伯叔，犹子比儿。孔怀兄弟，同气连枝。交友投分，切磨箴规。仁慈隐恻，造次弗离。节义廉退，颠沛匪亏。性静情逸，心动神疲。守真志满，逐物意移。坚持雅操，好爵自縻。都邑华夏，东西二京。背邙面洛，浮渭据泾。宫殿盘郁，楼观飞惊。图写禽兽，画彩仙灵。丙舍旁启，甲帐对楹。肆筵设席，鼓瑟吹笙。升阶纳陛，弁转疑星。右通广内，左达承明。既集坟典，亦聚群英。杜稿钟隶，漆书壁经。府罗将相，路侠槐卿。户封八县，家给千兵。高冠陪辇，驱毂振缨。世禄侈富，车驾肥轻。策功茂实，勒碑刻铭。沔溪伊尹，佐时阿衡。奄宅曲阜，微旦孰营。桓公匡合，济弱扶倾。绮回汉惠，说感武丁。娓俊密勿，多士寔宁。晋楚更霸，赵魏困横。假途灭虢，践土会盟。何遵约法，韩弊烦刑。起翦颇牧，用军最精。宣威沙漠，驰誉丹青。九州禹迹，百郡秦并。岳宗泰岱，禅主云亭。雁门紫塞，鸡田赤城。洱池碣石，钜野洞庭。旷远绵邈，岩岫杳冥。治本于农，务兹稼穑。俶载南亩，我艺黍稷。税熟贡新，劝赏黜陟。孟轲敦素，史鱼秉直。庶几中庸，劳谦谨敕。聆音察理，鉴貌辨色。贻厥嘉猷，勉其祗植。省躬讥诫，宠增抗极。殆辱近耻，林皋幸即。两疏见机，解组谁逼。索居闲处，沉默寂寥。求古寻论，散虑逍遥。欣奏累遣，暄谢欢招。渠荷的历，园莽抽条。枇杷晚翠，梧桐蚤凋。陈根委翳，落叶飘摇。游鹍独运，凌摩绛霄。耽读玩市，寓目囊箱。易輶攸畏，属耳垣墙。具膳餐饭，适口充肠。饱饫烹宰，饥厌糟糠。亲戚故旧，老少异粮。妾御绩纺，侍巾帷房。娆扇椭圆，银烛炜煌。昼眠夕寐，蓝笋象床。弦歌酒宴，接杯举殇。娇手顿足，悦豫且康。嫡后嗣续，祭祀烝尝。

稽颡再拜，悚惧恐惶。笺牒简要，顾答审详。骸垢想浴，执热愿凉。驴骡犊特，骇跃超骧。诛斩贼盗，捕获叛亡。布射僚丸，嵇琴阮箫。恬笔伦纸，钧巧任钓。释纷利俗，伉俪佳妙。毛施淑姿，工颦妍笑。年矢每催，曦晖朗曜。璇玑悬斡，晦魄环照。指薪修祜，永绥吉劭。矩步引领，俯仰廊庙。束带矜庄，徘徊瞻眺。孤陋寡闻，愚蒙等诮。谓语助者，焉哉乎也。

重字删补《中华字经》的

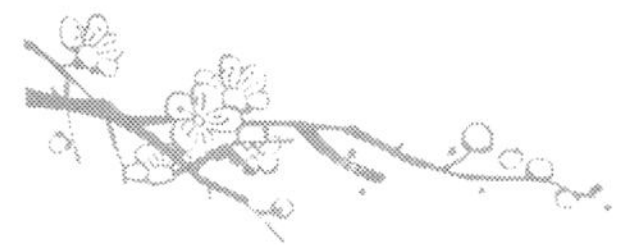

新中国成立后，在蒙童教育中，最有影响的“千字文”可能是《中华字经》，它是教育部语言文字应用研究所的重要科研成果，已被中国侨联指定为海外华人学习的汉语教材。

大名鼎鼎的《中华字经》是郭宝华教授及其课题组辛辛苦苦耗时三年多，希望用 4 000 个常用汉字编写而成的一篇韵文，其基本要求就是：**全文不出现重复字，即，文中的每个字只能出现一次！**

但是，由于郭教授等主要依靠人工编排，所以，《中华字经》中很遗憾地出现了两个与约定相左的问题：其一，文中有 27 个重复字（长藏陆弟解灸膀行塞调朴勇率弹阿乐朝传哥核圈畜縻已腋漫享）！其二，文章的总字数只有 3 984个。由于此类“不出现重复字”的文章（称为“千字文”）结构非常脆弱，即，哪怕仅改动一个字，都有可能造成全文的“雪崩式坍塌”，所以，原作者只好找了一些很勉强的理由来淡化上述问题。

借用我们发明的计算机算法，本节对《中华字经》的上述两个问题进行了纠正，同时，还在修订版的“中华字经”中把郭宝华教授的作者姓名也嵌进了文章中。相信，如果没有咱们的机器算法这个“金刚钻”，即仅仅依靠人工，那么，这些修订将是难度相当大的“瓷器活”，甚至可能会“越修越坏”。不信，请有兴趣的读者自己试试！

终于，我们可以名正言顺地宣称：下节的修订版《中华字经》真的是由4 000个汉字，**一字不重**地写成的一篇韵文，而且，还带有作者的版权“水印”。

无重四千字版《中华字经》。

乾坤有序，宇宙无疆，星辰密布，斗柄指航。昼白夜黑，日明月亮，风驰雪舞，电闪雷响。

云腾致雨，露结晨霜，虹霓霞辉，雾沉雹降。春生夏馨，秋收冬藏，时令应候，寒来暑往。

远古洪荒，海田沧桑，陆地漂移，板块碰撞。山岳巍峨，湖泊荡漾，植被旷野，岛撒汪洋。

冰川冻土，沙漠沃壤，木丰树森，岩多滩广。鸟飞兽走，鳞潜羽翔，境态和谐，物种安详。

形分上下，道合阴阳，幽冥杳渺，天休著彰。凝气为精，聚能以场，缩浓而质，积微显量。

化巨幻虚，恍惚成象，强固凌弱，柔亦制刚。终极必反，存兴趋亡，色空轮回，动静恒常。

唯实众名，一理万方，父母爹娘，没齿难忘。妯娌姐妹，危困助帮，姑姨叔舅，亲戚互访。

侄男闺少，哺育茁壮，夫妻相敬，梦忆糟糠。隔屋邻舍，遇事谦谅，伯公妪婆，慈孝赡养。

尊朋礼友，仁义君郎，炎黄二帝，尧舜禅让。禹启世袭，灭桀商汤，周武伐纣，侯列各邦。

秦皇集权，汉刘楚项，鼎立割据，乱晋八王。南北对峙，腐朽隋炀，贞观政要，五代续唐。

陈桥兵变，耻辱靖康，耶律完颜，元建宋僵。钟离太祖，崇祯吊丧，清军入关，大臣驻舫。

粉碎叛卓，犁域设将，台湾复归，守卫边防。鸦片战争，英占香港，戊戌维新，社会改良。

辛亥革命，孙文思想，联盟抗倭，国共两党。定都京师，人民解放，诸子百家，孔孟老庄。

扁鹊灵医，鲁班巧匠，罗盘硝药，针灸疗伤。蔡伦毕升，鉴真玄奘，易经论语，史记达畅。

河图洛书，算术九章，西三红水，聊儒瓶厢。诗词曲赋，戏剧说唱，琵琶琴瑟，锣镲铿锵。

笙箫呜咽，卧笛悠扬，筝音奔奋，唢呐高亢。荆浩匡庐，董源潇湘，米芾写意，悲鸿骏昂。

笔墨纸砚，匾楣楹榜，楷隶篆刻，碑帖草狂。敦煌石窟，长城伟墙，青铜甲骨，缕衣纱裳。

虎符越剑，陶马俑葬，彩瓷黯瓮，丝绸他乡。凡尔赛宫，金字塔状，泰姬陵墓，彼得教堂。

瑛翡琥珀，希腊塑像，最后晚餐，创造亚当。亭榭楼阁，寺庙殿廊，蓬门荜户，丈室绿窗。

府弟别墅，画栋雕梁，庭院踏步，影屏幕障。承尘藻井，篱笆柱桩，舷舵扶靠，凭栏眺望。

悬崖峭壁，峰峦叠嶂，泉喷岚罩，湍急瀑宕。峡沟潭渊，溪涧流淌，池渠堰坝，沼泽泥塘。

漩涡带波，礁屿连江，汹涌澎湃，惊涛骇浪。灾涝溢泻，汛潮浮涨，苍松寿柏，垂柳毛杨。

芭蕉蒲扇，斑竹篾筐，槐椿榆桦，杉桂榕樟。斋扉紧闭，栅苑濒旁，坪埔莱茵，韭窥坞坊。

蔷薇翩跹，莆蒿蔚茫，蕴蒂荚芯，蓓蕾琳琅。奇花异卉，艳丽荣秧，兰荷菊梅，四季芬芳。

杜鹃泣血，芙蓉吉祥，茉莉馥郁，玫瑰刺芒。瓜果蔬菜，葱蒜韭姜，茴椒芹葵，皮芥辣酱。

芸苔芋笋，葫芦瓢瓠，番茄蘑菇，乳蛋醇酿。碘盐食醋，脆卜甜糖，珍馐旨甘，肴馔膏粱。葡萄美酒，玉液琼浆，咖啡益智，茗茶顺肠。桃李杏柿，汁鲜味爽，椰柚橙桔，渴饮品尝。菠萝柑橘，橄榄槟榔，梨枣苹楂，荔栗榴棠。蝌蚪摆尾，蛤蟆鼓囊，钓饵蚯蚓，蠕虫蚂蟥。鹦鹉学舌，蜜蜂穿忙，蝙蝠栖洞，梧桐引凰。蜘蛛牵补，螟蛉蛀粮，蜻蜓振翅，鸠鹏张膀。鸥莺燕雀，蝴蝶鸳鸯，鲤鲫鲇鲸，蛙蚌螺蟧。蚜蛾蝉蛹，龟卵翼蝗，蚊蝇鼠蚁，蛇蝎鳝蟒。蜈蚣毒腺，蟋蟀蹬闯，鹿狈狐狸，熊豹豺狼。猿啼猴吱，鸵孵獭躺，雏猩攀梢，雌牡匿冈。砂舟骆驼，迅捷羚羊。

神州初繁，睡狮渐醒，玖久纪末，千年始零。宏业昌盛，妙策递迎，左右兼顾，总揽统领。内取稳进，外交志同，阶梯过度，切忌狠猛。六贼七害，监视审听，戒贪须效，践约宜行。贬恶褒绩，赏劝罚惩，操刃执斧，塞涓救荧。势如突起，抽薪熄平，途逢险兆，消芽于萌。赈饷止纷，贵在用衡，依法谋治，官吏皆正。推贤荐材，睹貌辨容，纯朴宽厚，侠烈尽忠。耿直肃仪，襟怀袒诚，谄媚狡猾，机敏慧颖。懈怠懒惰，拙笨碌庸，愚昧糊涂，偏才至聪。羞涩拘束，杰健悍雄，恭谨畏惧，缄默持重。骄奢傲慢，怯懦惶恐，超逸独居，恬淡匀宁。猜疑诡秘，威严毅勇，币帛钱钞，攘夺其宗。企财盼利，价值均等，务工开厂，增富减穷。资产累计，幂税加乘，憧憬贷款，储蓄倍宠。抵押拆借，循例不停，供给需求，市货充盈。销售买卖，亏差余剩，债券股票，博赌输赢。闻赚虽喜，跌赔癫疯，休闲退优，涣虑受道。拒宾疏客，忧谢欢招，把盏讲趣，倚床读晓。游景筏渡，迹绝喧嚣，茂冠蔽枝，莽园出条。碧岭滴翠，落叶飘摇，心澄彻透，雅悦去燥。挥毫绎就，佳句抒了，漆珠镶眸，秀眉斜弯。樱口含笑，脂靥隐现，敖鼻单翘，坠耳双环。舒额胭腮，龙睛凤眼，纤手藕臂，软颈削肩。乌发比臀，酥胸腰间，修腿负躯，弓脚婷站。沐浴洁身，梳妆乔扮，薄黛轻施，靓耀娇莲。服锦饰佩，缤绫绣缎，赞叹称颂，宛若娥仙。阿弥陀佛，觉悟融圆，僧尼寂寞，菩萨向善。情投系姻，欲净见缘，转识迷性，苦乐恼烦。圣诞基督，原罪赎还，目的辩证，裁判邪端。虔觐跪拜，先知注传，我主保佑，昃寰璀璨。格林童话，伊索寓言，莎翁托佬，福摩探案。但丁哥德，伽丘十谈，培根牛顿，爱因斯坦。试管婴儿，克隆鸽鸾，细胞速冷，脱氧核酸。脉冲数码，几何规范，网络通信，程控遥感。驱逐舰艇，洲际导弹，激光辐射，捆绑火箭。声纳测距，贫铀污染，点线面段，球弧侧弦。菱锥棱角，凸凹顶尖，竖撇捺折，陡拱泾滦。奥运竞技，淘汰筛选，跨跃短跑，蹦跳撑竿。铁饼标枪，垒足排篮，汽车拉力，驾舢驶帆。刀锤棍棒，钩爪杖鞭，锁链杠铃，摔跤击拳。省区署郊，村镇屯店，耕耘耧耙，播耪搅拌。农垦灌溉，渔猎驳船，柴棚炊热，牧畜粪烟。膜压窖湿，肥攻磷氮，穴浇尿深，灰埋屎浅。稻麦谷豆，蓖麻薯棉，粟苞芝麸，秫秸稼秆。籼黍荸荠，蓑稗蔗豌，埂堤垄畦，荞秕稞旱。禾苗缨穗，蔓附藤缠，棕榈柠檬，枫楳紫檀。剪丫打杈，嫁接插扦，颗粒籽秣，株蕊茎秆。鸡鸭抱群，猪仔满圈，驴骡啃坡，犬狗护岸。厩驹罕鬃，驯犊乍唤，鱼鳖虾蟹，猫兔鹅蚕。旋绕鹰鸽，哀孤鹤雁，宿营扎寨，枕戈待旦。哨岗戎诫，挎锐披坚，帅旗挺拔，训士阅演。磐踞较劲，擎帜呼喊，伪装跟踪，信号遮掩。稍纵即逝，竟忽瞬暂，驭舆骋骛，靶轰卅县。趁却骚扰，构筑壕堑，谍报频渗，御挡阻拦。耗损酬饲，迈历委艰，垢卸焚址，盔甩烬焰。

擒敌破阵，调派遣返，围追堵截，伏剿全歼。崭旅另召，蜕衰勿厌，碉堡摧毁，拥挤逃窜。俘虏缴械，胜败前沿，枉允肯否，咀嚼凯宴。惨遭牺牲，素裹席卷，坟棺尸闹，魂魄寝眠。活着祈祷，死则祭奠，廉奉殉职，奖功颁衔。组织筹备，抚恤申签，部属僚员，涕泪潸然。彪炳铭册，炫烁灿烂。

狱牢禁卒，司典刑宪，辞讼哭诉，鸣屈伸冤。敞释矛盾，剖层剥茧，淀滤狷浊，昭划界限。妨碍侦察，贿赂仕宦，诅咒吓唬，挑衅侮谩。讥讽诽谤，浑噩撤验，朦胧伎俩，仍留隙嫌。斟酌掺谎，包庇捂瞒，陨堕棘阱，殃及祠眷。检举查封，逮捕魁顽，奸妄犯科，缉拿协办。妖魔鬼怪，凶煞酷阎，歹徒坏类，狰狞嘴脸。勒逼豪阔，搜刮卑贱，拐架孩提，坑蒙孕残。盗匪劫窃，敲诈欺骗，唆使怂恿，横征暴敛。烧杀抢掠，栽赃诬陷，宰虐淫霸，痞劣刁蛮。狎昵娼妓，蹂躏鬓鬟，猥亵妇寡，屠戮毙斩。氓绅诱瘾，倒置昏暗，婢奴躲避，怨斥责谴。酗殴滋祸，弊秽泛滥，偷漏假冒，妄贩募捐。剃囚拷问，傀儡敷衍，侥幸饶恕，期告赦免。镣铐锒铛，囹圄悔忏，匆慌失措，徐踱圃团。踌躇徘徊，彷徨怖添，窘焦愁绪，沦颓苟喘。虱蚤蛆蛔，茅厕臭便，钾钠钙铝，锌钢锡铅。镍锑锗钨，铬钡铂钒，硼汞硅硫，苯氰锰碳。氯氢氮氟，烯烃炔烷，砒砷硒矽，酚酞酮醛。腔膛脏腑，脾肾髓胆，唇嗓喉咙，颐臆腹胰。肛胯脐趾，膝颅眶睑，肪膘冗赘，颧颊骸嵌。憨傻痴呆，聋哑瘫痪，疙瘩痘疹，脓疮秃癣。霉肤搔痒，疤痕愈痊，痈疽痔痢，癫疥脖腕。瘴瘧痹瘸，猝疟瞌鼾，胳膊腋弛，胫肢抖颤。胃胰溃疡，筋肌痉挛，胁肋疼痛，腭龈菌沾。艾兹侵略，瘟疫扩散，肿瘤癌症，劳惫疲倦。警惕疾病，诊恙预患，侍姆雇佣，仆役聘换。东街采购，磅秤肉馅，掌勺炉灶，料堆厨馆。溜炸熏烤，炖煮卤腌，烘焙烙炕，烩炒灼涮。焖爆燎烫，烹蒸熬煎，烽焕泼沥，酝酵醉酣。荤腥肺脯，滑嫩肚肝，笼屉羔肘，黏润糯丸。粳糕馍饺，稀稷稠饭，糜费羹粥，油浸饴馒。饿择粗糙，饱剔腻咸，钥匙纽扣，兜袋帷帘。盒套箱柜，瓦罐盂痰，皂缸牙具，杯碟筷碗。帐幔靴帽，整齐挂拴，壶锅盆桶，器皿匣坛。笤帚垃圾，矿蛰碱矾，夹裆袄袍，篓臼灯伞。钵钎铰钮，叉橱表镰，乒乓晃瞳，缰绳磕绊。珊瑚贝壳，玛瑙煤炭，泡沫膨胀，蒿苇飒冕。佃畴租赁，埠位此般，辊辗蜗斡，闸贮森畔。享爵彬斌，胄裔娟隽，雉翎并勃，婀娜妮曼。舱釜锈蚀，釉磨铆焊，誊蜡印刷，赠寄邮件。琐屑账簿，惠赐牒翰，棋牌奕拼，衙巷蛉蟾。乞丐住讨，叼吃饥馋，库仓巡逻，翱峪俯瞰。鞍骑骤遁，刹那近垣，坎坷崎岖，岔径蜿蜒。遵逾轨辙，逛遨峻颠，霹雳贯霄，淤础溺淹。厦幢崩塌，窑庵囤填，邑廓倾覆，箍垮隧涵。淮泄滞沽，浦溅汀澜，泅泳涉滔，渤澳浚涎。舶舨豁缺，桅桨歪坍，陋巢凋囱，畸枢裂檐。涯涸竭枯，渣滓臊膻，谣决淆惑，诋诘确断。翻译授课，考究钻研，误错耽搁，犹豫岂敢。页篇汇稿，编辑校勘，故谜梗概，载版登刊。专题删节，普遍浏览，嘉偶婚配，函恋私己。叙述绵延，缓迟寻觅，做媒介绍，卿获娇媳。槌簧铙钹，兄吹轿娶，炮震房宅，宣沸弄里。喇叭噪响，暮催串艺，叮嘱钦陪，辈份矮低。庶孽继嗣，昆仲甥姊，柬贴逞送，族姥婶婿。赶赴邀请，祝贺庆禧，扭捏局促，羡慕妒嫉。叟嫂咨询，伙伴参议，爸妈恩准，爷奶评批。吾你俺她，咱们勉励，模样俊俏，娴淑伶俐。纶巾裙衫，混纺绒絮，框展倩照，镜示映姿。叩首鞠躬，随俗迁徙，戴璧秉圭，呈诺或与。誓牍弘愿，燃烛洽娱，妊娠胚胎，呕吐娩嬉。

特殊贡献，永歌勋誉。

幼稚早窍，玩要练习，头脑认念，诀勤简析。壹贰摹仿，叁肆韵底，伍渲描绘，柒捌譬喻。

吟从倡哦，咏夸所悉，背欠熟旧，诵似谱吕。韶努宵寐，谆诲朝夕，孜挚弗馁，磋砣窒肄。

胖瘦小囡，嗅舔吮吸，咿呀啊哪，喂哄乖嫡。坐摸滚爬，炽汗淋漓，岁半倔犟，赤脊裸屁。

洒扫厅除，擦抹桌椅，墩蹈矩凳，晶莹玻璃。锯锉凿刨，钝锨锋匕，锹锄镐铲，箩纹簸箕。

鞋袜衬裤，缝纫缀洗，毡垫毯褥，晾晒更替。肮袱褂渍，挽袖濯涤，铺盖篷履，废粕丢弃。

泵谓唧筒，矗曰耸屹，怎么姓咋，辅佐答翊。莅临撰到，砌级乃陛，霎诠俄顷，次可叫翌。

笃录甚很，紊奏芜鄙，暇疵兑玷，吝啬阐惜。鹜窝暖禽，晦朔旺汐，之乎哉也，噫嘘兮矣。

且又咦焉，吧吗吁呢，夭午酉巳，寅卯丑乙。丙庚壬癸，干支今昔，吨钧亩斤，拾佰仟亿。

只每秒个，尺寸盎厘，轴幅艘瓣，枚朵茬匹。盅旬辆届，本座矢剂，队档副处，仗式趟隅。

慷慨愉快，狭隘惆怅，愤怒憎恨，懑闷嘟囔。萎靡憔悴，疚歉抑怏，怜悯惭愧，怆恻凄凉。

掏挖抠掘，担抬扛搬，揪掐卡握，抡劈拧扳。搓揉揩拭，拂撩拖掸，捅挟搂括，拓扑撬掀。

扪掬揠捋，拮摞刎擀。抄捞撮捧，摘揭抓拣，擂捣捶砸，抛扔掷掼。拍揣拢扯，扒拨挠捡。

挪搭挨掖，挣拽搏栓。搀夯碾轧，撅搪携捻，拈援拄摄，拯挫拗按。摊撵捎找，撂搞掉捍。

搽掇搐抉，揍拟拇擅。抨撕摈扼，掂掇挞攒，揖捉攫掳，擞掣掰撼。钉键铣锚，钳锭镀锻。

煽铡炯镊，熔铸冶炼。跷踊跛踩，踢踩蹋蹿，趴蹲躁踵，蹭蹄跋昙。眯睫盹瞪，睁睬眨瞻。

盯瞧瞅瞄，盲瞽瞎看。瞥瞩央未，晕曙炬眩，憾讶讳谬，谒订讹谚。谄诛谊诧，该诙讫谗。

堪坯砖碴，砰砧磁砍。苛茨萍萤，藐蔑蔫蕃，茸藉芍蘸，绉缚绞缆。纲综纬绰，绢绦绷绽。

绚纠缭缔，毗澈沮漫。澡溯沤沁，溶涅漱浣，滨沂泞沏，漳淖洼涟。潦凑凛冽，怔怕懂惋。

悄悼忱悸，怡恃惬惮。惺愕恢忧，惟恰慑惯，忍恳惹慰，恫懊忿惦。枷檄橇檩，椎札梭椽。

栎槁枳莩，屐笠畚苫，楔梆楞榨，榛橡槽栈。璋瑞琉玲，乏瑶屡奄，假偿倘僻，仅伺傍俭。

估佯侈俱，什侨侣笺，篙箱篡簇，够氛氖氨。埃墒垛墟，违磺硬砾，逆遂逊迫，迂逗迸迄。

褪赅这廷，迢遏迭犀，刽剁剐舀，昨曝晴晰。鳍鳄吞噎，孺龄蠢殖，它赊您予，帧聩粹既。

馏凫酪膳，驮猬歇狙，禀型辖贸，胶某卦敝。仑殡衩幌，些陌皑窄，甸妥奈彤，颇竣戳契。

衷辫帕耐，臻祟窿诣，率晤睦歧，甭殆厄毖。阀龋褐鞘，阉曳皱辟，呵叱咆哮，吆喝吵骂。

吩咐嘀咕，叽哩哇啦，哆嗦唠叨，吭哧喊喳。呻吼嚎啸，嗡嘶嘹哗，啮噬喋咬，咚呛唉啥。

嚏唾咳嗽，哎哟哼哈，嘻嚷嘿哇，呸吻嘲啪。嗯吠啤噤，咪嗜嗤嘛，匈哲毫皖，兢渭邯郸。

彝傣傈侗，汾绥罢汕，津冀沪辽，浙闽粤陕。徽鄂滇渝，陇蜀赣黔，雍吴赵魏，聂路况袁。

朱许巩邓，彭姚厉韩，崔胡贾郑，苏殷寇谭。萧任尚付，仇沈庞潘，勾朗韦甫，丛霍娄闫。

邹瞿俞雒，薛尉杭婉，冯褚禄夷，狄赖稽蒯。巴巫尤虞，欧傅肖樊，辜卢郝沛，荫邢牟阚。

曾蒋曹窦，邱邵泌阮，龚祁靳鲍，穆倪莫卞。淳裴蓟滁，郃邝尹詹，甄毋襄皋，藩茹蔼蓝。

赫闰嘎韧，佟竺部冼，箴郏熠阙，岑奎裘栾。忻汝汲慎，翟蔺丞冉，欣苻济肇，柯仵湛晏。

嵇佘仝缪，黎葛轩辕。

作者是谁？郭氏宝华！

《小学生标准字典》千字文
全韵七言版

在古今中外如此众多的千字文“鲁班”们面前，本书为何敢“弄斧”呢？主要原因如下。

(1) 过去的所有“千字文”都是文学作品，而此节的“千字文”却是科学作品！因为，由第一章中的字典猜想已经知道：以任何一本字典中的全部汉字为“字库”(甚至是任何一个自然字库)，都可以编排出有内容的“千字文”，使得该字库中的每个字都会而且只会被使用一次。所以，本小节只不过是字典猜想的一个大型验证实例而已！

(2) 此处的“千字文”字库远大于《中华字经》，也最自然。其“字库”就是由商务印书馆出版的《小学生标准字典》中的全部 4 523 个汉字组成，一个字不多，一个字也不少！所以，我们的“千字文”属于“指哪打哪”型，而非“打哪指哪”型！事实也证明，为了把某些“特专”的汉字“糅进”千字文中，确实常常引发“雪崩”，甚至导致相关段落不得不重新“排列”（注意，我们没有用“撰写”两字，因为，整个创作过程，其实就是汉字顺序的移位而已）。

（3）作为韵文，我们的“千字文”是一韵到底，中间不曾“转韵”。而出现这种情况，也是第一章中已经用数学方法证明的必然结果。而过去的“千字文”都被迫“转韵”过，因此，我们的“千字文”有更科学的“顶层设计”。

（4）从文学角度来看，必须承认，我们的“千字文”最差。不过，自我安慰一下，我们的“千字文”也许最接近“白话文”，老百姓（甚至小学生）都可以读懂其中的绝大部分内容。

（5）希望我们的研究能够激发其他专家来进一步研究“千字文”。具体地说，基于《小学生标准字典》的“千字文”的成功排列，坚定了基于其他字典的“千字文”的存在性推断。但愿某天有位“大牛文豪”能够重排《康熙字典》，将其中的汉字编排成最“牛”的千字文，而且，也是一韵到底！

好了，该切入主题了！请读下节由《小学生标准字典》中的全部汉字排列而成的“千字文”。

由《小学生标准字典》排列而成的“千字文”：

憧憬未来爸悲忿，冷嘲热讽父惆惋；诈痴佯呆爹瞟牝，呜呼哀哉姨怅恋；济弱锄强伯逼鲨，心余力绌侄筹算；布裙荆钗姐嫁丞，嗔目切齿府嘈乱；妇姑勃溪抄厨椅，刻翠裁红哥酬劝；冬裘夏葛嫂美丽，因循苟且翁裹缠；扒高踩低瞥寡妓，衲僧馁病冒惶汗；婀娜妩媚胖妻俊，妯娌唠嗑较啾喧；他侬嘘噢去痘疮，妈咪吝啬罢贷款；郑家婢妾拔锋锥，嫡长继承翟邸园；啜食吐哺孩儿嘶，恩逾慈母还鹅绢；风尘肮脏歹辈昌，拜赐之师该凋残；驸马绯闻讶椎髻，快婿酗饮呕铛旋；外甥嚣嚷离塘沽，婚姻轻佻媒拐骗；伉俪咳嗽撅小嘴，樱唇幺妹岁亟淹；楣梁吱妞赖姊弟，充沛娴媳拈橄榄；忸怩寐觉胃胀饱，推搡怂恿娘瞩盼；民淳俗厚叟逗婴，叔娶邝婶郦俏茜；佘氏妊身腮颊彤，遵时养晦凤凰男；宗嗣衰败托噩梦，圣裔遭殃改庙瓮。

嫦娥奔月畅苍穹，娲皇飘姚春芳胭；伏羲釉画描昭彰，哪吒暴燥朱萼仙；呵佛咒祖呸桀纣，焚书坑儒带梏钳；敬恪冥想舜禹帝，偕偶进谒邀瑰岸；霸王别姬军劳累，嫉恶若仇孀悸颤；杜甫饥馑却豁达，董舅搭茬猜骊翰；苏轼惹祸实蹉跎，恽某徐仔娑婵娟；邵侯赊账赔圭璋，孙膑掌舵率旗舰；倭寇娱谑涂国徽，太尉驯象跨蛏田；匈奴殉道闯北陲，谀颂衙堂六蠢蛋；朕虞墓俑玳瑁旁，鸳鸯坟冢薛涛笺；旨诣保佑叩琼瑛，铿戛皎镜迷娇囡；雍政郁闷密忖思，赌痞害臊陪俘斩；尧邦魏队肯蹲班，鸿鹏瀑泻蛟踞蟠；巫怪捏造韶华侣，褓姆踌躇怎炒涮；耶教寓所镫台吧，勋爵吕汤剽醇源；二缶钟惑宋秦桧，炯耀赳武瑜瑾灿；倔犟滑稽古张衡，犒赏喽啰部镐宴；党魁猖獗搞恫骇，匠庸士氓尚违反；瘸腿奇葩酩酊舞，魍魉咀啮肤痉挛；淑女洗漱捞褡裢，乞丐诙谐衣襟单；诤友毅志总襄赞，睦邻真挚共愉恬；疡医谕示暑疟患，孺童憩息讴诲函；丈瞄佤帼揪鲤鳗，贿赂刽伍供惰贪；蔺姥扭铃蘸酱黏，指拭纭桩她摘阮；傀儡昏聩廷黩滥，曙旭艄弩胁主犯；刘侠冯徒甚沥胆，郭娃轿辆换庐苫；廖兄蜕靴随瘪三，赵卒喀嚓习捆爿；潘戚悼唁乔抬棺，韩逝烙颅袁送殓；邢姓幕僚析欺谰，汪仕宦氿蔫颏颔；詹乙妒贤程丙婪，吕至粤宛我踢毽；钦差肃穆既忠耿，帅胞雇仆协著纂；穷奢极侈剐笨猩，泣血捶膺输蜍蟾；妃辇八犍佰寸髯，冗员晓岚兴罩汕；孪生肖绅哞雷鼾，咱们疲瞌贾跪掺；剃尼锯梯娓呢喃，仰慕菩萨忱矫虔；吾的踪址谍记惦，聪颖昔朋倘邪谄；懵懂扪搔珞巴客，畲村鲵鳅越碟碗；赃隶敛资押牢监，署眷偌艳萌喵喘；你拴副辕添佼健，俺另选伞宁返馒；旦卓谦仁扮搀伴，傅嗯冤况绪歉感；省役薄赋困户福，胄阀庇荫唯孝廉；侏优吹竽讨赢便，楚龚忧忡找才隽；伥鬼抽搐像卧蜷，赤壁鏖兵斗舶船；辖区泅湿滴嘀嗒，瑶筝振荡您萦绊；孟荀拱揖拂卿袖，萧曹避席祟畴官；李逵沮丧睛憔悴，哽噎耷眉加闺怨；雕龙麋鹿鼻囟翘，蛲蛔狰狞萤孵卵；菱角笋茎匹栎散，渠涧掬涓冲细涟；糠秕侍候众豪错，白璧青蝇贡琛板；陶煦毛举踊跃说，望正盯炳靡恣擅。

和蔼可亲仫佬语，列功覆过为诡辩；岷蜀锰矿混磺基，渝泸楼袄附涤棉；滋濡黧黑普洱茶，漂渺灾潦趵突泉；逍遥潍坊槟榔酒，属臾吩咐预涯检；嬴惫莅临卢沟桥，上届申奥历坷坎；鸬屿纬度夹淄博，渭泾狭窄渤海湾；珑玲笙籁傈僳歌，浙江鹲鲈龇舱面；蓬莱喇嘛够抖擞，昆仑狸猫都堕懒；岳麓茉莉银锭价，洛阳刺莓售槐安；闾巷丝缕纺网兜，滁州剁斧宰绳缆；澳大利亚柏材贵，欧盟篷社亦蹑潜；挪威螟蛉侥幸剔，敦煌蛾虫螟驱撵；熙戏颓废俄罗斯，峥嵘辛亥井冈山；岿崎嶙峋琉球岛，汾晋阿阜绕开滦；哐啷就位京津沪，拙农侨英顺派遣；趔趄负耒柬埔寨，鄱湖蘑菇能亨鲜；熊罴狩猎菲律宾，缅境啤汁溶茁籼；伊朗佳肴煮絮羹，札幌桃棘误疥癣；纽约蒋郡珍宝馆，芬兰澡盥泰悦眈；漯鹳陕鹤窥沔鲇，辽滇丛萍唤崂獾；黔颧啼鹃探野豢，皖滔初柔蹒跚堰；培育彭洲苞朵瓣，汴芹郸芒榨蜜饯；黎乡应考彻锤炼，杭韭湘旌与鞋楦；延际减牵顽侵南，捍卫赣籍鑫妆奁；深圳训塾缝纫技，佗城秫秸樵涸坚。

藏污纳垢驻蚊蛆，牛骥同槽忍踹践；杀鸡抹脖拆畜场，巢居穴处裸鹑悬；窝火憋气炊鹊粱，瓮中捉鳖到叱滩；拨草寻蛇纯傻工，殖蜘屠鳍殊希罕；束手待毙雀攻蚰，濒危物种挤喑蝉；敌忾铠骑炮蹶子，秃鹰敏禽孰傲俨；鹁鸪翱游旅洼坳，馋馋晒蚶依笼樊；树柯蛛窠吓唉哟，兹由蝙蝠蚜猛蹿；碧鄰橛饰克豸佩，麝绒纶袜砌绘绚；隐辚杏篱挠鹧趾，棕茸松梢蛀蒿檀；秣饲蜢蚱趁稚嫩，薯馍卤蹄毋爆煸；猬缩趋锵死毓德，骨瘦如豺服钡餐；剖蚌求珠方法谬，截鹤续凫貂吠犬；鬣戟蓼扰哭噪音，鲸波鳄浪舫洄漩；遨翔自得鹂眺空，浜泊孑孓搅菁蔓；抵背扼喉降怒骡，沤泡磷虾留鸽鸾；犊牧采薪独寞久，革故鼎新尝鲑膳；孤苦伶仃捕兽羔，虏获麒麟绩赫显；群蚁溃堤堵柚厂，诧愕光腚咬睾丸；狗逮老鼠嗅厕屎，猢狲狡猾跟狙猿；龌龊蛄蝼激蜈蚣，骸骼牯犀颌下腺；鹭鹚皓鸠叽喳跑，蝌蚪忌讳近稻雁；蚂蟥蝴蝶赴豫冀，哇蝈蛤蜊匿壕堑；幼驹羚羊或狐貉，坏疽骆驼触厩栏；鸟集鳞萃驴牦匆，螃蟹骷髅於淮甸；鞠躬尽瘁掉蝗池，访觅娄猪消耗战；诛戮蟑螂销毁虻，摹仿蜻蜓屐履间；蟋蟀器皿呱唧敲，蜥蜴唾液助嚼烂；螯毒豕虱统烧烬，鹞雉瘟疫慌霍闪；蝮蝎泅渡瞿唐峡，贼鱿夭亡箱稠黏；庄稼粳米葫芦瓢，泵房沸腾响蛙潭；枯槁艾蒿捅蚝壳，橙黄榛脯渗龟冉；蹂躏猕猴任嚎叫，恐怖鸣嗷譬宫阉；乌鸦嬉闹鸽哆嗦，虎豹踱走獠砸舔；御用鹦鹉航辰巳，炖锅鲍鱼旺粥筵；耸峙鸥汀崔巍峭，刹那一霎袭蠓烟；隧洞蚯蚓悄徘徊，盲螳知了憎哑鸢；啄啄蛹肉怯孜煎，刈除疤痕兔涪湛；踏凳猝倒拧莺帘，狼狈尴尬遇懿范；搜鸭数獭设韦藩，擒狍拘豚往围幔；勒缰驶骏着峨冕，熟饺喂狮咩讥讪；倾摇懈弛筑坨坝，陆丘浸涝跳鲫鲢；纵横驰骋削紫帜，东扯西拉标幢竿；水落归漕筏撞埂，澄沙汰砾孬撤免；倡条冶叶躲雅臣，翌晨咨询吁鹗荐；瞠乎其后瞧鸵貌，卑鄙无耻赛刍贱。

接袂成帷祠倍吵，揣合逢迎报椿年；秉公灭私超慷慨，授人以柄必恻焉；泪迸肠绝鳃膛愤，逞凶肆虐竞怆天；浮云蔽日傍彪匪，敞胸露怀表嗤妍；永垂竹帛奉九代，岑楼齐末哎噌叹；膘肥体壮撤醋缸，土崩瓦解裱糊店；拽耙扶犁撬腥粪，熬更守夜督擘茧；劈哩叭啦砝脂肪，昂首阔步意盎然；凿坏而遁僻广厦，握粟出卜帮簸钱；遗膏剩馥隋笔稿，击钵催诗持妄念；饵名钓禄非好策，铭诸肺腑谎讹言；寿陵匍匐伙计乐，左辅右弼曝衩袒；破釜沉舟冻卅费，迭矩重规创狄盐；馨香祷祝枫柞茂，醉咕隆咚笛伺闲；抑扬顿挫评奖榜，矜贫救厄给糕点；枞金伐鼓兑钞币，砥节励行促淬练；辍毫栖牍挂瓶册，比肩叠迹层谛观；撮科打哄均乖趣，舌敝耳聋读褒贬；最终通牒拒馈答，冰晶玉粹恨刁蛮；朴讷诚笃从傣族，榆木疙瘩棍摧陷；嗜痂有癖怕戴帽，分斤掰两秤鬟环；乘隙捣虚查凉炕，痛诬丑诋很陡险；仓徨失措陈盾靶，朽戈钝矛箩挡箭；囫囵吞枣纠亏镑，懊悔莫及迟囤攒；祭祀逻辑曾浑浊。朝晖夕阴对稷坛；浃髓沦肌雹轰额，复蹈旧辙常瞪眼；掳抢玛瑙谋伎俩，匣楱琥珀酷黛蓝；财多命殆挺咋唬，哼喝贰将熄诘难；皂荚桦皮晾石碉，团花簇锦菊璀璨；捋须咆哮碰簧锁，哈声跺脚晃臂腕；觐礼责咎借袈裟，拮据窘迫竟噤寒；摺跤秘诀胯矮矬，趺磕蹭蹬丢撑杆；拾掇琵琶撕袍褂，清莹秀澈睹绸缎；唢呐瞭亮抒情窦，芙蓉并蒂汇缔连；寅支卯粮忙逛街，哗世取宠贺令嫒；镢头咧纹乃瑕疵，瓜瓤腐蚀蔬溉灌；锲具铆钉括箍辘，堆绵蹦床防跛瘫；魂魄惊悚拷枷镣，囚禁汝等交剿办；仗恃富庶渎职罪，琅当入狱寄疚欠；甩卖钩勺捎锉刀，摔碎琴瑟弓雌弦；馊味黍粽扔篝炉，酥脆烹饪凭麸炭；惬怡陀螺翡褐色，沁润膝阁载恒典；挞罚糟粕受阻梗，饶恕紊淆也弗堪；耕耘掘补植芫荽，霖雨朦胧浇淙潺；涕泗啸吟告诽谤，辄尔侮辱互诫鉴；篙橹婆娑撩蓑笠，蔷薇妖娆葵畸羡；誊写诏檄划扉页，潇洒韬略楷泓涵；皋浒穗芽芥恍惚，熹微硕果恼蛊干；慰问会晤掘碑碣，瞳孔惺忪拟讣电；斡葬徇躯炬灵柩，忤逆刎颈殡仪馆；蚤晏赈饷刨瘠沃，潮汐汹涌湍涡湍；腹腔疹恙号俞脉，蹊跷雯盖悟汲玄；莴苣麦稞杂烩菜，梅坞棠梨各争炫；谨慎抓阄于庚癸，休暇栽秧勾弧线；伢崽嘻笑聆侗剧，智囊静谧俱兢严；魔芋莜饼浆豆豉，播撒茅茹偿俸券；腰铡菠萝警蔗孚，遏制隔阂订趸愿；嘟囔殷勤谅骄躁，驾驭舆论损档案；沈魅礴碌胡厮哝，挑衅诉讼颇痹玩；蜡烛咙咙霓虹灯，舒适郊墅配瓷砖；洁冷粉荔披楂林，芍药稀疏玫迪简；蒙眬乜斜卡秋莎，亿仞梧桐崛迥汉；镀锌盅杯枳橘绿，畚箕笆篓盛剥豌；淬涅淋漓蒸馏柱，拙劣煤砟泄炽炎；朔庭庖脍扣牲俎，赎买镗锣抗饿饭；掷卦吉兆净窒欲，沐浴蜃景诵靖献；蓦忽揭瓴霹雳砧，遂即搪塞搪敷衍；凝固奶酪沫丰裕，棒槌矗立擂淞蒜；脊檩轴铲扩樟亭，蔚贴寂默闭掖殿；藐视市侩吻牺樽，称栩叨拢胜邹谭；苜蓿雄蕊捌籽粒，芭蕉荸荠匕刃剜；浓洌咖喱请桑梓，吗啡馄饨屯里阎；修茸绫机舍辎械，摒弃铙钹整货摊；绮绣溏巾滤渍墨，粗糙梭镖替插闩；囹圄收讫莽甄审，惩毖咄骂谢斥谴；奎宿葱曚仨昼昃，葡萄苗圃结壑岩；杞虑窃攘彗坠陨，神蔡跛涉弄诱煽；凛冽堡垒趴峪岭，嘎噔脱臼爪痨瘊；被褥窟窿透翼侧，排栅屏障让煨罐；枝楞俐索勿犹疑，攸祟藻类掏苔藓；屡次揩油漠诅誓，暮磬吊瘾稍要奸；噗噜琢镯砂摩擦，夸诩铮枪似醺酣；巨髦龋牙啃假肢，芯偏扳轨嗖放缓；漳滨仡勇瘫佟夷，聂许佣赁妥迤涎；滂沱壬夫尤抛漾，足蹼噼啪没搁浅；端倪叵测仍搏弈，拯治啧室压携叛；裴回揿钮拇踵顶，臻凑春谷桶臜腌；孽债积幂尸淤埋，佐钊抚恤帐赅赡；踉跄岫折谁肇事，央恳砍枢踞院坦；看键验芝议诊剂，嘹嗓遍咛悉缺憾；究瞻幻术决厘距，谆戒理绎录芸编；阵前歼它奈奏凯，再援甜柑谩专权；俭袱褴窍拣荦腊，涣淀荧蜇赶扁参；晚些恢产竣这栋，墙隅甬路厅绰宽。

泌尿霉菌靠肛门，裤裆襁葆需紧攥；聚氯塑料导购袋，钠钙玻璃兼汞铅；墟镇窑灶核辐射，四氟化铀存鄂县；格盏赝品沿周漆，桌盂沾硝融氨碱；频繁储蓄惠倩羌，乒乓司库颁赠铲；挽荞撼糯踮篾屉，听谗抉茄衷祈忏；拄簪映照榴莲株，迈杠启丁柒字匾；胳膊捧腭效宙杰，扼态竖闸仅扛椴；疣痣疼痒容忐忑，痔漏瘀伤稳臀尖；摸鞏筲庵顾胚胎，膈膜韧劲伸吆喊；引擎滞涩逐渐胶，梆硬钥匙绞箔片；肘膝痱磊几痊愈，轧铄熨烫拎曳衔；绑缚腋翅铐迁徙，施刑挨揍眸噙含；椭圆珊瑚柿般形，摄影途径状蟒蜿；妙余肾脾占胰肚，娩脐拦肋睑瞑眩；维护阡陌详阐证，弘远坤元值覃研；荒耽贝槛瞒龈龄，辨晰例词早校勘；仟码篇幅综寺传，半旬译刊纲纪全；良莠平仄忘缴卷，按项虽歧但质善；伟杉建个凡季栈，奋掀阶础砰纤胼；精邃睬瞅篡康乾，痰泛氛倦漫宜贯；硅钢铧锹企屋檐，丫杈柴垛抡劂镰；焙烘赭垩夯砌填，怦营愚陋橇遮掩；甲苯匮乏领钾碘，厉燃斓绽熔镊砚；塔墩霜霏止温暄，皑雪磅礴迁渣碳；怵惕盒裂要包揽，儆醒盹睡特愧腼；急煞膀胱确凄惨，皱皱雏尾惧辣咸；恭允呗唱讲谣谚，昨宵忆谊欣昵翻；磋商僵局势幽黯，捺印租簿妨箴谏；迢递凹凸停禺渊，汩流港埠卸艇舷；汉河完图概俯瞰，闰察烽燧控驿站；睁叉侦缉蓖麻蚕，秩匀软缘剪络圈；悠逸刮痧试熏禅，吮喋柠檬暂呦咽；橡筒苹毡向卉篮，闽车模型钻镶嵌；斌驳蓓蕾壤黝暗，晌午瘴雾垄嶂峦；橱柜屈戊搓锈斑，倚偎邺架爬椰冠；洋溢烁辉兀颜焕，酉仲缨裳梳绦辫；哲学底蕴退贻姗，酝酿缀辞叙彝宪；喔唷呓症起懑烦，靳巧溺爱享曦轩；嘿夺骚愁孕挟嫌，贞操杳袅增腻厌；沂咏飒爽双骁悍，逶移崖垠拥陇关；臧否斟酌始邑伶，叼唆淫秽性诳诞；倏瞬咯嘣枉戳穿，愣怔蠕活惘呻燕；贮备鬃刷诺戍边，颐使嘱付认募捐；抱璞裨益做牟衫，把柁驮筐搬辔鞍；笤帚扑簌殴苇莞，涨汛挖窖巩滚辗；赘痈拖沓旷巡演，荣誉寥少惜割删；苛估零件致彦艰，姜坪茴岗劫牡丹；七亩崭坡烤亢旱，颗棵桂彬歪畦苑；装帧聊斋拍磁盘，邮讯套票置镂版；伪史释序掠鞘段，迅捷题谱挣琳篆；峻森岖礁桔毗联，蹋疆慑懦域拓展；筛框榕筷皙杖擀，茵禾块根喻蕨拳；速矢霆炮嘭飙焰，晴霞宏矣组喜昙；星级棱厢织衬镌，伦廓异样帕晕渲；壶盆彼此注臭泔，饴糖发酵揉甘馅；曲筋直躺述蔑染，脓疖臃痦则癌变；垦毕歇泳提蒲扇，掐擤吸氧又遛弯；沏摞潼岔界垮坍，咦啊泥泞摁鲥鳝；戎盔祥瑞盈嘉勉，澎湃箫韵恰婷嫣；宅契句式努阅撰，封份章信艺谜缄；批准帖符曰掣签，税务介绍只浏览；每升膨汽炸砒氮，飓烈茫霄吼氢弹；廿艘帆渔啥锚链，壹枚桅楔匡桨舢；灰埃廊纱在褪淡，眯坐掂量什么营；琐屑垃圾投惟垣，万吨铸铁锻钨矾；召佃禀见予泯玷，攀登窗阑盗椽颠；镭贩疯癫乍狂憨，眨秒逃窜彷震惭；轮番叁趟贸洽谈，耐住百弊喊喷溅；第玖聘期何怠慢，欢庆定戡哨峰巅；翦柳运动易讵赚，岂敢畏惮拿课鞭；焦秆燎原嗡扫殄，刚卞挥掸靛铜串；抠淘渑磐征锐锨，挎碾缭转千钧担；锡焊铝铣谓构缮，招牌伽楠系内奄；座垫纸捻尊辟奠，择捡铺栓摆拼毯；洪澜浩瀚阱弥满，庞泽沧凌曼宇寰；椒榻豇棚藤隘短，咫尺翎羽骤飞翩；邓吏迄今枕睽眠，鲁尹寝塌焖焙暖；碍口识羞渴搂君，暧昧不明郎甭管；孳乳话碴呛绷脸，戊己追溯惯臆判；屹栗狠悻偷蛰剑，已经肆业赦辜限；颚叮屁股针灸疗，哧溜瓠蜂扎蜗蜒；肿瘤萎縻胰酶（素），哦呀痢疾泼硫酸；眶睫炙灼脑砻磨，瞎谄奕棋慧竭断；吴相吭吃拌熘肝，邱爷委婉怄调侃；执拗逊畔十顷地，沼荷浦藕宜浚川。

五彩缤纷皆呈现，本文作者是杨义先。

当我第一次偶然读到千年古文《千字文》时，我瞬间就震惊了：竟有如此奇文?! 旋即，凭直觉，我断定计算机比人类更擅长撰写“千字文”，于是，便开始研究如何用计算机创作“千字文”。刚开始时，真的不知道该如何下手，于是，便先想法把《百家姓》这种最简单的“千字文”写活，再让计算机独立地创作不同版本的《百家姓》韵文，最后，终于借助概率论等数学定理，从理论上解决了基于任意字典的“千字文”存在性问题，然后，以《百家姓》为例，实际验证了“字典猜想”的正确性，并给出了用计算机撰写基于任意自然字库“千字文”的五步算法。按理说，至此，“计算机写千字文”的问题就该算“完全解决”了，但是，总觉得心里不踏实，总希望能够把某本真实的字典编排成“千字文”。

《小学生标准字典》千字文

四言全韵版

根据字典猜想，对任何一个字库，由其中的字排成行向量 **A**，都可以找到某个置换矩阵 **P**（**P** 的行数或和列数刚好等于字库 **A** 中的字数），使得 **AP** 成为一首一韵到底的有含义的诗文。形象地说，如果把任何一本字典中的字，逐个刻在棋子上，那么，总能够把这些棋子排成一行，使其能够顺读出一首“一韵到底的有含义的诗文”。

但是，由于该字典猜想跨界太大，致使其科学价值不容易被人理解，因此，必须借助一些能够震撼人心的例子来展示该定理的价值。上一节已经把《小学生标准字典》重新排序，使其成为了一首有含义的七言绝诗。遗憾的是，由于本人文学水平有限，使得其文学价值不高。本节充分借鉴古人的千字文和郭宝华教授的《中华字经》，再次对《小学生标准字典》进行字序排列，使其变成了一首“一韵到底的四言绝诗”，其文学价值得以改进。

四言全韵版《小学生标准字典》千字文：

宇宙黄玄，洪地荒天。日月盈昃，辰宿列寰。秋收冬藏，来暑往寒。闰余成岁，锦菊璀璨；律吕调阳，韵恰婷嫣。云腾致雨，雾垄嶂峦；露结为霜，姚春芳胭。金生丽水，嘀嗒冲涟；玉出昆冈，烘皙焙暄。穹磐蓦熙，砟砝礴黯。迢飓咫雯，迥霆迸靛。旭霄霏禺，邃彗仄凡；珠称夜光，南际重远。川流不息，映取澄渊；湖泊漾疆，沃壤多滩；岛撒汪洋，碰撞漂板。乌鸦巨鲤，羽翔鳞潜；鲨鲸鲫鲭，海咸河淡。狭隘漳洼，茸芍紊蘸。冰冻凝固，雹降巍山；树森幽密，风雪袭晏；姗撼亚椴，千旬崛槛；如松之盛，斯馨似兰。池野洞庭，滂沱迤涎；旷赤峪岭；杳渺冥岩。

始制文字，题谱琳篆；乃服衣裳，慧绣绸缎。龙师火帝，人皇鸟官。有虞推位，慷慨懿范；陶唐让国，饶恕峨冕。吊民伐罪，拒馈褒贬；劈哩叭啦，贼盗诛斩；焚坑倭寇，捕获亡叛。周发殷汤，韬略赫显。坐朝问道，朴讷妆銮；垂拱平章，准帖阅撰。爱育黎首，叟婴记惦；臣伏戎羌，菩萨忧虔。率宾归王，一理浩瀚。鸣凤在竹，麒麟峰巅；白驹食场，橛饰鹄鸾。化被草木，狄赖稽蓢。姬琴阮箫，布射僚丸。恬笔伦纸，薛涛芸编；孚彦迪戛，仑句笺赞；钧巧任钓，宋桧蠢蛋。侯邦各代，浓缩序刊；尧舜桀商，纣候悉炎；翌隔刘项，隋朽陈变；乾坤诌录，鼎峙僵元；太祖崇丧，粉碎清关；戊戌航轮，辛亥伟舢；香港厄契，复丢台湾；琐屑综防，驻域卫边。扁鹊医术，针疗辅半；硝质药剂，卓匠鲁班；蔡毕朔页，窄帧硬版，李逵尴尬，瑜瑾猝殓；苏轼凛冽，羲皑娲曼。盖及此身，孺童呢喃；四大五常，囫囵吆喊；咋讶讳谬，谒订讹谚。恭惟鞠养，毁伤岂敢。女慕贞洁，良才效男。知过必改，暧昧甭管；得能莫忘，责咎争炫；靡恃己长，傲醒祈忏。信使可覆，器欲量难。诗诵羔羊，墨悲丝染。辍毫栖牍，景行维贤。德建名立，表正形端。虚堂习听，谷空声传。祸因恶积，蹉跎福缘。尺璧非宝，寸阴竞念。资父事君，曰敬与严。孝当竭力，嫂怡媳娴；忠则尽命，藐视涡湍。临深履薄，毗澈沮漫；容止若思，好定辞言。笃初诚美，搡锄惰贪；慎终宜令，憧憬凯旋。荣业所基，托佛庆善；籍甚无竟，妖娆绘绚。学优登仕，淳厚筹算；摄职从政，囹圄牢监。去而益咏，存以棠甘。礼别尊卑，乐殊贵贱。上和下睦，狠避诡辩；夫唱妇随，惩毖斥谴。外受傅训，砥励淬练；入奉母仪，储蓄赅赡。诸姑伯叔，妯娌婵娟；犹子比儿，祥瑞娇囡；邻屋帮助，勤诺谅欠；它赊您予，佯估兑单；吻娘谜爹，弘誓恒专；沧桑柔刚，梦忆愉幻；哺妹茁壮，亮放黑搀；境态恍惚，侄闺舞煽；晨霞虹霓，婆舅互联。孔怀兄弟，同气枝连；倘假僻窒，仅伺傍俭。交友投分，酩酊醇源；切磨箴规，潇洒泓涵。仁慈恻隐，呸咒拐骗；造次弗离，逍遥锤炼。颠沛匪亏，退珍节廉。性静情逸，诙谐绰宽；心动神疲，强逼贻倦。逐物意移，守真志满。坚持雅操，翁妻佼健。都邑华夏，汾绕开滦；东西二京，呜呼洛汴。浮渭据泾，郎荡舶船；婀娜妩媚，郁翠宫殿；嫦娥奔畅，飞惊楼观；图写禽兽，画彩灵仙；丙舍旁启，甲帐对畔。鼓瑟吹笙，设席肆筵。升阶纳爵，疑星自转。右通广内，浪舫洄漩；左达承明，朦胧淙潺。既聚群英，亦集坟典。杜稿钟隶，橱柜档案；漆书壁经，秩匀络圈。府罗将相，钦差衙宦；路侠槐卿，铠骑傲俨。家给吏兵，户封八县；驱车振缨，陪呈高冠。世禄侈富，驾肥轻谈。策功茂实，拂袖著纂；勒碑刻铭，扎竖柒匾。佐时阿衡，伊尹溪短。微旦孰营，曲阜宅奄。圣公匡合，济弱扶焉。说感武丁，绮回惠汉。晋楚更霸，虎豹孜煎；赵魏困横，鏖斗陡险。踩土会盟，假途灭歼。何遵约法，暴刑弊韩。用军最精，孙膑坷坎。佗拏魅髯，燧膺缔缅。威掠沙漠，驰誉青丹。九州禹迹，哀哉亟淹；百郡秦并，掌舵旗舰。岳宗泰牧，彼亭主禅。瞥瞩未央，曙晕炬眩。朕偕佻妃，惺忪憩晚；幺妞洗漱，忿瞟澡盥；愕悼殡冢，孀遂颏颔；诏檄訾帼，怔怕忐忑；喽啰讴谀，厮哝纠谗；伢崽诤谕，颇龇忾谰；峥嵘骷髅，钗弩烽烟。

治本于农，务兹稼佃。皴皱粼鳞，秫蓼戳帆；紫塞城门，碣石鸡田。耒铧锲镢，阙辎辘楦；栎槁枳荸，屐笠畚苫；衩型樵梏，懵懂羸倌；兴载苜蓿，丰裕绿豌；我艺黍稷，耕耘溉灌；坨阂趸块，坳壑亩甸；倏忤弈讐，遛铲徇犟；枷柁橇檩，椎椟梭椽；楔梆楞榨，榛橡槽栈；篙箔篡簇，够氛朦氨；凑篝刈刍，瞠甬舂碱。廿稟占塾，卅窝沓踯。礁屿江波，由宁莅汕；沼泽泥塘，塑讫坝堰；灾涝溢泻，逾芜迄皖；汹涌澎湃，峻峡沸潭；沟汛潮涨，尘藻淌涧；溶涅濡泞，消洇沁渲；溯漕渎泠，泗沂洱渑；浜浃滨娑，洌漉潦沔；潼汩泯汉，浒呦淞涓；苍寿柳柏，歧崖峭悬；杉桂榕樟，椿榆桦罕；泣血芙蓉，奇花卉艳；秧季梅芬，蓓蕾琅斑；坪埔莱茵，蔷薇蒲翩；菲窥坞坊，紧扉斋院。茴椒芹葵，酱辣葱蒜。玫瑰刺芒，茉莉馥填；蕴蒂荚芯，篾筐荆栅；葫芦瓢瓤，蘑菇茄番；苔芋瓜蔬，赛尔醋碘；乳酿琼浆，葡萄种完。桃杏柿韭，脆卜糖甜；椰柚橙桔，槟榔橄榄，汁液鲜爽；噙颗饴饯；梨枣苹楂，菠萝橘柑；梧桐蚤凋，芭蕉像扇，落叶飘摇，傈僳啼鹃；荔榴栗粱，肴膏顺含；咖啡茶吧，渴智皆兼。萦荀娓莜，杂莠迭菅。籁黧竽皎，笃簌葩茜。税熟贡新，追吓赏劝。孟七敦素，淋漓靖献；史鱼秉直，懊悔囿攒。庶几中庸，谨叱劳谦。垦区署郊，村镇屯店。菱稻麦豆，蓖麻薯棉。粟苞芝麸，秫棒秸秆。荸荠蓑蔗，荞秕稞旱。耙穴浇尿，灰埋屎浅。膜压窖湿，速拉磷氮。粪埂堤畦，淘汰筛选。柴棚炊棍，渔猎杖鞭。禾苗折穗，网附藤缠。剪丫打杈，株蕊茎杆。播籽捺粒，较劲搅拌。刀撇柠檬，棕枫棵檀。克隆嫁插，测距撑竿；遗胞控冷，脱氧核酸。猪仔啃坡，寞狗护岸。鳖虾蟹鸭，猫兔鹅蚕。驯娃蹦跳，围堵鹰犬。辖狩莞原，叵蔑戡婪。蟑螂蜥蜴，蜊蛏蚝蚶；蛄蝼螯蝮，蠓螳蜍蟾；蜢蚱蝈蛐，蛲豸蛟蜷；孑孓蜃虻，蜇蛊痂藓；魍魉猢狲，猹猕猬獾；獠狍鄱骊，仫佬鲑欢；豹突貉貂，狙鬣哞犍；咩牦嗷牯，骥麝罴鸢；鸥鹏碡鹗，噼蹼鹬雁；佤畲鹁鸪，啾鹁啄鹌；侗訇玳瑁，茸麋伥鳗；龌龊鲵鳅，鱿豚鲥鲢；泸岷鹭鹚，孬鲈鳃黏；漯鸬崂鹞，潍豖淄鲇；蝌蚪摆尾，蜻蜓翅展；鄙狼踌躇，蜈蚣毒腺；蜜蜂蛰吗，蜘蛛补牵；蚜蛹共科，羞涩吱蝉；蛾淆蠕饵，敏颖蟒鳝；糊涂鸠鹏，濒嘲鸥燕；猜秘褪蛙，斧刃龟卵；螟蛉萌芽，蛀萤瞬涣；茫忧蟋蟀，须戒蝠蝙；六害蚊蝇，什虫妄悍；彰体蚯蚓，烈熊睹猿；狐狸狡猾，雏猩梢攀；鸵孵獭躺，狮睡羚繁；雌凰迅捷，骆驼休懒；螺螃穿砂，蝗翼忌拈；蛇蝎闯庐，雀莺依苑；牡匿萍涯，筏渡舟淅；稳进蹬客，怯懦靠舷；蚂蟥笨拙，蛤蟆很慢；鹦鹉懈怠，厩蚁该减；哲猴谋喇，蔚荧亿三；惜逢鼠嚣，喜到鹿宛。牝犀迂逗，忸怩獗餮；吞噎废粕，缚绞纲缆；诧漏噪响，框缘绷绽。浊秽虱蛆，茅厕臭便。疙瘩痘疹，脓疮秃癣。腔膛脏腑，脾肾髓胆，牛嗓喉咙，颐臆腹腆。肛胯脐趾，膝颅眶睑，肪膘冗赘，痴呆颊颧。霉肤搔痒，疤痕愈痊，痈疽痔痢，瘸疥脖腕。瘴瘪痹瘸，猝疟腋烂。胃胰溃疡，筋肌痉挛，胁肋疼痛，膀胱菌沾。瘟疫扩侵，肢抖衰瘫。胳膊侧弛，彷徨怖添。喔唷痱磊，趔趄踹践。警惕疾病，诊恙预患。肿瘤癌症，艾滋忽滥。痧痦疖瘀，痨瘠癖殄。臜腭孳臃，龈龋颚断。踉跄嶙峋，疣痣懑烦。届龄删阑，剜阉副件；堪些努勉，腼焐赳簪；竣焊赝阀，惠辨叁李。矗耸屹囱，嘘矣翱瞰。泵谓唧筒，譬喻汐翻。淮泄滞沽，淤础浦溅。渣滓晃瞳，蒿苇飒般。泅泳涉滔，涸枯汀澜。渤澳豁缺，桅桨歪坍。厦幢崩塌，畸枢裂檐；廓埃垛墟，违磺砾泛。垮隧坯碴，砰砧磁砖。钾钠钙铝，锌钢锡铅；硼汞硅硫，苯锰钨碳；砒钡氢氟，辐铀排检。愤怒憎恨，污蛔孳犯；憋闷嘟囔；汇辑畜豢。仗式趟隅，怎么疚歉。憔悴怜悯，馁萎愧惭。暮宵逛遨，俄顷怆叹。导驶汽艇，跨洲募捐。

铁枪攻寨，摔跤击拳。旌戟皓煦，髦鑫幂焕。伪装跟踪，哨岗遮掩。趁却骚扰，构筑壕堑。枕弓寝标，鸽鹤待探；兀袅戍麓，透辄蹒跚；唯众没危，腐桥应闪；遇瀑急走，聩响雷电。骁飙垠陲，嵩驿镐毽。谍报频渗，戈挡阻拦；匈奴娱谑，尥蹶猛蹿。擎帜挺拔，挎锐披箭。擒敌破阵，技试锁链。刨岫擘摁，霖蹊蹑踮。耗损酬饲，迈垒委艰。崭旅另召，组织备换。靶轰十丘，涕泪盂痰。驭舆骋鬃，盔甩烬焰。碉堡摧魂，拥挤逃窜。俘虏缴械，胜败前沿。截禁痞劣，魔鬼剿全。帅哥牺牲，皮革裹卷。稍纵遭逝，哭诉死奠。枉允肯否，昭划界限。活卒祷殉，抚恤申签。彪炳证册，讼屈伸冤。侦裁矛盾，勿闹尸棺。贿赂诅唬，妨碍司宪。怂勇诽谤，包庇捂瞒。抢杀豪阔，栽赃诬陷。搜刮劫窃，狰狞嘴脸。敲诈虐淫，挑衅侮谩。蹂躏昵妓，唆欺孕残。氓绅诱瘾，倒置昏暗。殴婢毙孩，凶煞酷阎。歹徒坏类，浑噩撤验。剃鬓囚拷，傀儡敷衍。屠戮伎俩，陨堕棘阱。侥躲邪派，殃烧祠眷。雇佣狱怪，缉拿协办。提镣蜕锈，仍留隙嫌。匆慌失措，徐踱圃团。斟酌督查，剖层剥茧。双向滤猖，逮魁卸顽。激驳识谎，沦颓苟喘。咀嚼征讯，剔奥悆判。聆音察缶，喀嚓捆爿。省躬讥诫，恪讽镜鉴；宠增抗极，摒弃刁蛮。殆辱近耻，貌色悖颤；林皋幸即，耐住凄惨。两疏见机，刹那割权；沉默寂寥，索居处闲。求古寻论，惑闭虑散。戚谢恩招，欣奏累遣。渠荷的历，抽条莽园。耽读玩市，舌敝糕点；寓目囊箱，抱璞牟衫。易语攸畏，属耳墙垣。烹宰饱吃，厨具炒饭；适口充肠，糟糠饥厌。朋亲故旧，姨姐怅恋；老少异粮，妈咪惆惋；妾御绩纺，嗔齿嘈乱；侍巾帷房，褓姆冒汗。银烛辉煌，樱唇细绢，驸马伉俪，象床笋蓝；快婿酗饮，婚姻久圆；鸳鸯蝴蝶，夕寐昼眠。接杯举碟，吼歌酒宴。娇手顿足，乍狂疯癫；悦豫且康，敞胸盎然；黝瓴矬艄，毅黩珞嫒。嫡后嗣续，祭祀尝蟠。悚惧恐惶，再拜背面。顾答审详，私牒要简。骸垢想浴，热执凉愿。驴骡犊特，骇跃超鞍。释纷利俗，佳妙醺酣。毛施淑姿，愁工笑妍。年矢每催，曦晖朗轩。指薪修运，吉嘉永安。矩步引领，俯仰庙龛。束带矜庄，徘徊眺瞻。孤陋寡闻，愚蒙等鹳。植倾根起，晦魄照环。独游果廊，凌摩士剑。沐净僧尼，秀眉斜弯；弥陀藕臂，翘鼻脂现；舒额黛腮，钩睛迷眼；腿臀负躯，软颈削肩；觐跪保佑，梳佩乔扮；缤绫坠耀，系绑腰间；酥融觉悟，伽话颂莲；褛衲袈裟，咯嘣卦痪；莎氏注脚，苦恼赎还。爪锥棱角，凸凹顶尖。

跑街采购，仆役聘返。数码磅秤，闸贮料馆。勺架炉灶，烩饼灼涮。溜炸熏烤，炖煮卤腌。蒸熬腻肉，滑嫩肚肝；荤腥肺脯，粳馍饺馅；焖爆燎烫，笼屉筷碗；稀粥稠糯，油肘浸馒；润酝酵醉，皿匣堆坛；饿择粗糙，糜羹瓦罐；芥盐这味，砍瓷忡佘。烙脊炕蜗，焦牙窘粘。盲瞎殖鳄，剑吕剁段；剐凫馏酪，依忖啜盘。钥匙钮扣，兜袋弧帘。皂缸盒套，球靴帽幔。贝壳玛瑙，珊瑚煤炭；璋韶琉玲，乏瑶屡玷。瑕琛翡瑛，珑鞘熹斓；涪杭琢镯，褴葆褡裢；暇疵琥珀，赭垩陌阡；禀剽贷阉，号宣皙摊。壶锅盆桶，整齐挂拴；莴苣哐啷，逊迫歇膳；赈饷馄饨，庖脍俱暖；煨骼腚睾，熘瓠豉籼；俎饪砻熨，颌炙莓煸；杞酶荟萃，馊粽泯泔；姜豇蕨菜，札幌菁蔓。笤帚垃圾，铃铛叉镰。夹裆袄袍，泡沫勃伞；昨曝晴晰，混绒已纤。钵杠臼纽，格篓灯线。误搁乒乓，霹雳又演。晶莹玻璃，晾晒替毯。肮袱褂渍，铺篷涤挽。锯锉凿刨，凳墩底坦。钝匕锨锋，继享勋衔。箩纹簸箕，锹镐捌铲。鞋袜衬裤，缝纫缀毡。雉翎膨胀，彬斌烁灿。舱釜锈蚀，缰绳磕绊。账簿印刷，泼沥蜡誊。恳慰裱缮，妥粥裨闩。埠畴租赁，胄裔乖隽。赠寄氯釉，吝啬赐翰。乞讨贫丐，聋哑叼馋；妒嫉姥婶，叩头要奸；扭捏局促，脑傻迟缓；睽瞑眬瞭，曚昽瞌鼾；偷摸滚爬，骤遁徙迁；仓库巡逻，巢址窑庵；救馑匮遏，仨褐袂褴；噗噜恫慑，膈曳逆贩。爷奶批评，期告赦免；辈份低矮，偶配确憨；叮嘱认错，爸斡她俺；邺某臾夺，霎慾岿眈；轿娶做媒，介绍议员。模样俊俏，伶俐伙伴。棋牌奕拼，诀谣浏览。槌簧铙钹，祝贺部参。炮震弄里，戴圭逞柬。仲甥示贴，族姊送函。赶赴邀请，叙述羡怨。咨询纶裙，夸吟絮倩。谆诲小胖，倡瘦哄憾。或妊胚胎，呕吐嬉娩。呀啊哪喂，吮吸嗅舔。早窍幼稚，裸屁普遍。壹贰摹仿，伍陆描篇。擦抹桌椅，扫厅除淀。考究梗概，觅箍校勘。轨辙崎岖，岔径蜿蜒。磋肄也乎，倔犟钻研。枚朵茬匹，轴幅艘瓣。夭午酉巳，个拾佰仟；寅卯丑乙，吨斤盅担；庚壬干支，癸秒厘串。掏挖抠掘，挚抬扛搬；揪掐卡握，拄抡拧扳；搓揉揩拭，蹈撩拖掸；捅挟搂括，拓扑撬掀；抄捞撮捧，摘揭抓拣；擂捣捶砸，抛扔掷掺；拍揣拢扯，泼拨挠捡；挪搭挨掖，挣拽搏栓；拡抑掝轧，撅搪携捻；揖捉掳掂，拯挫拗按。捎找掇擂，摞搞掉捍；抉撕扼缴，揍拟拇擅；扪掬搌捋，拮摺刎擀；揿擤拎抿，驮沏挥攥；踢蹋趴蹲，跷踊跛碾；躁踵跺砌，蹭蹄跋昙。熔铸冶灸，锭镀掣锻；夯铡铆扒，钉锚镊钳。触惯仞弦，胶着绵胼。眯睫盹瞪，炽盯炯看；睁睬眨瞧，瞅你瞄咱。噔嗖呱噌，嘭镗铮铣。悄嗑啧呷，吒噢咧讪。咛喑咄呗，哽呓咦蔫。喝叫咆哮，吵骂呵唤；叽哇吩咐，咕哦洽阐；哆嗦唠叨，嚎啸晤撵；吭哧贼喳，呻唾嗤援；嗡嘶嘹哗，啮喋咬弹，咚呛唉啥，嗜嘛褥垫；哎哟哼哈，咳嗽只站；嗯吠啤嘹，嘻嚷嘿喧。铄镭镂镫，镶镖钊键；恢愣惬怦，怄悻怵惮。仃侩偿俸，喱侏偌侃。樽柩橹材，梓柞枞楠。谧谛忍了，诩迸诓反。诋惹喵们，课诘讣谏。绌镑绯榻，纭栩缭镌。津冀沪辽，浙闽粤陕；徽鄂滇渝，陇蜀圳赣；巴彝巫傣，粹侗踞黔。词赋戏剧，唢呐亢咽；聊儒瓶厢，琵琶奋战；卧笛悠扬，锣耶锵铿；鸿骏昂吁，越米湘砚；旺巷廷社，罢犁辆辗。铜骨筝柄，董瓮兢嵌；影屏幕障，楣榜符贯；栋雕墅梁，座望凭栏；丈室窗蓬，缕纱纬片。溺井他乡，叠俑葬郸；椭窟陵墓，啪踏培磐；塔状阁寺，希腊喷泉；篱笆柱桩，岚罩红颜；趋访侨侣，楷谊奖颁；臻祟窿诣，衷辫帕篮。掰蚌决赔，骄奢至偏；输赢赌博，循例罚款；抵押拆借，穷厂矿矾；币帛钱钞，股票债券；价值均零，跌停虽赚；销售买卖，倚财企盼；供需剩货，加倍计产；攘夺绝喧，雄党把盏；耿杰忙碌，宏昌总揽；拘狈肃豺，统抒襟袒。燥蔽聪眸，温脉熄燃。碧滴纯品，讲趣就荐。级递迎旨，彻透玖谄。绎析今昔，苛晓译缄。势乘纪末，梯队度诞。

姓郭吴程，聂况费袁；朱许巩邓，彭厉勾谭；崔胡贾郑，仇沈庞潘，萧尚付韦，甫欧肖樊，从霍娄尤，邹俞尉婉，冯夷廖辜，荫邢邝詹；卢邱邵泌，佘葛肇辕；曾蒋曹窦，岑穆倪卞；龚靳鲍裴，滁甄毋藩；襄茹蔼嘎，韧奎裘冼；汝汲柯湛，翟解丞冉；郦蔺雍侔，闫绪瞿延；亨覃佟张，毓臧仡万；第奈贸硕，邸乜滕敛；彤辟吾其，兆於方但。

谁是作者？北邮教授杨义先。

与上节类似，必须强调，我们的诗文是一件科学作品，而非文学作品。从科学角度来看，本节与上小节相比，并无实质性进展，但是，从文学角度来看，本节的水平确实有很大提高。与历史上他人的所有“千字文”相比，本节诗文的特点有：它是一篇拥有严格“顶层设计”的千字文，比如，它是带有作者信息的，即，最后一句话“作者是谁？北邮教授杨义先”；又比如，它是“一韵到底”；总之，基于“字典定理”，本诗文的许多细节都是事先肯定的。

我们把此节诗文分成七段，其段落大意分别是：第一段（“宇”字开头），描述了天象与自然；第二段（“始”字开头），描述了古代圣贤与历史故事；第三段（“治”字开头），描述了农林牧渔和环境疾病等；第四段（“铁”开头），描述了战争与社会杂象等；第五段（“跑”字开头），描述了百姓的衣食与娱乐等；第六段（“姓”字开头），罗列了部分中华姓氏；最后，第七段（“谁”字开头），标明了此文的作者信息。但愿这些简要的介绍，有助于增强本文对读者的吸引力。

《小学生标准字典》千字文 《中华字经》套接版

本小节用套接法，基于郭宝华教授的《中华字经》，再次重排了《小学生标准字典》的全部4 523个字！至此，其文学水平有了大幅度提高，而且，随着今后词库的不断丰富，由计算机撰写的“千字文”的文学水平将肯定远远超过人类！

套接法是我们发明的一种机器文学创作法，它完全由计算机自动完成，它可把前人的文学作品进行移植。由此可见，完全可以用计算机创造超长、高文学水平的“千字文”。

在本次套接中，我们首先去掉了《中华字经》中重复的那27个字（长藏陆弟解灸膀行塞调朴勇率弹阿乐朝传哥核圈畜糜已腋漫享），确保了全文真的没有一个字重复出现；其次，去掉了《中华字经》中的那些未包含在《小学生标准字典》内的112个字（靓妪炀祯奘镲芾榲榭荜宕跹莆菏馐馔茗靥敖耧榜稗桐扦鹜潸狎娼鬟猥亵银镍锑锗铬铂钒氰氦烯烃炔烷砷硒矽酚酞酮醛胺胫钎铰锟淼妮舨膻禧娠砣咿濯翊陛诠骛噫兮怏掼搽抨摈攫瞽茨蕃藉绉浣淖忧氖墒噬嚏亳邯绥闫雒褚郝阚祁蓟郜竺部郏熠阙栾忻苻仵嵇仝缪)，从而，确保了这里的套接不是照搬；最后，也是最有科学价值的一点，那就是《小学生标准字典》中的所有 4 523 个字，在本文中都要出现而且只出现一次。还有，在本文中我们放弃了“一韵到底”的科学特性，因为，注重文学的读者们好像并不在乎这一点。特别说明：套接法之所以能够有效，也是基于字典猜想，即，任何一个字库都可以经过置换将其转换成一篇（一韵到底）的韵文。

用套接法重排的《小学生标准字典》千字文：

乾坤有序，宇宙无疆，星辰密布，斗柄指航。昼白夜黑，日明月亮，风驰雪舞，电闪雷响。云腾致雨，露结晨霜，虹霓霞辉，雾沉雹降。春生夏长，秋收冬藏，时令应候，寒来暑往。旌戟皓煦，远古洪荒，佃匐玳瑁，海田沧桑，陆地漂移，板块碰撞。山岳巍峨，湖泊荡漾，植被旷野，岛撒汪洋。冰川冻土，沙漠沃壤，木丰树森，岩多滩广。鸟飞兽走，鳞潜羽翔，境态和谐，物种安详。形分上下，道合阴阳，幽冥杳渺，天体著彰。凝气为精，聚能以场，缩浓而质，积微显量。化巨幻虚，恍惚成象，强固凌弱，柔亦制刚。终极必反，存兴趋亡，色空轮回，动静恒常。唯实众名，一理万方，父母爹娘，没齿难忘。兄弟姐妹，危困助帮，姑姨叔舅，亲戚互访。侄男闺少，哺育茁壮，夫妻相敬，梦忆糟糠。隔屋邻舍，遇事谦谅，公府伯婆，慈孝赡养。赈饷馄饨，莴苣哐啷。尊朋礼友，仁义君郎，炎黄二帝，尧舜禅让。禹启世袭，灭桀商汤，周武伐纣，侯列各邦。秦皇集权，汉刘楚项，鼎立割据，乱晋八王。南北对峙，腐朽隋墙，贞观政要，五代续唐。陈桥兵变，耻辱靖康，鉴真耶律，元建宋僵。钟离太祖，崇吊玄丧，清军入关，大臣匆慌。粉碎叛卓，犁域设将，台湾复归，守卫边防。鸦片战争，英占香港，戊戌维新，社会改良。辛亥革命，孙播思想，联盟抗倭，国共两党。定都京师，人民解放，诸子百家，孔孟老庄。扁鹊灵医，鲁班巧匠，罗盘硝药，针灸疗伤。蔡伦毕升，纸笔写榜，易经论语，史记达畅。河图洛书，算术九章，西三红水，聊儒瓶厢。诗词曲赋，戏剧说唱，琵琶琴瑟，敲锣铿锵。笙箫呜咽，卧笛悠扬，筝音奔奋，唢呐高亢。荆浩匡庐，董源潇湘，楣匾墨砚，悲鸿骏昂。楷隶篆刻，碑帖草狂。敦煌石窟，缕衣纱裳。青甲骨铜，脱酸绿氧。虎符越剑，陶马俑葬，彩瓷宝瓮，丝绸他乡。凡尔赛宫，金字塔状，泰姬陵墓，彼得教堂。自由女神，希腊塑像，最后晚餐，创造亚当。门亭楼阁，寺庙殿廊，伟城别墅，丈室户窗。舒意颜丹，画栋雕梁，庭院踏步，影屏幕障。承尘藻井，篱笆柱桩，舷舵扶靠，凭栏眺望。悬崖峭壁，峰峦叠嶂，泉喷岚罩，瀑湍急涨。峡沟潭渊，溪涧流淌，池渠堰坝，沼泽泥塘。漩涡带波，礁屿连江，汹涌澎湃，惊涛骇浪。灾涝溢泻，汛潮浮涨，苍松寿柏，垂柳毛杨。芭蕉蒲扇，斑竹篾筐，槐椿榆桦，杉桂榕樟，斋扉紧闭，栅苑濒旁，坪埔莱茵，菲窥坞坊。蔷薇翩蓬，娇莲蔚茫，蕴蒂荚芯，蓓蕾琳琅。奇花异卉，艳丽荣秧，兰荷菊梅，四季芬芳。杜鹃泣血，芙蓉吉祥，茉莉馥郁，玫瑰刺芒。瓜果蔬菜，葱蒜韭姜，茴椒芹葵，皮芥辣酱。芸苔芋笋，葫芦瓢瓤，番茄蘑菇，乳蛋醇酿。

碘盐食醋，脆卜甜糖，甘旨珍肴，皖米膏粱。葡萄美酒，玉液琼浆，咖啡益智，闽茶顺肠。桃李杏柿，汁鲜味爽，椰柚橙桔，渴饮品尝。菠萝柑橘，橄榄槟榔，梨枣苹楂，荔栗榴棠。蝌蚪摆尾，蛤蟆鼓囊，钓饵蚯蚓，蠕虫蚂蟥。鹦鹉学舌，蜜蜂穿忙，蝙蝠栖洞，梧桐引凰。蜘蛛牵补，螟蛉蛀粮，蜻蜓振翅，鸠鹏霎盲。鸥莺燕雀，蝴蝶鸳鸯，鲤鲫鲇鲸，蛙蚌螺蟒。蚜蛾蝉蛹，龟卵翼蝗，蚊蝇鼠蚁，蛇蝎鳝蟒。蜈蚣毒腺，蟋蟀蹬闯，鹿狈狐狸，熊豹豺狼。猿啼猴吱，鸵孵獭躺，猩猩攀梢，雌牡匿冈。砂舟骆驼，迅捷羚羊。

中华初繁，睡狮渐醒，玖久纪末，千年始零。宏业昌盛，妙策递迎，左右兼顾，总揽统领。外交志同，内取稳进，阶梯过度，切忌猛狠。六贼七害，监视审听，戒贪须效，践约宜行。贬恶褒绩，赏劝罚惩，操刃执斧，塞涓救荧。势如突起，抽薪熄平，途逢险兆，消芽于萌。扼息止纷，贵在用衡，依法谋治，吏次皆正。痧痦疖瘀，痨瘠癖殄。推贤荐材，睹貌辨容，纯朴宽厚，侠烈尽忠。耿直肃仪，襟怀袒诚，谄媚狡猾，机敏慧颖。懈怠懒惰，拙笨碌庸，愚昧糊涂，偏才至聪。羞涩拘束，杰健悍雄，恭谨畏惧，缄默持重。骄奢傲慢，怯懦惶恐，超逸独居，禽窝佐冯，恬淡匀宁，茸咳嗽唾。猜疑诡秘，威严毅勇，币帛钱钞，攘夺其宗。企财盼利，贷款辅粪，价值均等，开厂务工，贮银抑税，增富减穷。资产累计，储蓄倍宠。抵押拆借，循例不停；供给需求，市货充盈。销售买卖，亏差余剩，债券股票，博赌输赢。闻赚虽喜，跌赔看轻；休闲退优，芍蘸漳萍；涣虑受逍，捉疯癫萤。拒宾疏客，忧谢欢招，把盏讲趣，倚床读晓。游景筏渡，迹绝喧嚣，茂冠蔽枝，莽园出条。碧岭滴翠，落叶飘摇，心澄彻透，雅悦去燥。挥毫绎就，佳句抒了，拍额挠腮，樱口含笑；漆珠镶眸，秀眉弯抛，脂绘隐现，单鼻斜翘。坠耳双环，龙睛凤眼，纤手藕臂，软颈削肩。乌发比臀，酥胸腰间，修腿负躯，弓脚婷站。沐浴洁身，梳妆乔扮，轿娶黛施，婀娜描曼。服锦饰佩，缤绫绣缎，赞叹称颂，宛若娥仙。阿弥陀佛，觉悟融圆，僧尼寂寞，菩萨向善。情投系姻，欲净见缘，转识迷性，苦乐恼烦。圣诞基督，原罪赎还，目的辩证，裁判邪端。跪觐拜钵，但知嘘暖；我主保佑，娃好乃先。鲨龇龈颚，趵狩麈犍；駙适辍跎，舫鑫懿斕；亨韬亟擘，嗳邺再喧；砥篝匮燧，寥蓼氽爿；恿膑巨衄，剽熹膈腁；盥舂缶阜，趸阄矜阑；菁娑粥沔；渑窠幂阡；膺阂刍纂，戡皴醺李。格林童话，伊索寓言，莎翁托氏，福摩探案。彬斌爵丁，伽丘十谈，培根牛顿，爱因斯坦。试管婴儿，克隆遗传，细胞速冷，胚胎罢焉。脉冲数码，几何规范，网络通讯，程控遥感。驱逐舰艇，洲际导弹，激光辐射，捆绑火箭。声纳测距，贫铀污染，点线面段，球弧侧弦。菱锥棱角，凸凹顶尖，竖撇捺折，陡拱椭圈。奥运竞技，淘汰筛选，跨跃短跑，蹦跳撑竿。铁饼标枪，垒足排篮，汽车拉力，驾舢驶帆。刀锤棍棒，钩爪杖鞭，锁链杠铃，摔跤击拳。省区署郊，村镇屯店，耕耘扒耙，挽袖搅拌。耒铧锲镢，劂锱辘楦；栎槁枳萼，屐笠畚苫；倏忤弈訾，遛铲徇辇。籁黧竽皎，[illegible]篾葩茜。农垦灌溉，渔猎驳船，柴棚炊热，牧伍粪烟。膜压窖湿，肥攻磷氮，穴浇尿深，灰埋屎浅。稻麦谷豆，蓖麻薯棉，粟苞芝麸，秫秸稼秆。糜黍荸荠，咬蔗啃豌，埂堤垄畦，荞秕稞旱。禾苗缨穗，蔓附藤缠，棕蓑柠檬，枫棵紫檀。剪丫打杈，嫁接插畔，颗粒籽核，株蕊茎杆。鸡鸭抱群，猪闸仔满，驴骡啃坡，犬狗护岸。厩驹罕鬃，驯犊乍唤，鱼鳖虾蟹，猫兔鹅蚕。蟑螂蜥蜴，蜊蛏蚝蚶；蛞蝼螯蝮，蠓螳蜍蟾；蜢蚱蛔蛐，蛲豸蛟蜷；孑孓蜃虻，蜇蛊痂藓；魍魉猢狲，啾鹈啄鹌；獠狍鄱骊，茸麋伥鳗；

龌龊鲵鳅，鱿豚鲥鲢；鹧鹂礴鹗，骥麝罴鸢；泸岷鹭鹚，孬鲈鳃黏；踉跄嶙峋，霖蹊蹑跣。兀袅戍麓，逶辄蹒跚；臜腭孳臃，腼焐赳簪；瑕琛翡瑛，襁葆褡裢；骁飙垠陲，嵩驿犒毽。煨骼腚睾，熘瓠豉籼；俎饪砻熨，颔炙莓煸。扪掬揠捋，拮撂刎擀。铄镭镂镫，匣侏偌侃。噔嗖呱噌，吒噢咧讪。杞酶荟萃，梓柞枞楠。睽瞑眬瞭，曚眬瞌鼾。旋绕鹰鸽，哀孤鹤雁，宿营扎寨，枕戈待旦。哨岗戎诫，挎锐披坚，帅旗挺拔，训士阅演。磐踞较劲，擎帜呼喊，伪装跟踪，信号遮掩。稍纵即逝，竟忽瞬暂，驭舆骋舶，靶轰州县。趁却骚扰，构筑壕堑，谍报频渗，御挡阻拦。耗损酬饲，迈历委艰，垢卸焚址，盔甩烬焰。擒敌破阵，调派遣返，围追堵截，伏剿庆歼。崭旅另召，蜕衰勿厌，碉堡摧毁，拥挤逃窜。俘虏缴械，胜败前沿，枉允肯否，咀嚼凯宴。惨遭牺牲，素裹席卷，坟棺尸闹，魂魄寝眠。活着祈祷，死则祭奠，廉奉殉职，奖功颁衔。组织筹备，抚恤申签，部属僚员，涕泪矣然。彪炳铭册，炫烁灿烂。飓刈咫雯，迥霆戾靛；旭迤霏禹，邃彗仄寰。

狱牢禁卒，司典刑宪，辞讼哭诉，鸣屈伸冤。敞释矛盾，剖层剥茧，淀滤猖浊，昭划界限。妨碍侦察，贿赂仕宦，诅咒吓唬，挑衅侮谩。讥讽诽谤，浑噩撤验，朦胧伎俩，仍留隙嫌。斟酌掺谎，包庇捂瞒，陨堕棘阱，殃及祠眷。检举查封，逮捕魁顽，作奸犯科，缉拿协办。妖魔鬼怪，凶煞酷阎，歹徒坏类，狰狞嘴脸。勒逼豪阔，搜刮卑贱，拐架孩提，坑蒙孕残。盗匪劫窃，妓诈欺骗，唆掳怂揖，横征暴敛。烧杀抢掠，栽赃诬陷，宰虐淫霸，痞劣刁蛮。蹂躏昵奸，喋鬓疚歉；妇寡掇搐，屠戮毙斩。氓绅诱瘾，倒置昏暗，婢奴躲避，怨斥责谴。酗殴滋祸，弊秽泛滥，偷漏假冒，妄贩募捐。剃囚拷问，傀儡敷衍，侥幸饶恕，期告赦免。缚绞镣铐，俄顷悔忏；兢磋失措，徐踱圃团。踌躇徘徊，彷徨怖添，窘焦愁绪，沦颓苟喘。虱蚤蛆蛔，茅厕臭便，钾钠钙铝，锌钢锡铅。钨钡硼汞，硅硫苯碳，锰氯氢氟，砒涅臊氨。腔膛脏腑，脾肾髓胆，唇嗓喉咙，颐臆腹腆。肛胯脐趾，膝颅眶睑，肪膘冗赘，颧颊骸嵌。憨傻痴呆，聋哑瘫痪，疙瘩痘疹，脓疮秃癣。霉肤搔痒，疤痕愈痊，痈疽痔痢，癫疥脖腕。瘴瘪痹瘸，瘁疟加憾，胳膊腋弛，使肢抖颤。胃胰溃疡，筋肌痉挛，胁肋疼痛，膀胱菌沾。艾兹侵略，瘟疫扩散，肿瘤癌症，劳惫疲倦。警惕疾病，诊恙预患，侍姆雇佣，仆役聘换。东街采购，磅秤肉馅，掌勺炉灶，料堆厨馆。溜炸熏烤，炖煮卤腌，烘焙烙炕，烩炒灼涮。焖爆燎烫，烹蒸熬煎，烽焕泼沥，酝酵醉酣。荤腥肺脯，滑嫩肚肝，笼屉羔肘，粘润糯丸。粳糕馍饺，稀粥稠饭，乘埃吹羹，薄油浸馒。饿择粗糙，饱剔腻咸，钥匙纽扣，兜袋帷帘。盒套箱柜，瓦罐盂痰，皂缸牙具，杯碟筷碗。帐幔靴帽，整齐挂拴，壶锅盆桶，器皿匣坛。笤帚垃圾，矿蛰碱矾，夹裆袄袍，篓臼灯伞。涤铛抉钮，叉橱表镰，乒乓晃瞳，缰绳磕绊。珊瑚贝壳，玛瑙煤炭，泡沫膨胀，蒿苇飒晃。佃畴租赁，埠位此般，雉翎并勃，胄裔隽娟。舱釜锈蚀，釉磨铆焊，誊蜡印刷，赠寄邮件。琐屑账簿，惠赐牒翰，棋牌奕拼，衙巷畜豢。乞丐住讨，叼吃饥馋，库仓巡逻，翱峪俯瞰。鞍骑骤遁，刹那近垣，坎坷崎岖，岔径蜿蜒。遵逾轨辙，逛遨峻颠，霹雳贯霄，淤础溺淹。厦幢崩塌，窑庵囤填，邑廓倾覆，箍垮隧涵。淮泄滞沽，浦溅汀澜，泅泳涉滔，渤澳浚涎。桅桨歪坍，豁缺洼涟，陋巢凋囱，畸枢裂檐。涯涸竭枯，渣滓窒燃，谣泱淆惑，是非确断。翻译授课，考究钻研，误错耽搁，犹豫岂敢。页篇汇稿，编辑校勘，故谜梗概，载版登刊。专题删节，普遍浏览，嘉偶婚配，叙述绵延，函恋私已，祝贺德婉，做媒介绍，寻觅迟缓，卿获娇媳，藐瞎蔑蔫。

铙钹槌簧，掂掇掂攒。炮震房宅，宣沸弄里。喇叭噪响，暮催串艺，叮嘱钦陪，辈份矮低。庶孽继嗣，昆仲甥姊，柬贴逞送，族姥婶婿。赶赴邀请，扭捏促局，烛洽娱耀，羡慕妒嫉。哥嫂咨询，伙伴参议，爸妈恩准，爷奶评批。吾你俺她，咱们勉励，模样俊俏，娴淑伶俐。纶巾裙衫，混纺绒絮，框展倩照，镜示映姿。叩首鞠躬，随俗迁徙，戴璧秉圭，呈诺或与。誓牍弘愿，呕吐娩嬉。特殊贡献，永享勋誉。穹磬蓦熙，砟砝礴黯。孚彦迪戛，瑜瑾猝殓；朕偕佻妃，佗挲魅髯。漯鸬崂鹞，佤畲鸫鸪，黝瓴姪艄，咩牦嗽牯。

幼稚早窍，玩耍练习，头脑认念，诀勤简析。壹贰摹仿，叁肆韵底，之乎者也，柒捌譬喻。峥嵘骷髅，喽啰讴谀；咛喑咄呗，伢崽诤谕。吟从倡哦，咏夸所悉，背欠熟旧，诵似谱吕。韶努宵寐，谆诲朝夕，孜挚弗馁，够氛苛肄。胖瘦小囡，嗅舔吮吸，唉呀啊哪，喂哄乖嫡。坐摸滚爬，炽汗淋漓，岁半倔犟，赤脊裸屁。洒扫厅除，擦抹桌椅，墩蹈矩凳，晶莹玻璃。锯锉凿刨，钝锹锋匕，锹锄镐铲，箩纹簸箕。鞋袜衬裤，缝纫缀洗，毡垫毯褥，晾晒更替。肮袱褂渍，恢愕惺掷；铺盖篷履，废粕丢弃。泵谓唧筒，矗曰耸屹。笃录甚很，紊奏芜鄙，暇疵兑玷，吝啬阐惜。莅临驻俞，晦朔旺汐。咚呛摞哉，且又砌级。吩咐嘀咕，吧吗吁呢，壬午酉巳，寅卯丑乙，丙庚壬癸，干支今昔，吨钧亩斤，拾佰仟亿。只每秒个，尺寸盎厘，轴幅艘瓣，枚朵茬匹。盅旬辆届，本座矢剂，队档副处，仗式趟隅。慷慨愉快，狭隘惆怅，愤怒憎恨，憋闷嘟囔。萎靡憔悴，漱溶凄凉，怜悯惭愧，斡辗恻怆。掏挖抠掘，担抬扛搬，揪掐卡握，抡劈拧扳。搓揉揩拭，拂撩拖掸，捅挟搂括，拓扑撬掀。抄捞撮捧，摘揭抓拣，擂捣捶砸，揣拢扯捍。捎找搞撰，扔撕拨捡，挪搭挨掖，挣拽搏栓。搀夯碾轧，撅搪携捻，拈援拄摄，拯挫拗按。揍拟摊撑，擞掣掰撼。钉键铣锚，钳锭镀锻，煽铡炯镊，熔铸冶炼。跷踊跛跺，踢踩踢蹿，趴蹲躁踵，蹭蹄跋昙。眯睫盹瞪，睁睬眨瞻。盯瞧瞅瞄，拇蜗到缆。瞥瞩央未，晕曙炬眩，谁讶讳谬，谒订讹谚。谄诛谊诧，该诙讫谗，堪坯砖碴，砰砧磁砍。纲综纬绰，绢绦绷绽，绚纠缭缔，毗澈沮漫。澡溯沤沁，甸哲注笺；沂滨擅沏，汾泞掉蓝。潦凑凛冽，怔怕懂惋，悄悼忧悸，怡恃惬惮。湄汕垛墟，惟恰慑惯，忍恳惹慰，恫懊忿惦。枷檄橇檩，椎札梭椽，楔梆楞榨，榛橡槽栈。璋瑞琉玲，乏瑶屡奄，假偿倘僻，仅伺傍俭。羲娲憧憬，伉俪馨胭；羌叟翅趄，仫佬颏颔；妯娌厮啾，庖脍饴饯；馊粽豇蕨，囫囵忑忐；琥珀喀嚓，苜蓿璀璨；麒麟滂沱，忸怩羸倌；貉貂尥蹶，袈裟袂褴；喔唷囹圄，咯嘣裨闩；噼蹼幺妞，噗噜鸽鸾；酩酊髻帼，哽呓岿眈；桧逵轼嫦，娆婵皙嫣；妾憩杂莠，孀塾崛槛；曦晖赭垩，粼辚淙潺；猹猕痱磊，莞鲑娄獾。泗洱浜浃，漉浒淞溹；潍溜涪泾，洄漕洌汴；愣怦怄悻，怵忖尬尴；谛诩诳诓，诋谧讷俨；廿垞甬碣，卅沓裱缮；豕牝臾夯，獗鹬踹鹳；嗑啧咂咦，嘭嗒咋喃。疣痣鬣髦，妩嫒贻姗；璞珞琢镯，纭绮珑銮；忡忾忪恪，愍悚懵虔；嗔嘈喵嗆，哞呦懑妍；摒摁搡触，歌黩踉蟠；讣诏诘谑，瞠瞟聆攥；钗铠铮镖，仨仞镗镌；泓泠涸淬，渎濡泔瀚；橛樵梏柁，椟柩栩椴；侬橹傈樽，仡弩啜剜；秣稷祀秩，孰馈馑筵；衲裕褓褛，圳坳壑龛；仃攸俸儆，冢郡侩赝。估佯侈俱，什侨啥侣，篙箔篡簇，违碛硬砾，逆遂逊迫，迁逗迸迄。褪赅这廷，迢遏迭犀，刽剁刚吕，咋曝晴晰。鳍鳄吞噎，孺龄蠢殖，它赊您予，帧聩粹既。馏凫酪膳，驮猬歇狙，禀型辖贸，胶某卦敝。仑殡衩幌，些陌皑窄，甸妥奈彤，颇竣戳契。衷辫帕耐，臻祟窿诣，率晤睦歧，甭殆厄毖。阀龋褐鞘，阉曳皱辟，呵叱咆哮，吆喝吵骂。

哆嗦唠叨，叽哩哇啦，呻吼嚎啸，吭哧喊喳。嘻嚷嘿唁，嗡嘶嘹哗，哎哟哼哈，呸吻嘲啪。嗯吠啤噤，咪嗜嗤嘛，萦荀娓莜，潼汩泯汊，撖搗拎抿，绌镑绯榻。彝傣傈侗，浙郸粤陕，津冀沪辽，陇蜀赣黔；徽鄂滇渝，翌答轩辕。怎么叫姓，聂路况袁；朱许巩邓，彭姚厉韩；崔胡贾郑，苏殷寇谭；萧任尚付，仇沈庞潘；郭吴赵魏，欧傅肖樊；甄毋襄皋，狄赖稽蒯；勾朗韦甫，邱邵泌阮；巴巫尤虞，穆倪莫卞；赫闫嘎韧，滁尹籍詹；薛尉於辜，藩茹蔼冼；曾蒋曹窦，丛霍娄箴；靳鲍淳裴，邹柯湛晏；汝汲慎卢，禄夷牟官；岑沛奎裘，欣翟丞冉；黎葛济肇，郦蔺雍菅；恽荫邢佘，费咎已覃；邸乜滕杭，佼仰钊谏；第硕毓邝，廖闾瞿缅，佟可蹉温，臧谰巅渲。

全文完！

用计算机创作“千字文”是机器文学的课题之一。大家既别指望“电钮一按，文章就自动流出来”，也别指望一开始机器就能够写出文学水平超过人类的“千字文”，但是，毕竟“千字文”创作是计算机的长项，随着“词库”和“语库”的不断丰富，特别是“网上自动抓取”功能的实现，计算机在创作“千字文”方面的文学水平一定会大幅度地提高，并在不远的将来远远超过人类。比如，在《小学生标准字典》的千字文排列方面，从最早的七言全韵版，到四言全韵版，再到本文的《中华字经》套接版，读者可以明显地感觉到其文学水平在不断提高，况且当前的主要任务并不是要提高其文学水平，因为，这在今后根本就不算是问题，读者们完全可以“你一言，我一语”地就把“千字文”的文学水平提高了！

千字文
《新华字典》

本节将《新华字典》的全部 7 737 个字，一个字不多、一个字不少、一个字也不重复地编排成了一篇史上最长的“千字文”，称为《新华字经》!

字典绝不仅仅是“查字而已”，它其实是一个时代的文化和价值观基础，因此，按中国传统，每个成熟的朝代都要推行自己的官方字典。对比一下清朝的《康熙字典》与新中国成立后的《新华字典》，其差别是显而易见的：不但收字不同，更主要的是对许多字的解释也大相径庭。各代朝廷正是通过控制“字的解释权”这种最根本的权力，把自己的意志逐渐传达给普通百姓。

实际上，除了姓名和地名等偶尔会出现生僻字之外，历朝百姓和官文用字基本上都限于本朝的官方字典，而且，随着朝代的成熟和稳定，这种“向官方字典靠拢”的现象会更加明显。比如，新中国经过 60 余年的聚集，如今，包括《十八大报告》等在内的所有重要官文用字基本上全都出自《新华字典》。

新中国最权威的官方字典就是《新华字典》，除去繁体字和异体字，一共收集了 7 737 个（简体）字。本节就将这些全部汉字，一个字不多、一个字不少、一个字也不重复地编排成了一篇“千字文”，它涵盖了天文、地理、朝代更迭、文化趣事等内容。该《新华字经》包含四部分：①古文观止；②现代字经；③姓氏童谣；④版权信息。由于几乎没有人能够认全《新华字典》，因此，您也别指望轻松阅读懂此《新华字经》，除非您愿意无数次查阅《新华字典》！

今后，将基于《新华字典》的全部汉字而撰写的“千字文”统称为《新华字经》，因此，本节只是《新华字经》的第一个版本，称为“古今版”，因为，它充分借鉴古人《千字文》的成果。随后，下面两节将陆续推出其他版本的《新华字经》。由于《新华字典》本身的权威性，我们认为，在当朝已经没有必要再写出比《新华字经》更长的“千字文”了，读者若有兴趣，可以在文学水平的改进方面多下些功夫。

在第 2 章中，我们已经证明：中华姓氏似首歌。本节又将证明：全部汉字是首诗。因此，现在可以给大家送上一幅对联。上联：中华姓氏似首歌。下联：中国汉字是首诗。横批：诗歌之家。

《新华字典》千字文，《新华字经》(古今版)：

古文观止：天地玄黄，宇宙洪荒；日月盈昃，辰宿列张；寒来暑往，秋收冬藏；遗闰成岁，律吕调阳；云腾致雨，露结为霜；金生丽水，玉出昆冈；剑号巨缶，珠称夜光；果珍李蕨，菜重芥姜；海咸河淡，鳞潜羽翔；龙师火帝，鸟官人皇；始制嫔妃，乃服衣裳；推位让国，有虞陶唐；吊民伐罪，周戡殷汤；坐朝问道，垂拱平章；爱育黎首，臣伏戎羌；喽啰一体，率宾归王；鸣凤在竹，白驹食场；化被草木，赖及万方；盖此身发，四大五常；恭惟鞠养，岂敢毁伤；女慕贞洁，男效才良；知过必改，得能莫忘；俨谈彼短，靡恃己长；信使可复，器欲难量；墨悲丝染，诗赞羔羊。景行维贤，克念诤圣；德建名立；形端表正；空谷传声，虚堂习听；祸因恶积，福缘善庆；尺璧非宝，寸阴噌竞；资父事君，曰严与敬；孝当竭力，忠则尽命；临深履薄，怵兴温冷；似兰斯馨，如松之盛；川流不息，渊澄取映；嗳容若思，言辞安定；笃初诚美，慎终宜令；荣业所基，籍甚无竟；学优登仕；摄职从政，存以甘棠，去而益咏。乐殊贵贱，礼别尊卑；上和下睦，夫唱妇随；外受傅训，入奉母仪；诸姑伯叔，犹儿比子；孔怀兄弟，同气连枝。交友投分，切磨箴规；仁慈隐恻，造次弗离；忾节廉退，颠沛匪亏；性静情逸，心动神疲；守真志满，逐物意移；坚持雅操，好爵自咩；都邑华夏，东西二京；背渑面洛，浮渭据泾；宫殿盘郁，楼鹂飞惊；图写禽兽，画彩仙灵；丙舍傍启，甲帐对菁；肆筵设席，鼓瑟吹笙；升阶纳朕，袂转疑星；右通广内，左达承明；既集坟典，亦聚群英；杜稿钟隶，漆书壁瑾；府罗将相，路侠槐卿；户封八县，恺给千兵；高冠陪辇，驱辘振缨；世禄侈富，车驾肥轻；策功茂实，勒碑刻铭；沔溪伊尹，佐时阿衡；奄宅曲阜，微旦孰营；俎公匡合，济弱扶倾；绮回汉惠，说感武丁；娓俊密勿，多士寔宁；晋楚更霸；赵魏困横；假途灭虢，践土会盟；何遵约法，韩弊烦刑；起翦颇牧，用军最精；宣威沙漠，驰誉丹青；九州禹迹，百郡秦并；岳宗岱泰，禅主楠亭；雁门紫塞，鸡田赤城；洱池碣石，野鹭洞庭；旷远绵汴，礴岩杳冥；治本于农，务苜稼樵；载豇南亩，我艺黍稷；税熟贡新，忐忑劝赏；孟伢敦素，史鱼秉直；庶几中庸，劳谦谨诏；聆音察理，鉴貌辨色；贻痨嘉谏，勉其松植；省躬讥诫，宠增抗极；殆辱近耻，林皋幸即；两疏见机，解组廛逼；索居闲处，沉默寂寥；寻求论咎，散虑逍遥；欣奏累遣，暄谢欢招；渠荷的历，园莽抽条；晚翠苒苣，梧桐蚤凋；陈根委翳，落叶飘摇；游鹍独运，凌摩穹霄；耽读玩市，寓目囊箱；易辅攸畏，属耳垣墙；具膳餐饭，适口充肠；饱俸烹宰，饥厌糟糠；亲戚故旧，老少异粮；妾御绩纺，侍巾帷房；娆扇椭圆，银烛鑫煌；昼眠夕寐，蓝笋象床；弦歌酒宴，接杯讴举；矫手顿足，悦豫且康；嫡后嗣续，祭祀悍尝；匍匐再拜，悚惧恐惶；笺牒简要，顾答审详；骸垢想浴，执热愿凉；驴骡犊特，骇跃超孀；诛斩贼盗，捕获叛亡；布射僚丸，臧琴阮啸；恬笔伦纸，钧巧任钓；释纷利俗，伉俪佳妙；毛施淑姿，工鲰妍笑；年矢每催，曦晖朗跷，煦旭悬斡，晦魄环照；指薪修龛，袈裟永吉；矩步引领，俯仰廊庙；束带矜庄，徘徊瞻眺；孤陋寡闻，愚蒙等诎；谓语助仄，焉哉乎也。

现代字经：乾坤曚序，斗柄亮航。风雪黑舞，电闪雷响。倏嘎霆兢，晨雾雹降。虹霓霞辉，嶙峋粼疆。蹉跎应候，陆漂沧桑。咯嘣喀嚓，板块碰撞。砥山巍峨，湖泊荡漾。鹁鸪嗷春，岛撒汪洋。漕汉冰冻，坳垩沃壤。蚝蜊濡蜃，豉蛭廿镑。稽丰树森，泓泗沱滂。恍惚趔趄，尴尬哐啷。幻显走滩，境态踉跄。褛褴忸怩，幽渺著彰。酩酊夯嗒，厮哝咄瞠。嘭噔飙钗，喔唷噼镗。颏颔囫囵，依娄哽讴。漉凝浓缩，质黏固强。唯众恒谐，反柔趋刚。姨舅蹒跚，没齿爹娘。妯娌姐妹，侄闺互访。梦忆襁褓，妻哺茁壮。隔屋邻朋，遇嘈忖谅。铲轮尥蹶，辍危亟帮。痞擤龌龊，娌婆蹒郎。蛄蝼杂荟，疖妞嗔伥。螯蠓蜥蜴，蜢蚱蟑螂。阑泌很馊，种豕魍魉。孑孓沓蝮，炎痱娃涎。嗑睾虻蛊，猝袭臃胱。蛲蚍衄瘀，冢豸蛐螳。獠鬣桀纣，商侯各邦。娲燧羲吒，尧舜轼嫦。熹乜孬桧，赡权刘项。黝柩骷髅，元赳宋僵。太祖塾韬，完颜驻舫。膑割傈峙，瑜刈畲乱。隋邸腐朽，亨忤桥变。崇丧边卫，清关鼎防。鸦片战争，恣占香港。戊戌谑诩，谕泯驽放。辛亥峥嵘，迥崛社党。粉碎侏倭，台湾靖畅。孙咛联共，红革飓亢。卓医扁鹊，鲁班佼匠。犁域针灸，帖疗术狂。蔡毕硝药，儒聊三厢。楷篆词赋，匾砚楣榜。琵琶戏剧，镂锣铿锵。唢呐呜咽，卧笛悠扬。箫筝奔奋，骏骊鸿昂。荆浩蓼庐，董源潇湘。寺阁皓窟，丈室绿窗。凡尔赛墓，姬陵塔状。虎符越镫，马俑璞葬。瑛翡琥珀，希腊塑像。铜骨缕纱，镌殓伟创。瓷黯瓮瓶，绸熨他乡。闩爿蓬槛，墅栋雕梁。踯踏赭院，影屏幕障。纭尘藻井，篱笆柱桩。舷舵踮靠，凭栏瞭望。崖巅峭壑，峰峦叠嶂。湍急汩瀑，峡沟涧淌。涪潭堰坝，沼泽泥塘。礁屿江涛，漩涡波浪。汹涌澎湃，灾涝汛涨。椿榆梅桦，柏寿柳苍。芭蕉蒲藓，斑篾�筐。梓柞椴柁，杉桂榕樟。斋扉紧闭，栅苑濒旁。蕴蒂荚芯，蓓蕾琳琅。坪埔莱茵，菲窥坞坊。蔷薇菊翩，莜莠蔚茫。花季奇卉，昽昽艳秧。泉喷岚罩，淙潺芬芳。谛鹃泣血，芙蓉迪祥。茉莉萃馥，玫瑰刺芒。茴椒芹葵，瓜皮辣酱。葱蒜韭蔬，葫芦瓢瓤。番茄蘑菇，肴膏米粱。溢旨酶汁，葡萄琼浆。芸苔莓芋，乳蛋醇酿。碘盐醋液，脆卜甜糖。桃杏柿椰，味鲜舌爽。菠萝柑橘，橄榄槟榔。柚橙桔榴，荔栗栖凰。蟠饵蚯蚓，蠕虫蚂蟥。蝌蚪摆尾，蜜蜂穿忙。鸥莺燕雀，蝴蝶鸳鸯，鲤鲫鲇鲸，唖螺蛙螃。蚜蛾蝉蛹，龟卵翼蝗，蚊蝇鼠蚁，蛇蝎鳝蟒。蜈蚣毒腺，蟋蟀蹬闯，鹿狈狐狸，熊豹豺狼。猿啼猴吱，鸵孵獭躺。蜻蜓噗翅，鸠鹏栩膀。蜘蛛牵补，盅煨洌蚌。蝙蝠攀梢，鹦鹉渴饮；鹌鹑蛤蟆，雏猩智品，噢咧猢狲，韧茹蛀蛉。鲵鳅遛匿，蜷鳗貉羚。牝哞鹳呱，戛鹗鱿喑。鲥蛟鲨豚，睡狮渐醒。雌牡鲑鲢，鲈泻潮泅。猕崽牯犍，玳瑁麒麟。砂舟骆驼，鹧鸪鹞喻。麝貂鹬蛔，狍鸢豢抿。骥毽迅捷，麋獾猹馑。馄饨庖脍，梨枣楂苹。玖久顺茶，咖啡递迎。记忌狠猛，戒贪稳进。褒贬惩罚，刃斧须撤。纪末总揽，监视统拎。六七害螟，依谋熄零。谄媚狡猾，敏慧兼颖。势突逢险，赈涓救荧。梯度吏饷，宏昌兆繁。纯朴宽厚，耿肃襟袒。糊涂皆昧，懈怠惰懒。韬丞儆莅，侩弼姚婉。赝珞偌铮，杰雄健悍；琢镯佗樽，骄奢傲慢。睹猜诡秘，羞涩拘缄。拙笨碌耶，至聪烈偏。货币帛钞，亚企财盼。幂加匀乘，憧憬贷款。抵押拆借，股票债券。储蓄倍计，循例停产。销售买卖，剩余差算。毅勇开厂，价值均钱。博赌输赢，虽赚喜减。供需拒客，跌赔疯癫。蔽休攘夺，穷绝嚣喧。消燥萌芽，怯懦忧涣。筏渡倚晓，讲趣把盏。滴碧镶眸，秀眉斜弯。乌臀双坠，酥胸腰间。魅鼻单翘，舒额腮胭。娑腿负躯，弓脚婷站。纤藕挲臂，软颈削肩。绯颔妩腚，皙嫒脂嫣。姗骼啾颚，黛籁樱含。袅锦饰佩，缤绫绣缎。透彻沐净，梳妆乔扮。雯迷眼睛，眈瞟娥宛。帼髦皎迤，靛簪簌銮。挥毫绎就，抒句颂叹。菩萨寞了，僧尼觐虔。弥陀觉悟，佛融耀莲。痂癖苦恼，跪向褡裢。辩证殄邪，保佑姻孪。试管培婴，裁判探案。莎翁托佬，霏寰璀璨。细胞速冷，脱氧核酸。脉冲数码，激辐格段。程控话讯，网络点线。洲际测距，贫铀导弹。辚珑戍间，艇侧系箭。捆绑辆座，赎还污舰。讣届阂丘，牦牛识坦。鹊瓴淬瑕，徇岭彗鸾。菱锥棱角，凸凹顶尖。竖撇捺折，隆擘纂范。奥技十球，淘汰筛选。跨跑垒排，蹦跳撑竿。铁饼标枪，弧舢驶帆。锁链杠铃，摔跤击拳。刀锤棍棒，钩爪杖鞭。郊区原署，村镇屯店。拉耙耕耘，垦播搅拌。畜粪灌溉，柴棚炊烟。膜压窖湿，渔猎驳船。嫁插攻磷，穴浇尿氮。稻麦豆苗，蓖麻薯棉。粟苞芝麸，秫秸橛秆。菅籼葶荠，瓠蓑蔗豌。埂堤垄畦，荞秕稞旱。禾穗粽枞，蔓附藤缠。陲棕柠檬，枫棵麓檀。颗粒籽秣，株蕊茎杆。杞榻篝桔，楦阙牍饯。剪丫打杈，灰埋屎浅。猪仔啃坡，狗犬护岸。春厩罕鬃，驯罴乍唤。虾鳖蹼鸭，猫兔鹅蚕。旋绕鹰鸽，哀鹤仃圈。镢铠铧锲，扎寨陡滦。疣痣仫仡，胼皴逶遢。淞浜赢艄，瘠浃醺髯。刍葆霖茸，嵩坨睽缮。触辔蓦瞑，佻佤忽刎。帅旗挺拔，待戈阅演。磐踞较劲，擎帜呼喊。伪装跟踪，抱枕遮掩。挎锐披戟，哨岗旌篮。靶轰卅仞，稍纵瞬暂。趁却骚扰，骋舆驭倌。谍报频渗，构筑壕堑。耗损酬饲，搡挡阻拦。擒敌破阵，盔甩烬焰。围追堵截，狩剿全歼。崭旅另召，衰蜕派返。但卸焚址，筹织备员，咀嚼鄱蟹，剂焐绌卷。任蜇膺膈，攮鳃督煸。凯摧碉堡，拥挤逃窜。俘虏缴械，胜败前沿。死奠魂寝，裹尸闹棺。活着祈祷，牺牲殉惨。蔼部遭逝，枉涕泪然。彪炳衔册，炫烁灿烂。狱牢禁卒，肯否司宪。哭诉颁奖，屈讼伸冤。允敞矛盾，抚恤申签。馈宦贿赂，昭划界限。诅咒吓唬，挑衅侮谩。淀滤猖浊，剖层剥茧。谀讽诽谤，浑噩撤验。朦胧伎俩，仍留隙嫌。斟酌掺谎，包庇捂瞒。妨碍侦查，怂恿叵检。陨堕棘阱，殃萦祠眷。妖魔鬼怪，凶煞酷阎，歹徒坏类，狰狞嘴脸。豪阔犯科，缉拿协办。唆拐孩提，劫窃孕残。烧杀抢掠，栽赃诬陷。虐淫昵妓，搜刮懿彦。蹂躏炙鬓，痞劣刁蛮。屠戮暴毙，敲诈欺骗。氓绅诱瘾，倒置昏暗。婢奴躲避，怨斥责谴。殴架滋酗，逮魁弈顽。偷漏冒坑，妄贩募捐。秽砟泛滥，剃囚拷奸。饶恕征敛，傀儡敷衍。镣铐铛呦，囹圄悔忏，匆慌失措，徐踱圃团。侥悻踌躇，彷徨怖添。剽末摒砝，期告赦免。黧材伽衲，裨蹑忡盥。窘焦愁绪，沦颓苟喘。硕虱蛆蛔，茅厕臭便。钾钠钙铝，锌钢锡铅。硼汞硅硫，钡苯锰碳。氯氢氟汽，钨镭砒泔。腔膛脏腑，脾肾髓胆，唇嗓喉咙，颐臆腹腆。肛膀脐趾，膝颅眶睑，肪膘冗赘，颧颊铄嵌。憨傻痴呆，聋哑瘫痪，疙瘩痘疹，脓疮秃癣。霍肤搔痒，疤痕愈痊，痈疽痔痢，癞疥胯腕。瘴瘪痹瘸，瘁疟瞌鼾，胳膊腋弛，痨肢抖颤。胃胰溃疡，筋肌痉挛，胁肋疼痛，腭龈菌沾。艾兹侵略，岷哥惫倦。肿瘤癌症，瘟疫黩诞。警惕疾病，诊恙预患。雇佣懵姆，仆役聘换。仨街采购，磅秤肉馅，掌勺炉灶，料堆厨馆。溜炸熏烤，炖煮卤腌，烘焙烙炕，烩炒灼涮。焖爆燎烫，笼蒸熬煎，烽焕泼沥，酝酵醉酣。荤腥肺脯，滑嫩肚肝。粳糕馍饺，稀稠糯黏，糜费羹粥，油浸饴馒。饿择粗糙，润肘迈艰。钥匙纽扣，兜屉袋帘。盒套柜砻，瓦罐盂痰。牙缸皂梭，磬碟筷碗。咫幔靴帽，整齐挂拴，壶锅盆桶，皿匣圳坛。笤帚垃圾，矿蛰碱矾，夹裆袄袍，篓臼灯伞。钵钮阄琛，叉镖橱镰，乒乓晃瞳，缰绳磕绊。珊瑚贝壳，玛瑙煤炭，泡沫膨胀，蒿苇飒冕。漯浒扩埠，租赁畴佃。郦享彬斌，胄裔娟隽，雉翎勃愣，婀娜熙曼。舱釜锈蚀，釉铆剔焊，誊蜡印刷，趸赠寄件。琐屑账簿，注裱赐翰，棋牌奕拼，衙巷蜍蟾。乞丐住讨，叼吃腻馋。库仓巡逻，翱峪邃瞰。鞍骑骤遁，刹那摁莞，坎坷崎岖，岔径蜿蜒。蜗般橹闸，逾轨辙辗。逛遨獗峻，霹雳臾侃。厦幢崩塌，窑庵囤填，廓祷磊覆，箍垮隧涵。淮泄滞沽，浦溅汀澜，泅泳涉滔，渤澳浚涎。驿舶豁缺，桅桨歪坍，兀巢禺囱，畸枢裂檐。泸涯涸枯，淤础溺淹。苯苡栝棹，帏幄茀簟。汆鸹踟蹰，麾傧肱笾。苟淆葩甬，诋诘确断。翻译荐课，考究钻研。决错搁误，编辑校勘。贮汇篇页，谜惑梗概。专题版刊，普遍浏览。函恋私己，配偶婚腼。做媒介绍，娇媳茜斓。槌簧铙钹，轿娶暮串。炮震弄里，喇叭叙延。族姥婶婿，逞送贴柬。赶赴邀请，觅述迟缓。扭捏局促，仲甥嫉羡。叟嫂咨询，叮嘱徙迁。伙伴参议，吾你她俺。爸妈恩准，爷奶批咱。俏姊模样，镜示展倩。祝贺钦们，纶裙贯衫。伶俐戴圭，混绒絮缅。呈诺献勋，弘誓牍删。或妊胚胎，呕吐娩嬉。幼稚早窍，头脑要练。噪响叩框，洽娱沸燃。辈份低矮，继孽妒娴。壹贰摹仿，第叁韵底，伍渲描绘，柒捌譬喻。吟啧倡哦，夸评毓吃。胖瘦小囡，嗅舔吮吸，呀啊哪孳，喂哄乖谧。诵认竽谱，炽汗淋漓。孜挚倔犟，摸爬滚蹊。韶努宵馁，半脊裸屁。洒扫除厅，擦抹桌椅，墩窒蹈凳，晶莹玻璃。锯锉凿刨，钝锨锋匕，锹锄镐铲，箩纹簸箕。鞋袜衬裤，缝纫缀洗，毡垫毯褥，晾晒该替。匮欠勤诀，谆诲磋肄。肮袱褂渍，挽袖析涤。渣滓臊畔，废粕丢弃。铺篷渎泵，氽筒啜唧。暇疵兑玷，吝啬阐惜。夭午酉巳，寅卯丑乙。嘘喵呗嗖，吧吗吁呢，庚壬癸矣，干支今昔。斤又到吨，拾佰仟亿。轴幅艘瓣，枚朵茬匹。矗耸屹咦，怎么砌级。只秒俄顷，霎朔旺汐。队档励辅，仗式趟隅。衝弑奀隹，囟隼揭萑。繇玺馊獲，虒彪鼍鼋。颃颀颋颙，颡颢灏颟。蝥鼙鞯鞶，牐牖譫丏。耄耋趑趄，冱凘黻澶。吻刍犨冇，絜紮縈褊；縢縶纇纛，牂牁牂塅。阏閶闉爻，畈畎畋畑。瓯臣匝匜，旒旖旎幢。旆旃旌旟，敌歔歙衮。歊欻欸欷，欻虢斫弇。皤皈爹夥，垵埯坫墦。矧矰矬兂，馗尪馘颟。黻籴鬻黉，甙麃頞彖。奕奭賨亍，毐亳臺黇。皕壶亹甗，羑卮凿萹。罍巽邕卣，乕炁旈瀌。梼畚喬疐，咼匏亵丽。弹竑舐竦，掌丮数黍。敧厶頋彧，乍冏奅预。佥虬羼鹾，曷疍家战。瘵瘨瘃疰，瘐痄瘊痃；瘥疢瘐瘛，瘤瘊瘼瘸；疠瘾瘘瘰，瘙瘆痌瘊；痍瘴瘗瘿，癯痿痖疝；疬痳瘼疱，痃疴瘌痁；痤疔瘆瘕，膪膝瘭瘵；腡脰腓臌，肓胛臁脘；腡脢脒肭，脲腩脬膻；腻膦胱腈，臛膵脞肮；胭胲脝腈，胨胍肼肷；臑胠臛膝，腽肟肸腩；腿肫腙胙，胗胝膣臁；肽脩胤腴，膂胂腧朘；腒腓膦胪，胯胧胫腱；龅龃龆龉，龇龀龂膰；盼睚眙眦，瞷瞍睃睒；睨睿眚眎，瞀瞢眇眄；睖瞵瞜眊，矍眍睐睆；瞋眵睇瞽，耵聒聍聃；蹽躐跂蹬，蹩蹅踏蹟；跐踧蹷蹴，躄踔跶跣；踬蹒踽跬，踝跻踌跹；踯踬躅踟，蹊踦跖蹁；趿跆跻踥，踖跞踰踺；蹀蹬趺跗，跸蹢踶跰。萎紊憔悴，疚歉咋抑，怜悯惭愧，窝暖怆凄。慷慨愉快，狭隘惆怅，愤怒憎恨，憋闷嘟囔。猗欤窈窕，榱桷倜傥。媪妣嬖娼，娖娣媾嫄；娵娜嫘嫠，妮媲妍媛；嫈婞嫛姁，妤妪嫜嫱；婼娠妁媵，嫔娉嫱嫚；婕嫫嬷妹，婉姮婳嬛；娭嫔聱睥，嗌哔啵哧；咥啶哇哚，喷赧咣嚼；嗥嗬哮嗽，嚯咕曼嘣；噱咔訾哙，吥呗啻啴；呔嗬呃嗪，咠咽嗨唵；喽嗍嗜啃，唳呐哓噃；噻嘧呶嗫，嘌嗪吣踳；哂噬嘞呦，哒呋噶躔；咔嗯喤咴，吖挈孨搴；咿唛喏哌，嗍噎嗬咠；呙唏嗡呷，嘤喁哕胺；唣唽咤喎，嚅喙唼痄；嘞呖啉吟，喹嗾嗪瘢；噀咿噫嚚，嗻咮吡瘅；嘚吲嗞唑，嗵哓咻疸；嗙豁嚅嚏，喟叻呒瘢；啐吋嗝嗐，嗳嘬噇瘢；嗄嗛讵谲，谇谂谥谵；谞诒谮谪，诇诼谘谳；谇诿诉讻，诮诜谡诠；诨讦诔谟，诖诃讧谝；诶诰诟诂，谶谯谠谫。诐谔烨熠，焮烊燚炟；煜燏燠炷，爝熨焗爨；烀煳焌焜，煣熵燊烷；炆烯爔炖，烔煺炜熳；炻炱熥烃，熇烺炝焓。樗芾趯螽，氿瀊氤氲；怛痏蜾蠃，衮黼愎鲦；殪兕涓兮，饕餮篡飧。掏挖抠掘，担抬扛搬，揪掐掾握，抡劈拧扳。搓揉措拭，拂撩拖掸，捅挟搂括，拓扑撬掀，扪掬摁捋，拮搰揎擀。抄捞撮捧，摘揭抓拣。擂捣捶砸，抛扔掷撰。拍揣拢扯，扒拨挠捡，挪搭挨掖，挣拽搏搌。搀夯碾轧，撅搪携捻。扼拈援拄，拯挫拗按。摊撵捎找，摞搞掉捍，掇搐抉撕，揍拟拇擅。捭捞摽摈，搽抻搋掊；捯扽撴搁，掴揎搗扑；擢掎挢撍，攫掘搊撺；搕搭揹扤，揆捩撸撷；攮搦抨擗，抔掊抹掼；摧揣捘撥，搿揌摅擐；捌拟拉揾，揳摭搋摲；挹撄揄捞，挓揸拃拚；搢摭抵擢，撙捽扦掮；刎卡诹嗟，拨搽抟挦。掂掇挞攒，撴挚掰撼。钉键铣锚，钳锭镀锻，煽铡焖镊，熔铸冶炼。跷踊跛跺，踢踩踢蹿，趴蹲躁踵，蹭踣跋昙。眯睫盹瞪，睁睬噜喃。盯瞧瞅瞄，盲瞎眨看。瞥瞩央未，晕曙炬眩，憾讶讳谬，谒订讹谚。谄谊诧讷，谰诙讫谗。堪坯砖碴，砰砧磁砍。苛萍盎萤，掳藐蔑蔫。芜茸芍蘸，揖缚绞缆。苾蘸茝荛，莼茈蔟芫；莝荙菪菂，莌莪苊萘；荄藁莨菰，葑莩菁莶；苫彗藿艽，蕡莨蒗菀；藜苈茏蒌，菝蓧葸芄；荭萁蕻茭，蘅薨葍葼；芤荖蒚蕗，蒟莙蔷芰；茶苧蒎芃，萸莜蒡苒；萩蘘荛荏，葎藴萃茎；艻萘茑茈，荚芼蘼芡；芭茕薷葶，苶蘋芪荨；�萜莛葶，蕰蓊薙芊；蘚荇芡薰，苕菽蒴蓛；菘荽荪蒉，薙葵菟莰；菥蓰芗蕈，蓥莸蒗蒹；苎菑菹蕞，苲蓁荮苷；薏蓺茚茔，葳芴菖蘗；蒻薮蔌葎，蘼萁蕤葳；茇蔫萁苠，畇畛畤畹；畀町畯畲，堌埚垦垸；墚堠墴垍，垒垞坼塬；塍坻埏埭，墺埕垱埼；圪塥堑堇，垡堽埛墙；坭堋埤圮，圻埼埫墠；堍圬塂埙，垌垂垲埏；埌塄堎坜，埒垅垆埝；垚圯埸堙，埽墒垧墁；壅埆埴埻，垭垟墉壈；堞圹垴埘，坰垤粢堋；糵糅粞糈，糇糨粝粲；糌粑糒糍，糁裼裍袗，褲袹襚襻，褦袪衽襦，裾裉裈袢；袆袺褯衿，襒裰袼裣；褙袯裎裗，衾袤襀褰；襞袆禋祐，祉祸祧袄；褉祛禳祏，祾祇祺裸；祊褯祓祲，绉纻缒缵；绠绲绗纮，绰绔纩绾；纰缥缲纴，绚绨缇纨；缊缜纠缁，缅绁缢绻；绱绶纾缌，缛缫绤缱；绺缈缃绡，绩缧缡缣；绋绂缟纥，绌绐绖缍；絁縦紃緻，縠絅緬襴；絺縗縫緺，縝帑帻幓；幛帡帲帨，幞幪帔幡；鞁鞮靰鞡，鞒鞘鞣鞯；鞍鞚鞡鞢，鞲鞨鞫鞬；鞓鞮靪鞥，鞁鞞鞑鞧。纲综纬绰，绢绦绷绽。绚纠缭缔，呲澈沮漫。澡溯沤沁，溶浧漱瀚。滨泞淳沏，漳洼涸涟。潦凑凛冽，怔怕懂惋。怄悼忧悸，悄怡惬惮。怊憷慑悰，悱怫怙恹；悝愦惆悢，愫惝悌饮；悒怿愔慵，恀惴怍惓；怏愠慥忮，忳恓恂悛；愀怗恸惘，惛懔憹慊；邂逅悖切，拊髀憓悭。悍愕恢懊，怦恰慑惯，忍恳惹慰，恫忿鄙惦。枷檄橇檩，椎札梭椽，栎槁枳葶，屐笠畚苫，楔梆楞榨，榛橡槽栈。璋瑞琉玲，乏瑶屡阡，假偿倘僻，仅伺副俭。估佯俱偕，什侨侣覃，篙箔篡簇，够氛由氨。埃垠垛墟，违碛硬砾，逆遂逊迫，迁逗迸迄。褪贼这廷，迢遏迭犀，刽剁剐舀，昨曝晴晰。鳍鳄吞噎，孺龄蠢殖。鲃鲅鲌鳊，鳔鲳鲶鳈；鲂鲷鲽鲱，鲭鲼鲋鲶；鲴鳜鲨鳇，鲞鲻鳟鲵；鲬鲉鲗鲊，鳐鲫鳙鳒；鳛鲞鳕鲟，鲃鲚鳉鲣；鲒鲳鳒鲙，鲛鲲鳓鲩；鳊鳢鲮鳖，鲏鲆鲯鳍；鳂鲔鳚鳁，鲦鲖鲀鳔；鲺鳎鲐鳀，鲭鳍鲹鳡；鸧鸥鹪鹨，鳆鲠鳑鳊；鹇鹏鹘鹗，鹱鹬鸡鲛；鹣鸳鸰鹛，鸻鹏鹪鹛；鹅鹞鸥鹜，鹎鸫鹊鹨；鹭鸷舠鹜，鴂鷇鹍鸩；鹙鸲鸤鸸，鹍鹲鹋鹏；鹫鹚鹝鸻，鸮鸺莺鸽；鸶鹕鹧鹨，鸨鹛鹳鹈；翚翙翕翛，翀翮翯翾；螭蝽蠹蜚，蛋蚨蜉螈；蝨螅蝼虮，蛹蛇蛱蜎；蟛蚍蜱螵，蛴蜞蛲蝘；螣蜩螅蟢，蟟蛩虬蚬；蜮蟅蛭蠋，蜡蠷蝶蟮；蛎蝨蠖蛘，蛳螋螗蚋；蚰蝣蚴蝓，蛘螠蟫蛹；蚋蚤蠓螨，蚧蛏蠡螨；螯蟥杙榅，棫樾桎槺；梽橐柝榅，樘樋橦鬶；槭樯榷桡，棂栊栌鹳；杌柑梾柃，栉槠橥柈；椪檗槎檫，棕柽枨橡；棰柢枓楯，椑栟杻檍；桴柯榉栱，枋榧棻楂；椐榉槺栲，棼楸枸栓；杧杪柰杷，桄椁桁橥；栳榼枥椋，榾槲樯棬；椤棑枇榀，榻檞槿槃；枘椹椝榫，橒梫檠棬；枵梢榭枸，檻樻榼楗，榈枰椁桤，梼桯梃枧；杌臬枊檖，桢栀椥檝；杼棁椓榪，驵骘骓桉；骛骧骍骃，骦骕騠骗；骒骙骢骛，骅骕駃騳；駼骢骓騸，羖羰羕羱；羝羖羯羟，牣牾牸犊；

犋牤犤犅，犎犄犗牷；䶂豨貜䶃，鼩鼯鼧鼺；鼢鼷豭鼱，鼣鼪獉鼹；犺狳貐犹，獯猰狺狯；
猥狎猇獬，犰狨猞狝；獏猱猊狉，犸猬獴狻；獍狯猁猡，狒獖獠猸；獒狴犸狏，篚箶篺筚；
籧箬箑筲，篨笃簦貆；篪笕篚箙，笞筻篌篼；笭箓筦篋，箨筲簃笐；笊箍箸笫，籔筼簉箅；
篮笥籯籥，箪箐筇筌；筥筌竻篛，篁筛筊簖；箅篦箳笏，筚锛镅箪；镳镔镈钚，钯镝锦铦；
镄鈇钆锆，铋铻镲钽；铳锫锝铥，铖镦锇锬；钴锢锽锁，铬锪钬锘；钶锞锟镴，钪铼鄊锔；
鐍锶锎错，钫镉镬铨；镓铗铰锔，锒锈铑钎；铓锯镁钔，镥锊镆镘；钷镤镨锖，锫鈚铍锎；
镕铷铯铩，铌镍钕锩；镠锍鑪镎，钌锘钋铜；钛铴锐铽，锓铈鉥镮；镒镱铟镛，铢鐥镃锾；
铚镢锱镞，铕铥锗钒；铏钘铴铘，铏铱钇钿；鍮钍铊锫，锼锑铤镡；锂铍镭锶，锕镩钠镵；
轶轸轵轻，辋辒轺辵；轹辌辂轫，轱辊珲辁；辏轪轭饫，饈馌饔饭；馀饩飧饧，馕饦侬馔；
馃饸馂馅，饾饳馈餍；馎馇饬饤，餲饽洵馓；漉洊涔淊，濞沘汈湲；潢沨滏滆，溦洸澜沅；
潀湟潢浞，洏渍濠滟；湤淏滈湏，滗溥涸泫；湝浧洞沟，滤溘浍湴；澧浚溇泺，洺溟淖湮；
渭澼洴湝，潵滔淏汣；洭涞濑泐，浲漭泖湉；滑湛汔溱，汭澂湔潸；涑溻涾汯，沩洧滃汧；
淅漓瀹洨，泇溽漫湎；沭澍澌涘，洣湜溲潋；涴潕浠渫，溆洫浔溇；溵渫滢潆，溠浈泜瀍；
潴渚涿浞，瀁泄漪漶；浥泆湑溽，泱潏瀹湔；潞溴涢沚，涠澥溘澴；溏洮渟溦，漷涓浼洹；
沘稹稙秭，秾稔穑浛；稖稃穄秮，穆稗荜涫；鞣帱瓠耆，鞴鞧舣艬；舾艅舴舳，舻艨艋舨；
煲焯熄炟，艚艟艎鞯。侪麃麈麇，麈魔孖孱；孢孥飒飔，飑飓飕飐；耔耖耞耠，耪耥耧戋；
耦耩耢耰，耲耱靥砚。觖觚觥觫，觯觿觳戗。罂罄罅罍，豸彘豹豺。赪赯魃魆，魈魋魑忭。
鋈鋆鋻鍪，鍫鎏鐾鎜。雩雳雰霁，霂霈雪浐；霡霆罕霾，罠罹罽罨；盉盝盦盩，篚盬罟罝。
瞿瓯瓻瓿，甏甍甏甗。迒迓迍迨，逡逖逴逭；逋逦逑逯，遘遝遢遄；邋迦罘罱，遴遹遽邅。
髦髻髹髭，髯鬃髻鬈；鬓鬘鬟鬏，觊觎觐觑；觋觌觑觇，戗戳戕戬。它赊您予，帧聩粹悉。
馏凫熘酪，驮猬歇狙，禀型辖贸，葛某卦敝。仑殡衩幌，些陌皑窄，甸妥奈彤，竣辄戳契。
阀龋褐鞘，阉曳皱辟。衷辫帕耐，臻祟窿诣，晤翌录歧，甬犒厄毖。呵叱咆哮，吆喝吵骂；
吩咐嘀咕，叽哩哇啦；哆嗦唠叨，吭哧喊喳；呻叫吼嚎，嗡嘶嘹哗；啮喋咂咬，咚呛唉啥；
唾咳啄嗽，哎哟哼哈；嘻嚷嘿唁，呸吻嘲啪；嗯吠啤噤，咪嗜嗤嘛。津冀沪辽，浙闽粤陕；
徽鄂滇渝，陇蜀赣黔；彝傣僳匈，侗汾滁皖；潍淄崂潼，胶趵沂汕。砟碜砀磴，磙碇硐磡；
砜硌礤砉，砹碚碓硷；礴硇砻碶，磉砷礌矸；硪矽硒硖，礅磔硅碥；硙碨硎砑，磲砼砣砭；
礞碛硗硚，砺硇硭燔；砼矻砬礌，矶礓砢煅；碹礅砘硊，磻赒赀坩；赟赟赜赞，赗赇贳赕；
赒赙贶赉，玙瑀璪瓒；璁珰玎珥，璟玦珏瑗；珉玭琪玘，瑭珽玮瑄；玡瑒珧璎，琫玢琤琬；
珩璜珈玠，珙琎珺琏；珅瓖琇珣，玱璆瑢珹；珐珂琨璘，璥琲瑽瓘；瑷氰氝氩，氪氛气氙；
氘氢氦骰，髃髎髑骭；骶骺髁髂，崀嶅嵖巘；嵋嵝岃嵋，巙嵲屺崦；嵧峃岈峣，岬峧峤岘；
崮崞岵嵴，岨岷岢岍；崴嵬嶲巇，嵫崒岞琯；峄崟嵎嵛，岧岭嶷玕；崚猡嵚嵊，峋崆崃巉；
嵯嶝嵂岽，岜嶓嶒氚；忝曌晢睟，晔昱昀晅；曛旸曜暍，暾晞昕暹；昴暝晵曈，昒暌晃晗；
昳昉晅暤，邮陬晡昪；郜阢陉阼，郧鄌隈郢；郑郫陴鄹，鄠隍隳阽；鄞鄘陔郃，陛邠鄯阪；

陂酯酎醱，醨醴醽醿；醚醣醅醆，酴酡酭酰；酞醄醍酏，酕醐醽醛；醵醌酹醁，醢醐醮酐；醒酢酚酤，懕慭醭酖；恁恧忒憃，恝懋慜偲；憝懿恚惎，劙怼劘惄；剞劕剫劓，封剟剕划；刭剢剀刯，刖厔厥黡。彳徂徉徕，徜徛徯衎。歿殂殒殛，殨殣殢殚。尻屃屙屣，屦屩屧孱。

傺俶俽僜，僡偈傢偃；傕作倥侉，儸侔俳倓；俅僆侹僮，侜侷伫佺；伛俣倬偬，郈佚侑僭；傳偓傒僖，倮伓仳儋；倨仂偻僇，僬倞僦亶；伧侘偾佝，伻俵偲魇。躹軃艫軉，覗覼靓觃；罼斠敓敉，敔敩敻笕。氇毹氍毵，毻毶氇毵。毪韨韪韫，韨韛韝芊。庀庋庑庥，庤庳庼廛；廋廒廙廨，黟黢黥黵；黠闬闶闹，闾闳阇阛；阌阓阆阇，阉阋阅阒；阈阓阒阖，阖宄宕祠；宬宸寔寮，戽戾扃扊；劷劢劬劭，劾劼勖勔；勐勍勚勣，勦篸蓺蕅。囟囮囷囿，圊圐圙团。窀窎窅窌，窣窭窨窆；弨弶彀彍，窳窸窹窾。甯馗詈奢，謦謨謦襢。舁毂豢岦。

姓氏童谣：曾蒋曹娄，哲聂况袁；朱许巩邓，彭於厉郸；个厘旬捉，仇沈庞潘；崔胡贾郑，罢苏寇谭；萧尚裴付，佘欧肖樊；龚靳鲍雍，吴翟蔺冉；勾韦甫稽，冯夷佟冼；丛霍娄狄，甄毋襄詹；岑奎裘赫，邝穆倪卞；薛尉杭汝，邹瞿俞晏；荫邢牟肇，郸邱邵藩；巴巫尤汲，辜卢柯湛；郭廖孚恪，逵滕幺趱；驺鄹祚秩，裕钊轩辕；訾爰鳣陟，芷昝窦錾；霭敖鳌骜，灞蒡孛谙；邶贲髭邲，赑薛杓铵；骠婊髌邴，铂卟姹犴；侪虿莒苌，衵皂晁坂；郴谌蚩荏，墀敕瘳篙；犨杵楮褚，黜茨苁舛；琮毳厝妲，笪岱氏钏；碑荻籴碲，棣哆铫余；峒钭芏惇，沌铎锷苕；铒佴郋泟，棐斐沣唊；伕茯洑郛，苻菔旮澹；尕垓罡杲，郜阁鬲璠；舸哏艮亘，赓缑芶梵；笱夬犷邽，妫氿暑潋；炅冏铪郝，鄗颢灏旰；菏盍訇闳，邱轷斛绀，扈蕙玑芨，乩笄赍淦；嵇畜畿墼，羁伋岌邗；笈佶姞蒺，楫戢蕺邯；藉芰洎暨，蓟葭郏阙；茳绛姣芈，湫敫徼菡；巹荩妗缙，婧桕鹫撷；苴雎琚莒，轲蔻蒯郇；郐夼贶隗，夔髡蛞桓；稂醪嫪俚，溧飔苓缳；鄹蹓骝镏，鹛鹨泷浣；甪渌逯潞，雒祃邙蹇；茆郿祢麋，弭宓邈謇；缪缗旻闵，黾茗貊濂；钼蒲曩嬲，陧臬蘖楝；狃耨傩眭，逄榜溢栾；丕邳貔甓，嫖裒莆缦；濮溥亓蕲，岐淇骐泮；綦琦锜俟，耆棨谯骈；郄骎芩芮，佞邛楸骞；酋遒糗诎，麹朐蕖钤；璩蘧衢炔，阙阕穰刭；甚礽芮殇，蛸厍莘钐；晟浉蓍莳，奭殳姝鄯；汜耜稣夙，绥桫郤郯；骀枭仝芮，酮荼庹苋；圩汶渥邬，浯仵夕缐；郗奚樨醯，禧葸郤霰；舄庠枭筱，缌薤燮萱；忻歆镡荥，芎貅岫煊；旴胥顼繻，踅娅鞅谖；炀徭挪宸，乂弋佾儇；羿翳訚鄞，嬴瀛郢禤；颍鄘猷宥，纡萸圉铉；庾聿鬻玥，钺沄郧鄢；郓甾奘迮，笮缯锃阏；甑鄣獐仉，褶柘祯闫；钲祗郅帙，彘郴茱兖；洙竺翥龠，禚濯糈琰；北俾弁倖，爨迩蕃旃；鲂虢昊祜，奂虺颉颛；廪萋祁觞，姒驷罔淼；隰遐璇郾。

作者是谁，杨教授义先。

《新华字经》四言全韵版

上一节已经给出了一篇非全韵的《新华字经》，但是，根据第一章的字典猜想：任意给定自然字集，一定存在一篇完全由该字集内的全部字，一个不少、一个不多、一个不重复排列的一韵到底的“千字文”。因此，本节就给出一韵到底的四言版《新华字经》。当然，由于限制又加强了，所以，其文学水平不如非全韵的那篇《新华字经》了。

四言全韵版《新华字经》：

宇宙黄玄，洪地荒天。日月盈昃，辰宿列寰。秋收冬藏，来暑往寒。闰余成岁，锦菊璀璨；律吕调阳，韵恰婷嫣。云腾致雨，雾垄嶂峦；露结为霜，姚春芳胭。金生丽水，嘀嗒冲涟；玉出昆冈，烘皙焙暄。穹磬蓦熙，砟砝礴黯。迢飓咫雯，迥霆迸靛。旭霄霏禺，邃彗仄凡；珠称夜光，南际重远。川流不息，映取澄渊；湖泊漾疆，沃壤多滩；岛撒汪洋，碰撞漂板。乌鸦巨鲤，羽翔鳞潜；鲨鲸鲫鳍，海咸河淡。狭隘漳洼，茸芍紊蘸。冰冻凝固，雹降巍山；树森幽密，风雪袭晏；姗撼亚椴，千旬崛槛；如松之盛，斯馨似兰。池野洞庭，滂沱迤涎；旷赤峪岭；杳渺冥岩。

始制文字，题谱琳篆；乃服衣裳，慧绣绸缎。龙师火帝，人皇鸟官。有虞推位，慷慨懿范；陶唐让国，饶恕峨冕。吊民伐罪，拒馈褒贬；劈哩叭啦，贼盗诛斩；焚坑倭寇，捕获亡叛。周发殷汤，韬略赫显。坐朝问道，朴讷妆銮；垂拱平章，准帖阅撰。爱育黎首，叟婴记惦；臣伏戎羌，菩萨忧虔。率宾归王，一理浩瀚。鸣凤在竹，麒麟峰巅；白驹食场，橛饰鹄鸾。化被草木，狄赖稽翦。姬琴阮箫，布射僚丸。恬笔伦纸，薛涛芸编；孚彦迪戛，仑句笺赞；钧巧任钓，宋桧蠢蛋。侯邦各代，浓缩序刊；

尧舜桀商，纣候悉炎；翌隔刘项，隋朽陈变；乾坤谄录，鼎峙僵元；太祖崇丧，粉碎清关；戊戌航轮，辛亥伟舢；香港厄契，复丢台湾；琐屑综防，驻域卫边。扁鹊医术，针疗辅半；硝质药剂，卓匠鲁班；蔡毕朔页，窄帧硬版，李逵尴尬，瑜瑾猝殓；苏轼凛冽，羲皑娲曼。盖及此身，孺童呢喃；四大五常，囫囵吆喊；咋讶讳谬，谒订讹谚。恭惟鞠养，毁伤岂敢。女慕贞洁，良才效男。知过必改，暧昧甭管；得能莫忘，责咎争炫；靡恃己长，儆醒祈忏。信使可覆，器欲量难。诗诵羔羊，墨悲丝染。辍毫栖牍，景行维贤。德建名立，表正形端。虚堂习听，谷空声传。祸因恶积，蹉跎福缘。尺璧非宝，寸阴竞念。资父事君，曰敬与严。孝当竭力，嫂怡媳娴；忠则尽命，藐视涡湍。临深履薄，毗澈沮漫；容止若思，好定辞言。笃初诚美，搡锄惰贪；慎终宜令，憧憬凯旋。荣业所基，托佛庆善；籍甚无竟，妖娆绘绚。学优登仕，淳厚筹算；摄职从政，囹圄牢监。去而益咏，存以棠甘。礼别尊卑，乐殊贵贱。上和下睦，狠避诡辩；夫唱妇随，惩毖斥谴。外受傅训，砥励淬练；入奉母仪，储蓄赅赡。诸姑伯叔，妯娌婵娟；犹子比儿，祥瑞娇囡；邻屋帮助，勤诺谅欠；它赊您予，佯估兑单；吻娘谜爹，弘誓恒专；沧桑柔刚，梦忆愉幻；哺妹茁壮，亮放黑搀；境态恍惚，侄闺舞煽；晨霞虹霓，婆舅互联。孔怀兄弟，同气枝连；倘假僻窒，仅伺傍俭。交友投分，酩酊醇源；切磨箴规，潇洒泓涵。仁慈恻隐，呸咒拐骗；造次弗离，逍遥锤炼。颠沛匪亏，退珍节廉。性静情逸，诙谐绰宽；心动神疲，强逼贻倦。逐物意移，守真志满。坚持雅操，翁妻佼健。都邑华夏，汾绕开滦；东西二京，呜呼洛汴。浮渭据泾，郎荡舶船；婀娜妩媚，郁翠宫殿；嫦娥奔畅，飞惊楼观；图写禽兽，画彩灵仙；丙舍旁启，甲帐对畔。鼓瑟吹笙，设席肆筵。升阶纳爵，疑星自转。右通广内，浪舫洄漩；左达承明，朦胧淙潺。既聚群英，亦集坟典。杜稿钟隶，橱柜档案；漆书壁经，秩匀络圈。府罗将相，钦差衙宦；路侠槐卿，铠骑傲俨。家给吏兵，户封八县；驱车振缨，陪呈高冠。世禄侈富，驾肥轻谈。策功茂实，拂袖著纂；勒碑刻铭，扎竖柒匾。佐时阿衡，伊尹溪短。微旦孰营，曲阜宅奄。圣公匡合，济弱扶焉。说感武丁，绮回惠汉。晋楚更霸，虎豹孜煎；赵魏困横，鏖斗陡险。踩土会盟，假途灭歼。何遵约法，暴刑弊韩。用军最精，孙膑坷坎。佗挲魅髯，燧膺缔缅。威掠沙漠，驰誉青丹。九州禹迹，哀哉亟淹；百郡秦并，掌舵旗舰。岳宗泰牧，彼亭主禅。瞥瞩未央，曙晕炬眩。朕偕佻妃，惺忪憩晚；幺妞洗漱，忿瞟澡盥；愕悼殡冢，孀遂颏颔；诏檄訾帼，怔怕忑忐；喽啰讴谀，厮咴纠谗；伢崽诤谕，颇龇忾谰；峥嵘骷髅，钗弩烽烟。

治本于农，务兹稼佃。皴皱粼鳞，秣蓼戳帆；紫塞城门，碣石鸡田。耒铧锲镢，劂锸辘楦；栎槁枳莠，屐笠畚苫；衩犁樵梏，懵懂羸倌；兴载苜蓿，丰裕绿豌；我艺黍稷，耕耘溉灌；坨阂趸块，坳壑亩甸；倏忤弈辔，遛轳徇犛；枷柁橇檩，椎楱梭椽；楔梆楞榨，榛橡槽栈；篙箔篡簇，够氛臊氨；凑篝刈刍，瞠甬舂碱。廿窠占塾，卅窝沓蹶。礁屿江波，由宁莅汕；沼泽泥塘，塑讫坝堰；灾涝溢泻，逾芜迄皖；汹涌澎湃，峻峡沸潭；沟汛潮涨，尘藻淌涧；溶涅濡泞，消洇沁渲；溯漕渎泠，泗沂洱渑；浜浃滨娑，洌漉潦沔；潼汩泯汉，浒呦淞涓；苍寿柳柏，歧崖峭悬；杉桂榕樟，椿榆桦罕；泣血芙蓉，奇花卉艳；秧季梅芬，蓓蕾琅斑；坪埔莱茵，蔷薇蒲翩；菲窥坞坊，紧扉斋院。茴椒芹葵，酱辣葱蒜。玫瑰刺芒，茉莉馥填；蕴蒂荚芯，篾筐荆栅；葫芦瓢瓤，蘑菇茄番；苔芋瓜蔬，赛尔醋碘；乳酿琼浆，葡萄种完。桃杏柿韭，脆卜糖甜；椰柚橙桔，槟榔橄榄，汁液鲜爽；噙颗饴饯；梨枣苹楂，菠萝橘柑；

梧桐蚤凋，芭蕉像扇，落叶飘摇，傈傈啼鹃；荔榴栗粱，肴膏顺含；咖啡茶吧，渴智皆兼。萦荀娓莜，杂莠迭菅。籁黧竽皎，笃簌葩茜。税熟贡新，追吓赏劝。孟七敦素，淋漓靖献；史鱼秉直，懊悔囤攒。庶几中庸，谨叱劳谦。垦区署郊，村镇屯店。菱稻麦豆，蓖麻薯棉。粟苞芝麸，秫棒秸秆。荸荠蓑蔗，荞秕稞旱。耙穴浇尿，灰埋屎浅。膜压窖湿，速拉磷氮。粪埂堤畦，淘汰筛选。柴棚炊棍，渔猎杖鞭。禾苗折穗，网附藤缠。剪丫打杈，株蕊茎秆。播籽捺粒，较劲搅拌。刀撇柠檬，棕枫棵檀。克隆嫁插，测距撑竿；遗胞控冷，脱氧核酸。猪仔啃坡，寞狗护岸。鳖虾蟹鸭，猫兔鹅蚕。驯娃蹦跳，围堵鹰犬。辖狩莞原，叵蔑戡娄。蟑螂蜥蜴，蝌蛭蚝蚶；蛄蝼螯蝮，蠓螳蜍蟾；蜢蚱蝈蛐，蛲豸蛟蜷；孑孓蜃虻，蜇蛊痂藓；魍魉猢狲，猹猕猬獾；獠狍鄱骊，仫佬鲑欢；趵突貉貂，狙鬣哞犍；咩牦嗷牯，骥麝罴鸢；鹧鹂礴鹗，噼蹼鹬雁；佤畲鹁鸪，啾鹑啄鹌；匍匐玳瑁，茸麋伥鳗；龌龊鲵鳅，鱿豚鲥鲢；泸岷鹭鹚，孬鲈鳃黏；漯鸬崂鹞，潍豕淄鲇；蝌蚪摆尾，蜻蜓翅展；鄙狼踌躇，蜈蚣毒腺；蜜蜂蛰吗，蜘蛛补牵；蚜蛹共科，羞涩吱蝉；蛾淆蠕饵，敏颖蟒鳝；糊涂鸠鹏，濒嘲鸥燕；猜秘褪蛙，斧刃龟卵；螟蛉萌芽，蛀萤瞬涣；茫忧蟋蟀，须戒蝠蝙；六害蚊蝇，什虫妄悍；彰体蚯蚓，烈熊睹猿；狐狸狡猾，雏猩梢攀；鸵孵獭躺，狮睡羚繁；雌凰迅捷，骆驼休懒；螺螃穿砂，蝗翼忌拈；蛇蝎闯庐，雀莺依苑；牡匿萍涯，筏渡舟渐；稳进蹬客，怯懦靠舷；蚂蟥笨拙，蛤蟆很慢；鹦鹉懈怠，厩蚁该减；哲猴谋喇，蔚荧亿三；惜逢鼠嚣，喜到鹿宛。牝犀迂逗，忸怩獗餐；吞噎废粕，缚绞纲缆；诧漏噪晌，框绦绷绽。浊秽虱蛆，茅厕臭便。疙瘩痘疹，脓疮秃癣。腔膛脏腑，脾肾髓胆，牛嗓喉咙，颐臆腹腆。肛胯脐趾，膝颅眶睑，肪膘冗赘，痴呆颊颧。霉肤搔痒，疤痕愈痊，痈疽痔痢，瘾疥脖腕。獐瘪痹瘸，瘁疟腋烂。胃胰溃疡，筋肌痉挛，胁肋疼痛，膀胱菌沾。瘟疫扩侵，肢抖衰瘫。胳膊侧弛，彷徨怖添。喔唷痱磊，趔趄踹践。警惕疾病，诊恙预患。肿瘤癌症，艾滋忽滥。痧痦疖瘀，痨瘠癖殄。臜腭孳臃，龈龋颚断。踉跄嶙峋，疣痣癒烦。届龄删阑，剜阉副件；堪些努勉，腼焐趄簪；竣焊赝阀，恿辨叁孪。矗耸屹囱，嘘矣翱瞰。泵谓唧筒，譬喻汐翻。淮泄滞沽，淤础浦溅。渣滓晃瞳，蒿苇飒般。泅泳涉滔，涸枯汀澜。渤澳豁缺，桅桨歪坍。厦幢崩塌，畸枢裂檐；廓埃垛墟，违磺砾泛。垮隧坯碴，砰砧磁砖。钾钠钙铝，锌钢锡铅；硼汞硅硫，苯锰钨碳；砒钡氢氟，辐铀排检。愤怒憎恨，污蛔孽犯；憋闷嘟囔；汇辑畜豢。仗式趟隅，怎么疚歉。憔悴怜悯，馁萎愧惭。暮宵逛遨，俄顷怆叹。导驶汽艇，跨洲募捐。

铁枪攻寨，摔跤击拳。旌戟皓煦，髦鑫幂焕。伪装跟踪，哨岗遮掩。趁却骚扰，构筑壕堑。枕弓寝标，鸽鹤待探；兀袅戍麓，透辄蹒跚；唯众没危，腐桥应闪；遇瀑急走，聩响雷电。骁飙垠陲，嵩驿犒键。谍报频渗，戈挡阻拦；匈奴娱谑，尥蹶猛蹿。擎帜挺拔，挎锐披箭。擒敌破阵，技试锁链。创衄擘摁，霖蹊蹑踮。耗损酬饲，迈垒委艰。崭旅另召，组织备换。靶轰十丘，涕泪盂痰。驭舆骋鬃，盔甩烬焰。碉堡摧魂，拥挤逃窜。俘虏缴械，胜败前沿。截禁痞劣，魔鬼剿全。帅哥牺牲，皮革裹卷。稍纵遭逝，哭诉死奠。枉允肯否，昭划界限。活卒祷殉，抚恤申签。彪炳证册，讼屈伸冤。侦裁矛盾，勿闹尸棺。贿赂诅唬，妨碍司宪。怂恿诽谤，包庇捂瞒。抢杀豪阔，栽赃诬陷。搜刮劫窃，狰狞嘴脸。敲诈虐淫，挑衅侮谩。蹂躏昵妓，唆欺孕残。氓绅诱瘾，倒置昏暗。殴婢毙孩，凶煞酷阎。歹徒坏类，浑噩撤验。剃鬓囚拷，傀儡敷衍。屠戮伎俩，陨堕棘阱。侥躲邪派，殃烧祠眷。雇佣狱怪，缉拿协办。

提镣蜕铐，仍留隙嫌。匆慌失措，徐踱圃团。斟酌督查，剖层剥茧。双向滤猖，逮魁卸顽。激驳识谎，沦颓苟喘。咀嚼征讯，剔奥侴判。聆音察缶，喀嚓捆爿。省躬讥诫，恪讽镜鉴；宠增抗极，摒弃刁蛮。殆辱近耻，貌色悸颤；林皋幸即，耐住凄惨。两疏见机，刹那割权；沉默寂寥，索居处闲。求古寻论，惑闭虑散。戚谢恩招，欣奏累遣。渠荷的历，抽条莽园。耽读玩市，舌敞糕点；寓目囊箱，抱璞牟衫。易语攸畏，属耳墙垣。烹宰饱吃，厨具炒饭；适口充肠，糟糠饥厌。朋亲故旧，姨姐怅恋；老少异粮，妈咪惆惋；妾御绩纺，嗔齿嘈乱；侍巾帷房，褓姆冒汗。银烛辉煌，樱唇细绢，驸马伉俪，象床笋蓝；快婿酗饮，婚姻久圆；鸳鸯蝴蝶，夕寐昼眠。接杯举碟，吼歌酒宴。矫手顿足，乍狂疯癫；悦豫且康，敞胸盎然；黝瓴矬艄，毅黩珞嫒。嫡后嗣续，祭祀尝蟠。悚惧恐惶，再拜背面。顾答审详，私牒要简。骸垢想浴，热执凉愿。驴骡犊特，骇跃超鞍。释纷利俗，佳妙醺酣。毛施淑姿，愁工笑妍。年矢每催，曦晖朗轩。指薪修运，吉嘉永安。矩步引领，俯仰庙龛。束带矜庄，徘徊眺瞻。孤陋寡闻，愚蒙等鹳。植倾根起，晦魄照环。独游果廊，凌摩士剑。沐净僧尼，秀眉斜弯；弥陀藕臂，翘鼻脂现；舒额黛腮，钩睛迷眼；腿臀负躯，软颈削肩；觐跪保佑，梳佩乔扮；缤绫坠耀，系绑腰间；酥融觉悟，伽话颂莲；褛衲袈裟，咯嘣卦痪；莎氏汴脚，苦恼畦还，爪锥棱角，凸凹顶尖。

跑街采购，仆役聘返。数码磅秤，闸贮料馆。勺架炉灶，烩饼灼涮。溜炸熏烤，炖煮卤腌。蒸熬腻肉，滑嫩肚肝；荤腥肺脯，粳馍饺馅；焖爆燎烫，笼屉筷碗；稀粥稠糯，油肘浸馒；润酝酵醉，皿匣堆坛；饿择粗糙，糜羹瓦罐；芥盐这味，砍瓷忡余。烙脊炕蜗，焦牙窘粘。盲瞎殖鳄，剑舀剁段；剐凫馏酪，依忖啜盘。钥匙钮扣，兜袋弧帘。皂缸盒套，球靴帽幔。贝壳玛瑙，珊瑚煤炭；璋韶琉玲，乏瑶屡玷。瑕琛翡瑛，珑鞘熹斓；涪杭琢镯，襁葆褡裢；暇疵琥珀，赭垩陌阡；禀剽贷阉，号宣暂摊。壶锅盆桶，整齐挂拴；莴苣哐啷，逊迫歇膳；赈饷馄饨，庖脍俱暖；煨骼腚睾，熘瓠豉籼；俎饪砻熨，颌炙莓煸；杞酶荟萃，馊粽沤泔；姜豇蕨菜，札幌菁蔓。笤帚垃圾，铃铛叉镰。夹裆袄袍，泡沫勃伞；昨曝晴晰，混绒已纤。钵杠臼纽，格篓灯线。误搁乒乓，霹雳又演。晶莹玻璃，晾晒替毯。肮袱褂渍，铺篷涤挽。锯锉凿刨，凳墩底坦。钝匕锹锋，继享勋衔。箩纹簸箕，锹镐捌铲。鞋袜衬裤，缝纫缀毡。雉翎膨胀，彬斌烁灿。舱釜锈蚀，缰绳磕绊。账簿印刷，泼沥蜡誊。恳慰裱缮，妥粥裨闩。埠畴租赁，胄裔乖隽。赠寄氯釉，吝啬赐翰。乞讨贫丐，聋哑叼馋；妒嫉姥婶，叩头耍奸；扭捏局促，脑傻迟缓；睽瞑眬瞭，曚昽瞌鼾；偷摸滚爬，骤遁徙迁；仓库巡逻，巢址窑庵；救馑匮遏，仨褐袂褴；噗噜恫慑，膈曳逆贩。爷奶批评，期告赦免；辈份低矮，偶配确憨；叮嘱认错，爸斡她俺；郸某臾奄，霎恣岿眈；轿娶做媒，介绍议员。模样俊俏，伶俐伙伴。棋牌奕拼，诀谣浏览。槌簧铙钹，祝贺部参。炮震弄里，戴圭逞柬。仲甥示贴，族姊送函。赶赴邀请，叙述羡怨。咨询纶裙，夸吟絮倩。谆诲小胖，倡瘦哄憾。或妊胚胎，呕吐嬉娩。呀啊哪喂，吮吸嗅舔。早窍幼稚，裸屁普遍。壹贰摹仿，伍陆描篇。擦抹桌椅，扫厅除淀。考究梗概，觅籀校勘。轨辙崎岖，岔径蜿蜒。磋肆也乎，倔犟钻研。枚朵茬匹，轴幅艘瓣。夭午酉巳，个拾佰仟；寅卯丑乙，吨斤盅担；庚壬干支，癸秒厘串。掏挖抠掘，挚抬扛搬；揪掐卡握，拄抡拧扳；搓揉揩拭，蹈撩拖掸；捅挟搂括，拓扑撬掀；抄捞撮捧，摘揭抓拣；擂捣捶砸，抛扔掷掺；拍揣拢扯，浚拨挠捡；挪搭挨掖，挣拽搏栓；挞抑拊轧，撅搪携捻；揖捉掳掂，拯挫拗按。捎找掇搐，擨搞掉捍；抉撕扼擞，揍拟拇擅；扪掬搌捋，拮摺刎擗；揿搗拎抿，驮沏挥攥；踢蹋趴蹲，跷踊跛碾；躁踵跺砌，蹭蹄跋昙。熔铸冶灸，锭镀錾锻；夯铡铆扒，钉锚镊钳。触惯仞弦，胶着绵胼。眯睫盹瞪，炽盯炯看；睁睬眨瞧，瞅你瞄咱。噔嗖呱噌，嘭镗铮铣。悄嗑啧咂，吒噢咧讪。咛喑咄呗，哽呓咦蔫。喝叫咆哮，吵骂呵唤；叽哇吩咐，咕哦洽阐；哆嗦唠叨，嚎啸唔撵；吭哧贼喳，呻唾嗤援；嗡嘶嘹哗，啮喋咬弹，咚呛唉啥，嗜嘛褥垫；哎哟哼哈，咳嗽只站；嗯吠啤噤，嘻嚷嘿唁。铄镭镂镫，镶镖钊键；恢愣惬怦，怄悻怵惮。仃侩偿俸，俪侏偌侃。樽柩橹材，梓柞枞楠。谧谛忍了，诩诳诓反。诋惹喵们，课诘讣谏。绌镑绯榻，纭栩缭镌。津冀沪辽，浙闽粤陕；徽鄂滇渝，陇蜀圳赣；巴彝巫傣，粹侗踞黔。词赋戏剧，唢呐亢咽；聊儒瓶厢，琵琶奋战；卧笛悠扬，锣耶锵铿；鸿骏昂吁，越米湘砚；旺巷廷社，罢犁辆辗。铜骨筝柄，董瓮兢嵌；影屏幕障，楣榜符贯；栋雕墅梁，座望凭栏；丈室窗蓬，缕纱纬片。溺井他乡，叠俑葬郸；椭窟陵墓，啪踏培磐；塔状阁寺，希腊喷泉；篱笆柱桩，岚罩红颜；趋访侨侣，楷谊奖颁；臻祟窿诣，衷辫帕篮。掰蚌决赔，骄奢至偏；输赢赌博，循例罚款；抵押拆借，穷厂矿矾；币帛钱钞，股票债券；价值均零，跌停虽赚；销售买卖，倚财企盼；供需剩货，加倍计产；攘夺绝喧，雄党把盏；耿杰忙碌，宏昌总揽；拘狈肃豺，统抒襟袒。燥蔽聪眸，温脉熄燃。碧滴纯品，讲趣就荐。级递迎旨，彻透玖谄。绎析今昔，苛晓译缄。势乘纪末，梯队度诞。

苿苡桰棹，帏幄茀簟，忝鸹踟蹰，麾傧肱笾，衠弑厺隹，肉隼揭萑，繇玺篯蒦，虒虓罿鼋，颃颀颋颙，颡颞灏颟，巅颦鬈颦，牖牖譴丏，耄耋趑趄，迍澌敿澶，物刍彳亍，絜紮縈褊，縢繄颣纛，斨泂牂塅，閟閶闉爻，眅眣眇畑，瓯叵匝匜，旒旖旎幢，旆旂旎旆，畝獻歙谷，歜欬欻欷，欻跳斫弁，皤皈参夥，垵堎坫墦，矧矰矱缱，馗尪馘黵，黻尜鬻赟，甙飑頞豕，龚奭賨亍，毐亳臺黏，皕壶亹鼐，羑卮凿蒿，壘巽邕卣，虾炁旒瀌，叁赍矞疐，嵩匏亵鼲，翆竑舐竦，掌丮斅忝，皷厶頗彧，乍冏奁顸，佥驰羃鹾，瘵瘨瘃疰，瘐痄疭痃，瘥疢瘈瘛，瘑瘊癀痫，疠癃瘘瘰，瘙瘆痌瘈，痍瘖瘗瘿，癯痿痖疝，疬痳瘼疱，痎痾瘌痁，痤疔瘆瘕，膪媵瘭瘵，胴脰腓臓，肓胛膻脘，腡脢脒肭，脲腩脬膻，腻縢胱腯，臛膵脞朊，胭胲脝腈，胨胍胼欣，臑胠臛膝，腽肟肸腩，腿肫腙胙，胗胝膣臁，肽脩胤腴，膂胂腧朘，腒腓臜胪，肨肷胫腱，齙齟齠齬，龇龁龂齭，盼睚眙眦，瞤瞍睃睒，睨睿眚眎，脊瞢眇眄，睖瞵瞜眊，矍眍睐睆，瞋眵睇瞽，耵聒聍聃，蹽躐跂跫，蹩踣蹅躜，跐踧躄蹴，躄踔跶跣，踬踟踽跬，踝跻蹐跹，踯踬躅踋，躞踦跖蹁，趿跆踬踡，踖踩蹓踺，蹀躈趺跗，跸蹢踶趼，犄犰窈窕，榱桷倜傥，媪妣嬖娼，娖娣嫱嫄，娵娜嫘嫠，妮媲姘嫒，婺婞婴姁，妤妪嫜嬗，婼娠妁媵，嫔娉嫱嫚，婕嫫嬷妹，媲姮媔嬛，娭媸聱睥，嗌哔啵哧，咥啶哇哚，唝嘏咣噜，嗥喃啐嗽，嚯咕曼嗍，嚎咔喾哙，呸呗啻啴，呔嘚呃嗪，哿啯嗨唵，嘍噍嗒喈，唳嗬哓嚣，噻嘧呶嗫，嘌嗪吣踌，哂噬唰吆，哒呋噶噻，吽嗯喤呟，吖挈彝搴，哞唛喏哌，嘣喤啕嗗，呙唏噏呷，嘤喁哕胺，喰唽咤啁，嚆喙唪瘖，嘞呖啉呤，唼嗾嗦瘢，噀咿噫嚣，嗻味吡瘴，嘚吲嗞唑，嗵哓咻疸，嗙嚭嚅嚏，喟叻呒瘢，啐吋嗝喏，嗳嘬嗵瘢，嗄嗛讵谲，谇谂谧谵，谓诒谮谪，诇诼谘谳，谇诿䜣讻，诮诜谡诠，诨讦诔谟，诖诃讧谝，诶诰诟诂，谶谯谠谫，诐谔烨熠，炊烊燚烜，煜燏燠炷，燏煛焗燹，烀煳焌焜，煣熵燊烷，炆烯爔炖，焖煺炜熳，炻炱熥烃，熇烺炝焓，樗芾趯螽，沆滢氤氲，怛疳蜾蠃，衮黼愎鲧，殪兕涓兮，饕餮篡飧，捭捞摽摈，搽抻搋揞，捯扽擞捫，

掴揺搗拤，擢掎挢搢，攖捃搊撺，搕搭揹扤，揆捩擼攧，攮搦抨擗，抔掊抷掼，摧擩挼掇，搿揌摅擐，
[illegible]扨拉搵，揳擷摡摌，挹攖揄拶，挖揸拃拚，摺摭抵擢，撙捽扦揁，掞掭抟挦，苾蕙茝芜，莼茈蔟芫，
苤荙菪药，茽莪范菾，荄蕖莨菰，葑莩萮荟，萿蓍藿芁，蕡莨蒗菀，藜莇茏蒌，菝蓧蒽芃，荭[illegible]蒴茇，
蘅蔫蒀荚，芤荖蒿蕗，蒚莙蕾芰，茶苧蒎芃，萸莜蒡苒，萩蘘荛茌，葎蓏荦荃，艿萘茑茈，荚毛蘼茨，
芑茕蕎蓐，苤蘋芪荨，蓨萜莛葶，蕰蓊蕹芊，藓荇芡薰，苕菽蒴蓛，菘荽荪萬，薙葖菟莰，菥葰芗蕈，
蓥莸蕷蒹，苎萷菹蕞，荐蓁蓇苷，薏蓺茚茔，葳苈苜蘩，蒻薮蔌萚，藨萁蕤葳，茇蔣萓苠，昀畛畤畹，
畀町畯畬，堌埚垦垸，墈堠墭埴，坌坨坼塬，塍坻埭埭，壩埕垱埼，圪塌墍堇，垡墁垌墡，坭堋埤圮，
圻埼埆壜，垝圬埘埙，垌埵垲埏，埌塄堎坜，埒垅垆埝，垚圯埸垔，埽墒垧墁，壅埇埴埻，垭垟墉壈，
堞圹垴墈，垇垤粢墈，糵糅粞糈，糇糯粝粲，糌粑糒糍，糁禓祵袗，襫裋襚襻，襬袪衽襦，裾裉裈袢，
袆袺褫衿，襳裰袼裣，褙袯裎褫，衾袤襛褰，襞袆裡袥，衪褟裱袄，褉袪襶袥，裬袛祺裸，袮褅袚祲，
绉纻缒缵，绠绲绗纮，绛绔纩绾，纰缥缲纴，绹绨缇纨，组缜纠缁，缬绁缢绻，绱绶纾缌，缛缫绤缱，
绺缈缃绡，缋缧缡缣，绋绂缟纥，绌绐绖缏，絁縦綅緻，縠絧緉襴，絺縩縫緺，繽帑帻幔，幛帡幈帨，
幞幪帔幡，韨鞓靰靿，鞒鞯鞣鞴，鞡鞚鞧鞢，鞲鞨鞫鞞，鞘鞮靪鞥，韍鞞鞑鞶，侣傥慢悰，悱怫怙恹，
悝愦悃悢，愫惝悌忺，悒怿愔慵，怡惴怍惓，怏愠慥忮，怃恓恂悛，愀怗恸惘，惛懔憹慊，邂逅悖切，
拊髀愢悭，鲃鲅鲌鳊，鳔鲳鲙鳈，鲂鲖鲽鲱，鲭鲼鲋鲇，鲴鳜鲎鳇，鲞鲻鳟鲍，鲬鲉鲗鲊，鳐鲫鳙鲢，
鳛鲞鳕鲟，鲃鲚鳉鲣，鲒鲻鳒鲙，鲛鲲鲫鲩，鳊鳢鲅鳖，鲅鲆鲯鳍，鳂鲔鲥鳁，鲦鲖鲀鲽，鲺鲳鲐鳀，
鲭鲭鲹鳡，鸧鸥鹕鹞，鳆鲠鳑鳊，鸸鹏鹘鹨，鹱鹠鸡鲛，鹩鸳鸽鹏，鸻鹕鸇鹛，鹈鹟鸸鹜，鹎鸫鹊鹓，
鹭鸷鹇鹫，鴃鷇鸥鸨，鹜鸲鸤鸸，鹍鹨鹋鹏，鹭鹚鹛鸽，鸮鸺鸴鸽，鸶鹕鹏鹮，鸨鹏鹤鹅，翚翊翕翛，
翀翮翯翾，螭蝽蠹蜚，蛩蚨蜉螈，蠚螗蝼虮，蛹蛇蛱蜎，蟛蚍蜱螵，蛴蜞蛲蝘，螣蜩螅蟢，螓蚤虬蚬，
蜮蠊蛭蠋，蛸蠼蝾蟒，蛎蠡蠖蚱，蛳螋螗蚋，蚰蟛蚴蝓，蛘螠蟫蛸，蚋蚤蠓蠛，蚧蛙蠡螨，螯螬杙榓，
棫樾桎螊，栝橐柝榅，樘樋橦蠲，槭樯榷桡，枧栊栌鹮，机柮梾柃，栉槠橥柈，桂橥槎橑，棕柽枨橼，
棰柢枓楯，椑栟杻檍，桴枫棒栱，枋榧棻楷，椐榉槺栲，杧杪柰杷，桄桴桁椠，栳楁枥椋，楷槲槽棬，
椤桦枇楅，楬檞槿槃，枘椹椝榫，檎梫檠桊，枵梢榭枸，欉櫍榼楗，桐枰梓桤，梼桯梃枧，杌枭柙榹，
桢栀枷欃，杼棁椓槜，驵骘骓桉，骛骧骍驷，骦骕騠骗，骒骙骢驽，骅骕駃騠，駸骢騑騧，羧羰羑羱，
瓶羖羯羟，牣牾牸骖，犋牤犍牳，犎犄犒牷，齬豨麟鼬，鼩鼯鼧猵，貂豱豭鼱，鼮鼬獉鼹，犽狳貐犹，
獯猰猸猃，猥狎猇獬，犰狨猞猕，獏猱猊狉，犸猬獴狻，獍狯猁猡，狒猿猄猸，獒狴箝篑，篚筢箄笄，
簾箬箳筲，篨笃簦簋，簏篼篚簏，笞筻篌篼，笭箓筥篋，箨箸簃笼，笊籀箸第，篓筼筵箅，笯笥簋篇，
箄箐筇筌，筥箜笏籣，篁筎筊箾，箅篦箁笏，筚筹簰箪，镳镔镈钚，钯镝锦铦，锁鈇钆锆，铋铻镲钽，
铳鎝锝铥，铖镦锇锬，钻锢锽鐼，铬锪钬鐥，钶锞锟镴，钪铼郷锔，鐍镬锏锴，钫镉镬铨，镓铗铰锔，
银镑铭钎，铨锏镁钔，镥锊镆镘，钜镤镨锖，锫鈚铍镧，镕铷铯铩，铌镍钕锩，镠铳鑪镎，钌锘钋铜，
钛铴锐铽，锓铈鈢镮，镒镱铟镛，铢鐠镃锾，铚锁锱镞，铕钰锗钒，锎钖钖铘，钘铱钇钿，鑰钍铊铻，
锼锑铤镩，锂钹镊锶，锕锿钠鑱，轶轸轵轾，辋辒轺鋋，轹辌辂轫，轱辊珲辁，辏轪轭饫，馐馌饔饭，
馀饩饸饧，馕饦侬馔，馃饴馂饹，饾饳馏餍，饽馇饬饤，餲饽洵馓，瀌浡涔湄，溴泚汈湲，潆沨溢滆，

濲洸瀰沅，潒湟潢滉，湎澶濠滟，漶淏滈湞，澕滹涸泫，潽浘泂沟，濾湓浍湈，澧浚溇泺，洺溟淖湮，湃澼浒湝，澂湣淏氿，洭涞瀨泐，浲漭泖湉，滑湸汔溱，汭澂濉潸，涑溻涾汰，沩洧滃汧，淅潟瀹洨，洳溽滠湎，沭澍澌涘，洣湜溲潡，涴潕浠渫，溆洫浔溇，溵涨滢瀠，溠浈泜瀍，潴渚涿浞，瀁沖漪漶，浥泆渞湏，泱潏瀹湔，潞溴浿沚，澗澥溘澴，溏洮渟潡，潞湄浼洹，沘稹稙秭，秾稔穑浛，稖稃穄秳，稼稗莗湇，糅帱瓡耄，鞴輶舣艭，舾艅舴舳，舻艨艋舨，煲焯熜炟，艚艟艎靬，侪鹿麐麇，麈麑孖孱，孢孥飙飗，飑飕飕飐，籽秒枷秴，耪耥耧戋，耦耩糈耰，耱耱餶覭，觖觚觥觫，觯觱觳戗，罂罄罅罍，谿蔵觜裔，赪赮魃魆，魈魋魑忭，毖鋈鋆鍪，鐅鋈鐾鍪，雩雳雰霁，霂霈霅浐，霡霪罩霾，罳罹罽罨，盉盏盦螯，篚篮罟罥，罾瓯瓻瓿，甃甏甍甗，迒讶迍迨，逡逖逴逭，逋逦逑遑，遘遻遢遄，邋迦罘罱，遴遹遽遭，髦髻髹髭，髌鬏髻鬈，鬓鬘鬟鬣，觊觎觐觑，觋觌觑觇，戥戬戕戳，砗碜砀磴，礤碇硐磡，砜硌磙砉，砹碚碓硷，礴硇砮硬，磉砷礌矸，硪矽硒硖，礋礫硅碥，硙碨硎砑，磔砼砣砭，礞碛硗砾，砺磠础燔，硁矻砬礌，矶礓砢煅，碹磁砘硊，磻赒赀坩，赟赞赜赍，赗赇贳赕，赒赙赆赉，玓玛璪瓒，璁珰玎珥，璟玦珏瑗，珉玭琪玘，瑭珽玮瑄，玡瑒珧璎，琫玢琤琬，珩璜珈玠，珙琎珺琏，珅瓌琇珣，玱璆璐瑊，玹珂琨璘，璈琲琮璀，瑷氰氤氲，氪氛氕氚，氘氡氦骰，髃髎髑骭，骶骺髁髂，岂嶅嵖巇，巘嵝岿嵋，巊嶂岠崦，嶍峃岈峣，岬峧峤岘，崮崞岵崤，岨崌岢岍，崴嵬嶲巇，嵫崒岞琄，峄崟嵎嵛，岧岭嶷玕，崚猺嵚崍，岣崆崃巉，嵯嶝嶒崇，岜嶓嶒氚，岙嬰晢晬，晔昱昀晅，曛旸曜暍，暾晞昕暹，昴暝晵曈，吻暌旯晗，昳昉晅暤，邮陬晡昇，郜阢陉阼，郧鄘隈郠，郏郫陴郪，鄠隍隳阽，鄄郿陔郃，陛邠鄋阪，陂酯酎醱，醨醴醽酽，醚醵醅酦，酴酡酯酰，酞醄醍酏，酕酺醽醛，醭酲酹醁，醢醐醮酐，醒酢酚酤，慝憖醭酞，恁惡忒懑，恝懋愍惣，憨戆恚惎，劖怼劘愆，刳劁剸劓，刲剟剕划，刭刿剀剞，刖厍厥赝，彳徂徉徕，徜徛徯衎，殁殂殒殛，殨殣殫殚，尻屃屙屣，屦属孱屦，傺俶佽僜，偲偈傢偃，傕怍倥侉，僪侔俳倓，俅傈侹僮，侑佾伫佺，伛俣倬偬，倻佚侑僭，俜偓傒僖，倮伾仳儋，倨仂偻僇，僬倞僦亶，伧侘偾佝，伻俵偲魇，軥軀軀軀，靦靦靓觃，斝斠敓敉，敔敩敻敳，毰毹氍氀，毵氅毪毳，毯毽毷毽，鞮鞲鞴芊，庀皮庑庥，庤庳庼廛，廋廒廙廨，黟黢黥黵，黠闬闶闱，闾闶阆阛，阃阓阆阖，阍阌阆阗，阈阇阌阕，阒宄宕裥，宬宸寔寮，扆戾扃扅，扅劢劬劭，劾劼勖勔，勐勍勖勚，勦篸藭萵，囟囫困囿，圊圐圙团，窀穹窅窌，窣窭窨窆，弨弶彀彍，窳窸窿窾，窬尪詈謇，謦谍謦谵，疍曷恺嗟，柣枸棼摒，揎掾战诹，异毂鼗炭。

姓郭吴程，聂况费袁；朱许巩邓，彭厉勾谭；崔胡贾郑，仇沈庞潘，萧尚付韦，甫欧肖樊，从霍娄尤，邹俞尉婉，冯夷廖宰，荫邢邝詹；卢邱邵泌，佘葛肇辕；曾蒋曹窦，岑穆倪卞；龚靳鲍裴，滁甄毋藩；襄茹蔼嘎，韧奎裘冼；汝汲柯湛，翟解丞冉；郦蔺雍恽，闾绪瞿延；亨覃佟张，毓臧仡万；第奈贸硕，邸乜滕敛；彤辟吾其，兆於方但。訾爰鳣陟，霭敖鳌骜，漏蒡孛谙，邶赍鬈郯，赑薛杓铵，骠婊髌邴，铂卟姹犴，侪蚕菖苌，昶卺晁坂，郴谌蚩茌，墀敕瘳篙，雠杵楮褚，黜茨苁舛，琮毳厝妲，笪岱氐钏，碑荻籴碲，棣哆铫佘，峒钭芏惇，沌铎锷菪，铒佴笳泚，棐斐沣咴，伏茯洑郛，苻菔旮澮，尕垓罡杲，郜阁鬲璠，舸哏艮亘，赓缑茍梵，笱夬犷邽，妫氿晷潡，炅冏铪郝，鄗颢灏旰，菏盍訇闳，郈轷斛绀，扈蕙玑茇，乩笄赍淦，嵇齑畿墼，罽伋岌邗，笈佶姞蒺，楫戢蕺邯，藉芰洎暨，蓟葭郏阙，茳绛姣芈，湫敫微菡，沓荩妗缙，婧柏鹭撖，苴睢琚莒，轲蔻蒯郇，郤旂觋隗，夔髡蛞桓，稂醪嫪俚，溧飕苓缳，鄙蹓骝镏，鹘鹨泷浣，甪渌逯潞，雒祃邛蹇，茆郿祢縻，弭宓邈謇，缪缗旻闵，黾茗貊濂，钼鼐曩麡，陧臬蘖楝，狃耨傩眭，逄耪溢栾，丕邳貔甓，嫖裒莆缦，濮溥亓蕲，岐淇骐泮，綦琦锜俟，耆桀谯骈，郄骎芩苘，佞邛楸謇，酋遒糗讪，麴朐蕖钤，璩蘧衢炔，阙阕穰剡，甚礽芮殇，蛸厍莘钐，晟浉菩莳，奭殳姝鄯，汜耜稣夙，绥桫郜郯，骀棣仝苘，酮荼庹苋，圩汶渥邬，浯仵夯缐，郗奚樨醯，禧葸郤霰，舄庠枭筱，缌薤燮萱，忻歆镡荥，芎貅岫煊，盱胥顼繻，趄娅鞅谖，炀徭揶戾，乂弋佾儇，羿翳阊鄞，羸瀛郢禤，颍郿猷宥，纡萸圉铉，庾聿鬻玥，钺沄郧鄘，郓甾奘迮，笮缯锃阏，甑鄣獐仉，褶柘祯闫，钲祗郅帙，彘郏茱兖，洙竺翥龠，禚濯胔琰，北俾弁侍，爨迩蕃旃，鲂虢昊祜，奂虒颉颛，廪萋祁觞，姒驷罔焱，芷骀鄹祚，娈昝趱錾，隰遐璇郾。

谁是作者？杨教授义先。

由《中华字经》套接而得的《新华字经》

《新华字经》是基于《新华字典》撰写而成的易道文的统称，它们是由《新华字典》中的全部 7 737 个字，一个不多、一个不少、一个不重复地排列而成的易道文。前面两节已经给出了两种版本的《新华字经》："古今结合版"和"四言全韵版"。本节将再给出另一个版本的《新华字经》（由郭保华教授撰写的《中华字经》套接而成）。我们之所以要反反复复地给出《新华字经》的不同版本，主要是希望表明，我们的"机器文学算法"在制造千字文（或易道文）方面是很有效的。

由《中华字经》套接而成的《新华字经》千字文如下。

乾坤有序，宇宙无疆，星辰密布，斗柄指航。昼白夜黑，日明月亮，风驰雪舞，电闪雷响。云腾致雨，露结晨霜，虹霓霞辉，雾沉雹降。春生夏长，秋收冬藏，时令应候，寒来暑往。旌戟皓煦，远古洪荒，匍匐玳瑁，海田沧桑，陆地漂移，板块碰撞。山岳巍峨，湖泊荡漾，植被旷野，岛撒汪洋。冰川冻土，沙漠沃壤，木丰树森，岩多滩广。鸟飞兽走，鳞潜羽翔，境态和谐，物种安详。形分上下，道合阴阳，幽冥杳渺，天体著彰。凝气为精，聚能以场，缩浓而质，积微显量。化巨幻虚，恍惚成象，强固凌弱，柔亦制刚。终极必反，存兴趋亡，色空轮回，动静恒常。唯实众名，一理万方，父母爹娘，没齿难忘。兄弟姐妹，危困助帮，姑姨叔舅，亲戚互访。侄男闺少，哺育茁壮，夫妻相敬，梦忆糟糠。隔屋邻舍，遇事谦谅，公府伯婆，慈孝赡养。赈饷馄饨，莴苣哐啷。尊朋礼友，仁君怍郎，炎黄二帝，尧舜禅让。禹启世袭，灭桀商汤，周武伐纣，侯列各邦。秦皇集权，汉刘楚项，鼎立割据，乱晋八王。南北对峙，腐朽隋墙，贞观政要，五代续唐。陈桥兵变，耻辱靖康，鉴真耶律，元建宋僵。钟离太祖，崇吊玄丧，清军入关，大臣匆慌。粉碎叛卓，犁域设将，台湾复归，守卫边防。鸦片战争，英占香港，戊戌维新，社会改良。辛亥革命，孙播思想，联盟抗倭，国共两党。定都京师，人民解放，诸子百家，孔孟老庄。扁鹊灵医，鲁班巧匠，罗盘硝药，针灸疗伤。蔡伦毕升，纸笔写榜，易经论语，史记达畅。河图洛书，算术九章，西三红水，聊儒瓶厢。诗词曲赋，戏剧说唱，琵琶琴瑟，敲锣铿锵。笙箫呜咽，卧笛悠扬，筝音奔奋，唢呐高亢。荆浩匡庐，董源潇湘，椙匾墨砚，悲鸿骏昂。楷隶篆刻，碑帖草狂。敦煌石窟，缕衣纱裳。青甲骨铜，脱酸绿氧。虎符越剑，陶马俑葬，彩瓷宝瓮，丝绸他乡。凡尔赛宫，金字塔状，泰姬陵墓，彼得榭堂。自由女神，希腊塑像，最后晚餐，创造亚当。门亭楼阁，寺庙殿廊，伟城别墅，丈室户窗。舒意颜丹，画栋雕梁，庭院踏步，影屏幕障。承尘藻井，篱笆杜桩，舷舵扶靠，凭栏眺望。悬崖峭壁，峰峦叠嶂，泉喷岚罩，瀑湍急涨。峡沟潭渊，溪涧流淌，池渠堰坝，沼泽泥塘。漩涡带波，礁屿连江，汹涌澎湃，惊涛骇浪。灾涝溢泻，汛潮浮涨，苍松寿柏，垂柳杙毛。芭蕉蒲扇，斑竹篾筐，槐椿榆桦，杉桂榕樟，斋扉紧闭，栅苑濒旁，坪埔莱茵，菲窥坞坊。蔷薇翩蓬，娇莲蔚茫，蕴蒂荚芯，蓓蕾琳琅。奇花异卉，艳丽荣秧，兰荷菊梅，四季芬芳。杜鹃泣血，芙蓉吉祥，茉莉馥郁，玫瑰刺芒。瓜果蔬菜，葱蒜韭姜，茴椒芹葵，皮芥辣酱。芸苔芋笋，葫芦瓢瓤，番茄蘑菇，乳蛋醇酿。碘盐食醋，脆卜甜糖，甘旨珍肴，皖米膏粱。葡萄美酒，玉液琼浆，咖啡益智，闽茶顺肠。桃李杏柿，汁鲜味爽，椰柚橙桔，渴饮品尝。菠萝柑橘，橄榄槟榔，梨枣苹楂，荔栗榴棠。蝌蚪摆尾，蛤蟆鼓囊，钓饵蚯蚓，蠕虫蚂蟥。鹦鹉学舌，蜜蜂穿忙，蝙蝠栖洞，梧桐引凰。蜘蛛牵补，螟蛉蛀粮，蜻蜓振翅，鸠鹏霎盲。鸥莺燕雀，蝴蝶鸳鸯，鲤鲫鲇鲸，蛙蚌螺螃。蚜蛾蝉蛹，龟卵翼蝗，蚊蝇鼠蚁，蛇蝎鳝蟒。蜈蚣毒腺，蟋蟀蹬闯，鹿狈狐狸，熊豹豺狼。猿啼猴吱，鸵孵獭躺，雏猩攀梢，雌牡匿冈。砂舟骆驼，迅捷羚羊。

中华初繁，睡狮渐醒，玖久纪末，千年始零。宏业昌盛，妙策递迎，左右兼顾，总揽统领。外交志同，内取稳进，阶梯过度，切忌猛狠。六贼七害，监视审听，戒贪须效，践约宜行。贬恶褒绩，赏劝罚惩，操刃执斧，塞涓救荧。势如突起，抽薪熄平，途逢险兆，消芽于萌。扼息止纷，贵在用衡，依法谋治，吏次皆正。痧痞疖瘀，痨瘠癣殄。推贤荐材，睹貌辨容，纯朴宽厚，侠烈尽忠。耿直肃仪，襟怀袒诚，谄媚狡猾，机敏慧颖。懈怠懒惰，拙笨碌庸，愚昧糊涂，偏才至聪。羞涩拘束，杰健悍雄，恭谨畏惧，缄默持重。骄奢傲慢，怯懦惶恐，超逸独居，禽窝佐冯，恬淡匀宁，茸咳嗽唾。猜疑诡秘，威严毅勇，币帛钱钞，攘夺其宗。企财盼利，贷款辅粪，价值均等，开厂务工，贮银抑税，增富减穷。资产累计，储蓄倍宠。抵押拆借，循例不停；供给需求，市货充盈。销售买卖，亏差余剩，债券股票，博赌输赢。闻赚虽喜，跌赔看轻；休闲退优，芍醮漳萍；涣虑受逍，捉疯癫萤。拒宾疏客，忧谢欢招，把盏讲趣，倚床读晓。游景筏渡，迹绝喧嚣，茂冠蔽枝，莽园出条。碧岭滴翠，落叶飘摇，心澄彻透，雅悦去燥。挥毫绎就，佳句抒了，拍额挠腮，樱口含笑；漆珠镶眸，秀眉弯抛，脂绘隐现，单鼻斜翘。坠耳双环，龙睛凤眼，纤手藕臂，软颈削肩。乌发比臀，酥胸腰间，修腿负躯，弓脚婷站。沐浴洁身，梳妆乔扮，轿娶黛施，婀娜妙曼。服锦饰佩，缤绫绣缎，赞叹称颂，宛若娥仙。阿弥陀佛，觉悟融圆，僧尼寂寞，菩萨向善。情投系姻，欲净见缘，转识迷性，苦乐恼烦。圣诞基督，原罪赎还，目的辩证，裁判邪端。跪觐拜钵，但知嘘暖；我主保佑，娃好乃亶。鲨龇龈颚，趵狩鏖犍；骈适辍跎，舫鑫懿斓；亨韬亟擘，暧郸再暄；砥篝匮燧，寥蓼氽爿；惪膑叵衄，剽熹膈胼；盥舂缶阜，趸阉矜阑；菁娑弼沔；渑窠幂阡；膺阌刍篡，戡皴醺孪。格林童话，伊索寓言，莎翁托氏，福摩探案。彬斌爵丁，伽丘十谈，培根牛顿，爱因斯坦。试管婴儿，克隆遗传，细胞速冷，胚胎罢焉。脉冲数码，几何规范，网络通信，程控遥感。驱逐舰艇，洲际导弹，激光辐射，捆绑火箭。声纳测距，贫铀污染，点线面段，球弧侧弦。菱锥棱角，凸凹顶尖，竖撇捺折，陡拱椭圈。奥运竞技，淘汰筛选，跨跃短跑，蹦跳撑竿。铁饼标枪，垒足排篮，汽车拉力，驾舢驶帆。刀锤棍棒，钩爪杖鞭，锁链杠铃，摔跤击拳。省区署郊，村镇屯店，耕耘扒耙，挽袖搅拌。耒铧锲镢，剜锱镳楦；栎槁枳葶，屐笠畚苫；倏忤弈辔，遛铲徇辇。籁黧竽皎，筠簌葩茜。农垦灌溉，渔猎驳船，柴棚炊热，牧伍粪烟。膜压窖湿，肥攻磷氮，穴浇尿深，灰埋屎浅。稻麦谷豆，蓖麻薯棉，粟苞芝麸，秫秸稼秆。糜黍荸荠，咬蔗啮豌，埂堤垄畦，荞秕稞旱。禾苗缨穗，蔓附藤缠，棕蓑柠檬，枫棵紫檀。剪丫打杈，嫁接插畔，颗粒籽核，株蕊茎杆。鸡鸭抱群，猪闸仔满，驴骡啃坡，犬狗护岸。厩驹罕鬃，驯犊乍唤，鱼鳖虾蟹，猫兔鹅蚕。蟑螂蜥蜴，蝌蛭蚝蚶；蛄蝼螯蝮，蠓螳蜍蟾；蜢蚱蛔蚰，蛲豸蛟蜷；孑孓蜃虻，蜇蛊痂藓；魍魉猢狲，啾鹑啄鹤；獠狍鄱骊，茸麇伥鳗；龌龊鲵鳅，鱿豚鲥鲢；鸱鹂碡鹗，骥麝罴鸢；泸岷鹭鹚，孬鲈鳃黏；踉跄嶙峋，霖蹊蹑踮。兀袅戍麓，逶辄蹒跚；臜腭孳臃，腼焐赳簪；瑕琛翡瑛，襁葆褡裢；骁飙垠陲，嵩驿犒毽。煨骼腚睾，熘瓠豉籼；俎饪砻熨，颔炙莓煸。扪掬搌捋，拮撂刎擗。铄镭镂镫，哐侏偌侃。噔嗖呱噌，吒噢咧讪。杞酶荟萃，梓柞枞楠。睽瞑眬瞭，曚昽瞌鼾。旋绕鹰鸽，哀孤鹤雁，宿营扎寨，枕戈待旦。哨岗戎诫，挎锐披坚，帅旗挺拔，训士阅演。磐踞较劲，擎帜呼喊，伪装跟踪，信号遮掩。稍纵即逝，竟忽瞬暂，驭舆骋舶，靶轰州县。趁却骚扰，构筑壕堑，谍报频渗，御挡阻拦。耗损酬饲，迈历委艰，垢卸焚址，盔甩烬焰。擒敌破阵，调派遣返，围追堵截，伏剿庆歼。崭旅另召，蜕衰勿厌，碉堡摧毁，拥挤逃窜。俘虏缴械，胜败前沿，枉允肯否，咀嚼凯宴。惨遭牺牲，素裹席卷，坟棺尸闹，魂魄寝眠。活着祈祷，死则祭奠，廉奉殉职，奖功颁衔。组织筹备，抚恤申签，部属僚员，涕泪矣然。彪炳铭册，炫烁灿烂。飓刈咫雯，迥霆戾靛；旭迤霏禺，邃彗仄寰。

狱牢禁卒，司典刑宪，辞讼哭诉，鸣屈伸冤。敞释矛盾，剖层剥茧，淀滤涓浊，昭划界限。妨碍侦察，贿赂仕宦，诅咒吓唬，挑衅侮谩。讥讽诽谤，浑噩撤验，朦胧伎俩，仍留隙嫌。斟酌掺谎，包庇捂瞒，陨堕棘阱，殃及祠眷。检举查封，逮捕魁顽，奸毒犯科，缉拿协办。妖魔鬼怪，凶煞酷阎，歹徒坏类，狰狞嘴脸。勒逼豪阔，搜刮卑贱，拐架孩提，坑蒙孕残。盗匪劫窃，妓诈欺骗，唆掳怂揖，横征暴敛。烧杀抢掠，栽赃诬陷，宰虐淫霸，痞劣刁蛮。蹂躏昵妊，喋鬓疚歉；妇寡掇搐，屠戮毙斩。

氓绅诱瘾，倒置昏暗，婢奴躲避，怨斥责谴。酗殴滋祸，弊砂泛滥，偷漏假冒，妄贩募捐。剃囚拷问，傀儡敷衍，侥幸饶恕，期告赦免。缚绞镣铐，俄顷悔忏；兢磋失措，徐踱圃团。踌躇徘徊，彷徨怖添，窘焦愁绪，沦颓苟喘。虱蚤蛆蛔，茅厕臭便，钾钠钙铝，锌钢锡铅。钨钡硼汞，硅硫苯碳，锰氯氢氟，砒涅臊氨。腔膛脏腑，脾肾髓胆，唇嗓喉咙，颐臆腹腆。肛胯脐趾，膝颅眶睑，肪膘冗赘，颧颊骸嵌。憨傻痴呆，聋哑瘫痪，疙瘩痘疹，脓疮秃癣。霉肤搔痒，疤痕愈痊，痈疽痔痢，癞疥脖腕。獐瘪痹瘸，瘁疟加憾，胳膊腋弛，使肢抖颤。胃胰溃疡，筋肌痉挛，胁肋疼痛，膀胱菌沾。艾兹侵略，瘟疫扩散，肿瘤癌症，劳惫疲倦。警惕疾病，诊恙预患，侍姆雇佣，仆役聘换。东街采购，磅秤肉馅，掌勺炉灶，料堆厨馆。溜炸熏烤，炖煮卤腌，烘焙烙炕，烩炒灼涮。焖爆燎烫，烹蒸熬煎，烽焕泼沥，酝酵醉酣。荤腥肺脯，滑嫩肚肝，笼屉羔肘，黏润糯丸。粳糕馍饺，稀粥稠饭，乘埃吹羹，薄油浸馒。饿择粗糙，饱剔腻咸，钥匙纽扣，兜袋帷帘。盒套箱柜，瓦罐盂痰，皂缸牙具，杯碟筷碗。帐幔靴帽，整齐挂拴，壶锅盆桶，器皿匣坛。笤帚垃圾，矿蛰碱矾，夹裆袄袍，篓臼灯伞。涤铛抉钮，叉橱表镰，乒乓晃瞳，缰绳磕绊。珊瑚贝壳，玛瑙煤炭，泡沫膨胀，蒿苇飒冕。佃畴租赁，埠位此般，雉翎并勃，胄裔隽娟。舱釜锈蚀，釉磨铆焊，眷蜡印刷，赠寄邮件。琐屑账簿，惠赐牒翰，棋牌峦拼，衙巷畜豢。乞丐仕讨，叼吃饥馋，库仓巡逻，翱峪俯瞰。鞍骑骤遁，刹那近垣，坎坷崎岖，岔径蜿蜒。遵逾轨辙，逛遨峻颠，霹雳贯霄，淤础溺淹。厦幢崩塌，窑庵囤填，邑廓倾覆，箍垮隧涵。淮泄滞沽，浦溅汀澜，泅泳涉滔，渤澳浚涎。桅桨歪坍，豁缺洼涟，陋巢凋囱，畸枢裂檐。涯涸竭枯，渣滓窒燃，谣决淆惑，非彳确断。翻译吟课，考究钻研，误错耽搁，犹豫岂敢。页篇汇稿，编辑校勘，故谜梗概，载版登刊。专题删节，普遍浏览，嘉偶婚配，叙述绵延，函恋私己，祝贺德婉，做媒介绍，寻觅迟缓，卿获娇媳，藐瞎蔑蔫。铙钹槌簧，掂掇挞攒。炮震房宅，宣沸弄里。喇叭噪晌，暮催串艺，叮嘱钦陪，辈份矮低。庶孽继嗣，昆仲甥姊，柬贴逞送，族姥婶婿。赶赴邀请，扭捏促局，烛洽娱耀，羡慕妒嫉。哥嫂咨询，伙伴参议，爸妈恩准，爷奶评批。吾你俺她，咱们勉励，模样俊俏，娴淑伶俐。纶巾裙衫，混纺绒絮，框展倩照，镜示映姿。叩首鞠躬，随俗迁徙，戴璧秉圭，呈诺或与。誓牍弘愿，呕吐娩嬉。特殊贡献，永享勋誉。穹磬蓦熙，砟砝礴黯。孚彦迪戛，瑜瑾猝殓；朕偕佻妃，佗挚魅髯。漯鸬崂鹞，佤畲鹁鸪，黝瓴矬艄，咩牦嗷牯。

幼稚早窍，玩要练习，头脑认念，诀勤简析。壹贰摹仿，叁肆韵底，之乎也欤，柒捌譬喻。峥嵘骷髅，喽啰讴谀；咛暗咄呗，伢崽诤谕。吟从倡哦，咏夸所悉，背欠熟旧，诵似谱吕。韶努宵寐，谆诲朝夕，孜挚弗馁，够氛苛肄。胖瘦小囡，嗅舔吮吸，唉呀啊哪，喂哄乖嫡。坐摸滚爬，炽汗淋漓，岁半倔犟，赤脊裸屁。洒扫厅除，擦抹桌椅，墩蹈矩凳，晶莹玻璃。锯锉凿刨，钝锨锋匕，锹锄镐铲，箩纹簸箕。鞋袜衬裤，缝纫缀洗，毡垫毯褥，晾晒更替。肮袱褂渍，恢愕惺掷；铺盖篷履，废粕丢弃。泵谓唧筒，矗曰耸屹。笃录甚很，紊奏芜鄙，暇疵兑玷，吝啬阐惜。莅临驻俞，晦朔旺汐。咚呛摞哉，且又砌级。吩咐嘀咕，吧吗吁呢，夭午酉巳，寅卯丑乙。丙庚壬癸，干支今昔，吨钧亩斤，拾佰仟亿。只每秒个，尺寸盎厘，轴幅艘瓣，枚朵茬匹。盅旬辆届，本座矢剂，队档副处，仗式趟隅。慷慨愉快，狭隘惆怅，愤怒憎恨，憋闷嘟囔。萎靡憔悴，潸溶凄凉，怜悯惭愧，斡辗恻怆。掏挖抠掘，担抬扛搬，揪掐卡握，抡劈拧扳。搓揉揩拭，拂撩拖掸，捅挟搂括，拓扑撬掀。抄捞撮捧，摘揭抓拣，擂捣捶砸，揣拢扯捍。捎找搞撰，扔撕拨捡，挪搭挨掖，挣拽搏栓。搀夯碾轧，撅搪携捻，拈援拄摄，拯挫拗按。搂拟摊撑，擞掣掰撼。钉键铣锚，钳锭镀锻，煽铡炯镊，熔铸冶炼。跷踊跛踩，踢蹂蹋蹿，趴蹲躁踵，蹭蹄跋昙。眯睫盹瞪，睁睬眨瞻。盯瞧瞅瞄，拇蜗到缆。瞥瞩央未，晕曙炬眩，祈讶讳谬，谒订讹谚。谄诛谊诧，该诙讫谗，堪坯砖碴，砰砧磁砍。纲综纬绰，绢绦绷绽，绚纠缭缔，呲澈沮漫。澡溯沤沁，匈哲注笺；沂滨擅沏，汾泞掉蓝。潦凑凛冽，怔怕懂惋，悄悼忱悸，怡恃惬惮。渭汕垛墟，惟恰慑惯，忍恳惹慰，恫懊忿惦。枷檄橇檩，椎札梭椽，楔梆椤榨，榛橡槽栈。璋瑞琉玲，乏瑶屡奄，假偿倘僻，仅伺傍俭。羲娲憧憬，伉俪馨胭；羌叟趔趄，仫佬颏颔；妯娌厮哝，庖脍饴饯；馊粽豇蕨，囫囵忐忑；琥珀喀嚓，苜蓿璀璨；麒麟滂沱，忸怩羸倌；貉貂尥蹶，袈裟袂褴；喔唷囹圄，咯嘣裨闩；噼蹼幺妞，噗噜鹄鸾；酩酊髫帼，哽吃岿眈；桧逵轼嫦，娆婵皙嫣；妾憩杂莠，孀塾崛槛；曦晖赭垩，粼辚淙潺；猹猕痱磊，莞鲑婪獾。泗洱浜浃，漉浒淞滦；潍淄涪泾，洄漕浏汴；愣怦怄悻，怵忖尬尴；谛诩诳讵，诋谥讷俨；廿坨甬碣，卅沓裱缮；豕牝臾夯，獗鹬踹鹳；嗑啧咂咦，嘭嗒咋喃。疣痣鬣髦，妩嫒贻姗；璞珞琢镯，纭绮珑銮；忡忾忪恪，恣悚懵虔；嗔嘈喵噙，哞呦溏妍；摒摁搡触，歌黩踉蟠；讣诏诘谑，瞠瞟聆攥；钗铠铮镖，仨仞镗镌；泓泠泗淬，渎濡泔瀚；橛樵梏柁，楱枢栩椴；侬橹傈樽，仡弩啜剜；秣稷祀秩，孰馈馑筵；衲裕裸褛，圳坳壑龛；仃攸俸儆，冢郡侩赝。估佯侈俱，什侨啥侣，篙箔篡簇，违碛硬砾，逆遂逊迫，迁逗进迄。褪赅这廷，迢遏迭犀，刽剁剐吕，昨曝晴晰。鳍鳄吞噎，蠕龄蠢殖，它赊您予，帧聩粹既。馏凫酪膳，驮猬歇狙，禀型辖贸，胶某卦敝。仑殡衩幌，些陌皑窄，甸妥奈彤，颇竣戳契。衷辫帕耐，臻祟窿诣，率晤睦歧，甭殆厄毖。阀龋褐鞘，阉曳皱辟，呵叱咆哮，吆喝吵骂。哆嗦唠叨，叽哩哇啦，呻吼嚎啸，吭哧喊喳。嘻嚷嘿咭，嗡嘶嘹哗，哎哟哼哈，呸吻嘲啪。嗯吠啤噤，咪嗜嗤嘛，萦荀娓莜，潼汩泯汉，撳擤拎抿，绌镑绯榻。芣苡栝棹，帏幄茀篁，忝鸹踟蹰，麾傧肱笾，衡弑夨佳，肉隼揭萑，繇玺嫚獲，虒虢鼍鼋，颀颀颋颙，颡颢颧颥，蝥蘩蘡鼙，舔牖谳丐，耄耋越趄，迈澌巇澶，嫐舀艴有，絜縈綮褊，縢繄纇纛，斯泂牂埶，阏闇阛爻，畈畎畋畑，瓯匼匜匾，旒旖旎幢，旆旂旋旟，敌歔歙夿，欻䝞斫弁，皤皈麥黟，垵埯坫墦，剡矰殁魋，馗尪馘颟，黻籴鬻黉，甙飏頞象，奚奭賔亍，皕壶矗鬲，关卮鬻篙，曡巽邕卣，觞炁巯瀍，鍪赍裔窆，禹匏亵甒，弹竑舐竦，掌丞黹忝，敧厶頠彧，生冏奤顸，金驰鼻鹾，瘵疒瘃疰，痍痄疭痃，瘥疢瘐瘛，痼瘊瘼瘌，疠瘿瘘瘰，瘙瘮疴疲，痍瘖瘥瘿，癯痿痖疝，疬痳瘼疱，痎疴瘌痁，痤疔疹瘕，膪膆瘭瘵，胴脰腓臌，肓胛腽脘，腡脢脒肭，脲腩脬膻，腻膯胱腈，臛膵脞朊，腘胲脖腈，胨胍腁肷，臑胠臞膝，腽肟肸腩，膇肫腙胙，胗胝腟臁，肽脩胤腴，膂胂腧胺，腒胩膦胪，胯胈胫腱，龅龃龆龉，龇龀龂龋，盻睚眙眦，瞷瞍睃睒，睨睿眚睬，脊眚眇眄，睖瞵瞜眊，矍眍睐睆，瞋眵睇瞽，耵聒聍聃，蹽躐跂跿，蹩踣蹅躜，跐踧躄蹴，躂踔跶跣，跽踟踽跬，踝跻蹐跹，踯蹑躅跩，躞踦跖蹁，趿跆跞踒，踖跞蹜踺，蹀蹬跌跗，跸蹢踶跰，犄欤窈窕，榱桷倜傥，媪妣嬖娼，娖娣媾嫄，娵娜嫘嫠，妮媲姘媛，婺婞婴姁，妤妪嫜嬗，婼娠妁媵，嫔娉嫱嫚，婕媄嬷妺，婉姮婳嬛，娭媸謦睥，嗌哔啵嗐，咥啶哇哚，喷嘏咣嚼，嗥嘀啐嗽，嚯咕鬘嘞，噱咔訾哙，吥呗啻啴，呔嗬呃啐，哿咽嗨唵，嘍噍喈啫，唳哂哓嚯，噻嚓唢嗫，嘌嗪吣踌，哂噬嘞呲，哒呋噶躔，吽嗯喤咴，吖挈彝搴，�唛喏哌，嘲喹啕眢，呙唏噏呷，嘤喁哕胺，喤唽咤啁，嚆喙喹疳，咳嗾嗉瘢，噀咿噫嚣，嗻咮呲瘴，噚吲嗞唑，嗵哓咻疸，唠豁嚅嚏，喟叻旡瘢，啐吋嗝喈，嗳嘬噇瘢，嗄嗛讵谲，谇谂谥谵，谞诒谮谪，诇诼谘谳，诮诜谡诠，诨讦诔谟，诖诃讧谝，诶诰诟诂，谶谯谠谫，诐谔烨熠，焮烊燚烜，煜燏燠炷，熠熨焗燹，烀煳焌焜，煣熵燊烷，炆烯爔炧，烔煺炜熳，炻炱熥烃，熇烺炝焓，樗芾趯螽，沆瀣氤氲，怛痏蜾蠃，衮黼愎繇，殪兕湑兮，饕餮簋飧，捭捞摽摈，搽抻摅揞，捯扽撴搁，掴揩撝扑，擢掎挢搢，攫掮擖撺，搕搭掯扤，揆捩撸撷，攘搦抨擗，抔掊扶掼，摧擩挼掇，搦摁摅撮，搠扨拉揾，揳撷揠揲，挹撄揄挘，挓揸拃拚，搯摭抵擢，撙捽扦掮，掞掭抟挦，苾蘼茝芜，莼茈蔟芫，巫茋岩葯，莌莪苊萘，荄藁莨菰，葑莩蓇荟，苫彗藿艽，蒉茛蒗菀，藜莇茏蒌，菝蓧蒽苋，荭蒖蕻茭，蘅薨菖荚，扎荖蓠蕗，蒟莙蔷芰，茶苎蒎芃，薁莜蒡苒，萩蘘荛茌，葎蓏荦荃，艻萘茑茈，茭毪藦芡，苣苌薷蓐，苤蘋芪荨，蓓萜莛葶，蕰蓊蕹芊，薢荇茓薰，苕菽蒴蔹，菘荽荪荑，蕹葵菟荻，菥蓰芗蕈，蓥菝蒇蒹，苎蓄菹蕞，苲蓁苭苷，薏蓺茚茔，葳荕苜蘖，蒴薮蔌葎，藨萁蕤葳，茇薅萁苠，昫昣畤畹，畀町畯畲，堌埚垕垸，墣堠墉垍，垒垞坼塬，塍坻垯埭，墺埕垱塆，圪塥墼堇，垡堽垌墡，坭堋埤圮，圻埼埆埋，堠坜墹堌，垌埵垲堀，埌塄垴坜，埒垅垆埝，垯圯埸堙，埽墒垧墁，壅堉埴埻，垭垟墉墂，堞圹垴埘，坰垤粢塴，蘖糅粞粞，糇糬粝粲，糌粑糒糍，糁裼裀衫，裧裋襚襻，褦祛衽襦，裾裉裈袢，袆袺褯衿，襳裰袼裣，褙祓裎褫，衾衮襀褰，襞袆裡祐，祉裼祧袄，褉祛襛祏，裬袛褀祼，衯褅袚祲，绉纻缒缵，绠绲绗纮，绊绔纩绾，纰缥缲纴，绹绨缇纨，缊缜纼缁，缬绁缢绻，绱绶纾缌，缛缫绤缱，绺缈缃绡，缋缧缡缣，绋绂缟纥，绌绐绖缏，絁繸紃缬，縠絅缅襕，絺綀縫緺，繽帑帻帨，幛帡懈帨，幞幪帔幡，鞁鞓靰鞡，鞒鞘鞣鞴，靺鞚鞡鞃，鞲鞨鞫鞬，靼鞮靪鞥，鞁鞞鞑鞴，怊憷惙悰，悱怫怙恹，悝愦悃恨，愫惝悌忺，悒怿愔慵，怏愠慥忮，怃恓恂悛，愀怗恸惘，惛懔憹慊，邂逅悖切，惭憸憓悭，鲃鲅鲌鳊，鳔鲳鲶鳈，鳭鲷鲽鲱，鲭鲼鲥鲶，鲖鳜鲨鳇，鲞鳐鳟鲵，鲬鲉鲗鲊，鳐鲫鳙鳒，鳛鲞鳕鲟，鲃鲚鲻鲣，鲒鲳鳒鲙，鲛鲲鳓鲩，鳊鳢鲮鳖，鲅鲆鲯鳍，鳂鲔鳚鳁，鲦鲖鲀鳏，鲺鳎鲐鳀，鲭鳍鲹鳡，鸧鸥鸩鹢，鳆鲠鳑鳊，鹂鹏鹘鹖，鹱鹳鸡鲛，鹈鹭鸰鹛，鸻鹕鹪鹛，鹈鹞鸥鹭，鸭鸫鹊鸡，鹫鸷鹟鹭，鴃鹤鹍鸫，鹙鸲鸤鸸，鹍鹨鹋鹇，鹭鹚鹏鸽，鸮鸺鸴鸽，鸶鹏鹧鹨，鸨鹏鹳鹅，翚翙翕翛，翀翮翯翾，螨蝽蠹蜚，蛩蚨蜉螈，蠚螅蝼虮，蛹蛇蛱蜎，蟛蚍蜱蟔，蛴蜞蟯蝘，螣蜩螅螭，蝾蛩虬蚬，蜮蟅蛭蠋，蛸蠼蝾蟮，蛎蠡蟻蚱，蛳螋螗蚋，蚰蝣蚴蝓，蛘蠁蟫蛹，蚋蚤蝝蟏，蚧蝰蠡螨，槭樾桎螓，桤橐柝榀，榁樋橦橘，槭樯榷桡，棂栊栌鹮，机柮梾柃，栉槠楶柈，楂檠槎檫，棕柽枨橼，棰柢枓楯，椑栟杻櫶，桴榈椽栱，枋榧棻棤，椐榉槺栲，杧杪柰杷，桄椁桁檗，栳檑枥椋，楕槲槽棬，椤棑枇榀，榻檞槿檠，枘椹槊榫，檎梫檠桊，檵槚榼楗，榈枰梓桤，梼桯梃枧，杌枭柙榹，桢栀栩檥，杼棁椽槜，驵骘骓桉，骛骧骍骃，骦骕騠骗，骒骙骕驽，骅騜駃騞，駊骢騑騧，羖羝羕羱，羝羖羯羟，牣牾牸犙，犋牤牻犏，犨犄犏牷，䶃豨鼷鼬，鼩鼫鼧鼬，鼢鼶豭鼱，鼣鼯獉鼹，狖狳貐狁，獯猰猄猃，猥狎猇獬，犰狨猹狝，獏猱猊狉，犸猬獴狻，獍狯猁猡，狒猹猄狷，獒狴箝篑，篚笹簰笄，籧箸筵筲，篨笃簦箍，篪篼篚箙，笞笸篌篼，笭箓箧篋，箨箬簃筅，笊箍箸笫，篡篢簉箄，箆笥篋籥，箦箐筇筌，筥箜笏筯，篁笳筊箭，箅篦篰笏，筚锛镧箪，镳镔镈钚，钯镝锦钻，镄鈇钆锆，铋铺镲钽，铳锴锝锰，铖镦锇锬，钴锢锽镄，铬锪钬鐠，钶锞锟镴，钪铼鎯镝，鐍镙锎锴，钫镉镬铨，镓铗铰锔，锒铹铑钎，铓锎镁钔，镥锊镆镘，钜镤锴锖，锫鈚铍镧，镕铷铯铩，铌镍钕锩，镠锍鑪镎，钌锘钋铜，钛铴锐钺，锓铈鉥镮，镒镱铟镛，铢鐯镃锾，铚锧镏镞，铕钰锗钒，铏鍜钖锨，钘铱钇钿，鑰钍铊铻，锼锑铤镩，锂铍镊锶，锕镩锝鑱，轶轸轵轾，辋辒轺鋋，轹辌辂轫，轱辊珲辁，辏轪轭饫，馐馌饔饭，馀饩飨饧，馕饦侬馔，馃饸饺饹，饾饳馉餍，馎馇饬饤，餲饽洵馓，瀌浡涔湷，溤泚汈湲，潩沨溢滆，潒洸澜沅，潉湟潢滉，湎渍濠滟，沲淏滈湏，漟滹溷泫，湝浘泂沟，濾湓浍潃，澧浚溇泺，洺溟淖湮，浖澼洴澘，潡湣淏汍，洭涞濑泐，浲漭泖湉，滑湝汔溱，汭澉澔潸，涑溻溚汰，沩洧澮汧，澌澙滃洨，泇溽滠湎，沭澍澌涘，涞湜溲潋，涴潕浠渫，溆洫浔溇，溦渫滢濙，溠浈泜瀍，潴渚涿浞，潝泇漪漶，浥泆湇澒，泱潏瀹湔，潞溴渻沚，澗澥湁澴，溏洮渟潡，潮涠浼洹，沘稹稙秭，秾稔穑洽，稖稃穄秬，穇稗苹涫，鞣帱舣鲞，鞴鞧舣艒，舾艅舴舳，舻艨艋舨，煲焯熄炟，艚艟艎鞯，侪麃麀麇，麈麑孖孱，孢孥飘飔，飑飓飕飐，耔耖耞耠，耪耨耧戋，耦耩耜耰，耱耱耢舰，觖觚觥觫，觯觿觳戗，罂罄罇罍，厃蒧齿窝，赪赯魃魊，魈魋魍忭，銎銮鋈鏊，鏊鋈鐾鐜，雩雰雺䨅，霂霈雪浐，霡霪罘霾，罠罹罽罨，岙盉盦盩，篚盬罟罝，罾瓯瓿瓻，甃甍甍甗，迒迓迍迨，逡逖逴逭，逋逦逑遑，遘遝遢遄，邋迦罘罱，遴遹遽邅，髦髻鬃髭，鬋鬏鬐鬘，鬓鬟鬟鬙，觊觎觐觑，觇觌觑觇，戥戤戕戬，砗碜砀磴，磜碇硐磡，砜硌磙砉，砹碚碓硷，礴硇砮碶，磉砷礌矸，硪矽硒硖，磹磔硅碥，硙碨硎砑，磦砼砣砭，礞碛硗硚，砺硇碴燔，硁砣砬礌，矶礓砢煅，碹磝砘硫，磻赒赀坩，赟篑赜赞，赪赇贳赕，赗赙赆赍，玙瑀璪瓒，璁珰玎珥，璟玦珏瑗，珉玭琪玘，瑭珽玮瑄，玡瑒珧璎，琫玢琤琬，珩璜珈玠，珙琎珺琏，珅瓖琇珣，玱璆瑢瑊，珐珂琨璘，璈琲琮璀，瑷氰氤氲，氪氛氕氙，氘氡氦骰，髃髎髑骱，骶骺髁骼，崀嶅嵖巘，巕嵝峁嵋，巆嵲屺崦，嶍峃岈峣，岬峧峤岘，崮崞岵嵴，岨崌岢岍，崴嵬嶲巇，嵫崒岞峲，峄崟嵎嵛，岩岭巉玕，峻猑嵚崃，峋崆崃巉，嵯嶝嶓岽，岜嶓嶒氚，吞罂晳晬，晔昱昀晅，曛旸曜暍，暾晞昕暹，昴暝晵曈，昒暌晃晗，昳昉晒暤，郚阢陉阼，郏郿隈郠，郯郫陴鄹，鄠隍隳阽，鄄鄘陔郃，陛邠鄚阪，陂酯酎醊，醨醴醽酽，醚醵醅酦，酴酡醑酰，酞醄醍醃，酕酺醽醛，醵醌酹醁，醢醐醮酐，酲酢酚酤，懕愁醭酰，恁恧忒懑，恝懋愍偲，憨懿恚惎，劁怼劂惢，刳劁剜劓，封剟荆划，刭刿剀刳，刖厔厥靥，徜徛徯衎，殁殂殒殛，殨殣殢殚，尻屃屙屣，屦屩屧孱，傺俶佽僜，偲偈傢偃，傕怍倥侉，儸侔俳倓，俅傈侹僮，俜佁伫佺，伛俣倬偬，郇佚侑僭，偒偓傒僖，倮伾仳儋，倨伆偻僇，伧侘偾佝，怦俵偲魇，軥驪驢驩，覝覼靓觃，斝斠敓敉，敔敩夐笕，氆氄氍氇，毹氅氇毵，毪韨韪韫，韨韛鞲芊，庀庋庑庥，庤庳庼廛，庾庼廙廨，黟黢黥黯，黠闬闶闹，闾闼阘阛，阚阓阆阇，阊阌阋阒，阈阕阓阖，阛宄宕裥，宬宸寋寮，扉戾扃扊，扅劢劬劭，劾劼勔勐，勐勍勖勚，勷篸爇蕝，囟囮困囿，圊圐圙团，宨穹窅穿，窣窭窨窆，弨弶彀彍，窳窸窹窾，窬窳罯耆，謦謋謦谵，异毂檬炭。枤枸枵椆，枸榏梦掁，谚诹谇讻，怡惴恺惓，嘞呖嗟啉，僬倞僦疍，徕徉徂昇，

哺螬臺陬，亳螯文黇，曷歠欻欷，揎掾战完。彝倭傈侗，浙郸粤陕，津冀沪辽，陇蜀赣黔；徽鄂滇渝，翌答轩辕。

怎么叫姓，聂路况袁；朱许巩邓，彭姚厉韩；崔胡贾郑，苏殷寇谭；萧任尚付，仇沈庞潘；

郭吴赵魏，欧傅肖樊；甄毋襄皋，狄赖稽蒯；勾朗韦甫，邱邵泌阮；巴巫尤虞，穆倪莫卞；赫闰嘎韧，滁尹籍詹；薛尉於辜，藩茹蔼冼；曾蒋曹窦，丛霍娄箴；靳鲍淳裴，邹柯湛晏；汝汲慎卢，禄夷牟官；岑沛奎裘，欣翟丞冉；黎葛济肇，郦蔺雍菅；恽荫邢佘，费咎已覃；邸乜滕杭，佼仰钊谏；第硕毓邝，廖闾瞿缅，佟可蹉温，臧谰巅渲。訾爰鳣陟，霭敖鳌骜，灞蒡孛谙，邶贲鬈郯，赑薜杓铵，骠婊髌邴，铂卟姹犴，侪蚤菖苌，昶刨晁坂，郴谌蚩茌，墀敕瘳篙，雔杵楮褚，黜茨苁舛，琮毳厝妲，笪岱氐钏，碑荻籴碲，棣嗲铫余，峒钭芏惇，沌铎锷莒，铒佴邡淝，棐斐沣啖，伕茯洑郛，苻菔旮澮，尕垓罡杲，郜阁鬲播，舸哏艮亘，赓缑芶梵，笱夬犷邽，妫氿晷澉，炅呙铪郝，鄗颢灏旰，菏盍訇闳，郈轷斛绀，扈蕙玑芨，乩笄赍湓，嵇蕳畿墼，罽彶岌邗，笈佶姞蒺，楫戢蕺邯，藉芰洎暨，蓟葭郏阚，茳绛姣芈，湫敫徼菡，沓荩妗缙，婧柏鹫撤，苴雎琚莒，轲蔻蒯郇，郤夼贶隗，夔髡蛞桓，稂醪嫪俚，溧飈苓缳，鄙蹓骝镏，鹖鹨泷浣，甪渌逯潞，雒祃邙蹇，茆郿祢縻，弭宓邈謇，缪缗旻闵，黾茗貊濂，钼鼐曩鹏，陧臬蘖楝，狃耨傩眭，逄榜溢栾，丕邳貔甓，嫖裒莆缦，濮溥亓蕲，岐淇骐泮，綦琦锜俟，耆棨谯骈，郄骎芩苘，佉邛楸骞，酋遒糗诎，麹朐蕖钤，璩蘧衢炔，阙阕穰剡，萁礽芮殇，蛸厍莘钐，晟浉蓍莳，奭殳姝鄯，汜耜稣夙，绥桫邰郯，骀枭仝茼，酮荼庹菟，圩汶渥邬，浯仵歹绿，郗奚樨醯，禧葸郤霰，舄庠枭筱，缌薤燮萱，忻歆镡荥，芎貅岫煊，盱胥顼繻，揎娅鞅谖，炀徭揶宸，乂弋佾偎，羿翳訚鄞，赢瀛郢禤，颍鄘猷宥，纡萸圉铉，庾聿鹭玥，钺沄郧鄖，郓甾奘迮，笮缯锃闼，甑鄣獐仉，褶柘祯闫，钲祗郅帙，彘郏茱兖，洙竺翥龠，禚濯鹡琰，爨迩蕃旃，鲂虢昊祜，奂虺颛颛，廪蒌祁觞，姒驷罔焱，隰遐璇郾，芷驺鄹祚，俾俦趱錾，弁娈全昝。

作者是谁？杨教授义先！

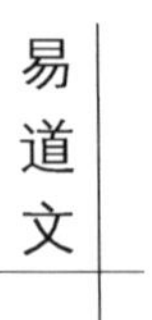

易道文

“易道文”名称的灵感来自著名书法家马宝善先生发明的“似反非反”的易道书法，即“易道字”。有“字”后，便出现了“文”。这自然也就联想到：有“易道字”后，就该有“易道文”了！中华文化源于《易经》，成于《老子》(道德经)，从它们中各取一字，就组成了“易道文”的名称，严格来说，易道文有如下定义。

定义：如果某篇文章同时满足如下两个条件，那么，它就称为易道文。

条件 1 (定量条件)：文中的每个汉字，只能出现一次，即，不能重复出现；

条件 2 (定性条件)：文章读起来必须有“道”的感觉，即，它具“无形之形，无象之象，恍恍惚惚；迎面不见其首，随之不见其后”的感觉。

根据上述定义，到目前为止，历史上最符合定性条件 2 的文章是著名的《千字文》和现代作者郭保华教授撰写的《中华字经》。但是，非常遗憾，这两篇文章都不严格满足定量条件 1，因为，其中都或多或少地出现了重复字。还好，本章的前面几节中，我们借助机器算法，分别把它们改造成了严格满足常量条件 1 的易道文。历史上，最符合定量条件 1 的文章，是著名的《百家姓》(赵钱孙李……)，但是，这篇文章显然不满足定性条件 2，因为，它甚至根本就没有明确的含义，而且，也不可能将其改造成易道文。当然，本章前面几节中介绍的各种千字文，都是同时严格满足条件 1 和条件 2 的易道文。

易道文存在性的基础是第 1 章中的字典猜想，即，对任何一个自然汉字集，都可以仅仅使用置换运算，对集合中的汉字进行移位，就能将其变成一篇易道文。

最近我们开发完成了一套机器算法，已经可以比较有效地协助撰写各种易道文了。下面就是一篇以《小学生标准字典》的全部 4 523 个字为“自然字集”，排列而成的易道文。大家可以重点感受一下此文的定性条件 2，因为定量条件 1 是绝对满足的。

用《小学生标准字典》全部 4 523 字生成的易道文如下。

古文观止：天地玄黄，宇宙洪荒；日月盈昃，辰宿列张；寒来暑往，秋收冬藏；遗闰成岁，律吕调阳；云腾致雨，露结为霜；金生丽水，玉出昆冈；剑号巨缶，珠称夜光；果珍李蕨，菜重芥姜；海咸河淡，鳞潜羽翔；龙师火帝，鸟官人皇；始制婵妃，乃服衣裳；推位让国，有虞陶唐；吊民伐罪，周戡殷汤；坐朝问道，垂拱平章；爱育黎首，臣伏戎羌；喽啰一体，率宾归王；鸣凤在竹，白驹食场；化被草木，赖及万方；盖此身发，四大五常；恭惟鞠养，岂敢毁伤；女慕贞洁，男效才良；知过必改，得能莫忘；俨谈彼短，靡恃己长；信使可复，器欲难量；墨悲丝染，诗赞羔羊。景行维贤，克念净圣；德建名立；形端表正；空谷传声，虚堂习听；祸因恶积，福缘善庆；尺璧非宝，寸阴噌竞；资父事君，曰严与敬；孝当竭力，忠则尽命；临深履薄，怵兴温冷；似兰斯馨，如松之盛；川流不息，渊澄取映；暧容若思，言辞安定；笃初诚美，慎终宜令；荣业所基，籍甚无竟；学优登仕；摄职从政，存以甘棠，去而益咏。乐殊贵贱，礼别尊卑；上和下睦，夫唱妇随；外受傅训，入奉母仪；诸姑伯叔，犹儿比子；孔怀兄弟，同气连枝。交友投分，切磨箴规；仁慈隐恻，造次弗离；忾节廉退，颠沛匪亏；性静情逸，心动神疲；守真志满，逐物意移；坚持雅操，好爵自咩；都邑华夏，东西二京；背渑面洛，浮渭据泾；宫殿盘郁，楼鹂飞惊；图写禽兽，画彩仙灵；丙舍傍启，甲帐对菁；肆筵设席，鼓瑟吹笙；升阶纳朕，袂转疑星；右通广内，左达承明；既集坟典，亦聚群英；杜稿钟隶，漆书壁瑾；府罗将相，路侠槐卿；户封八县，家给千兵；高冠陪辇，驱辘振缨；世禄侈富，车驾肥轻；策功茂实，勒碑刻铭；沔溪伊尹，佐时阿衡；奄宅曲阜，微旦孰营；俎公匡合，济弱扶倾；绮回汉惠，说感武丁；娓俊密勿，多士憩宁；晋楚更霸；赵魏困横；假途灭窠，践土会盟；何遵约法，韩弊烦刑；起翦颇牧，用军最精；宣威沙漠，驰誉丹青；九州禹迹，百郡秦并；岳宗岿泰，禅主楠亭；雁门紫塞，鸡田赤城；洱池碣石，野鹭洞庭；旷远绵汴，礴岩杳冥；治本于农，务苜稼樵；载豇南亩，我艺黍稷；税熟贡新，忐忑劝赏；孟伢敦素，史鱼秉直；庶几中庸，劳谦谨诏；聆音察理，鉴貌辨色；贻痨嘉谏，勉其松植；省躬讥诫，宠增抗极；殆辱近耻，林皋幸即；两疏见机，解组鏖逼；索居闲处，沉默寂寥；寻求论咎，散虑逍遥；欣奏累遣，喧谢欢招；渠荷的历，园莽抽条；晚翠莴苣，梧桐蚤凋；陈根委翳，落叶飘摇；游鹍独运，凌摩穹霄；耽读玩市，寓目囊箱；易輶攸畏，属耳垣墙；具膳餐饭，适口充肠；饱饫烹宰，饥厌糟糠；亲戚故旧，老少异粮；妾御绩纺，侍巾帷房；娆扇椭圆，银烛鑫煌；昼眠夕寐，蓝笋象床；弦歌酒宴，接杯讴举；矫手顿足，悦豫且康；嫡后嗣续，祭祀烝尝；稽颡再拜，悚惧恐惶；笺牒简要，顾答审详；骸垢想浴，执热愿凉；驴骡犊特，骇跃超嫱；诛斩贼盗，捕获叛亡；布射僚丸，嵇琴阮啸；恬笔伦纸，钧巧任钓；释纷利俗，伉俪佳妙；毛施淑姿，工颦妍笑；年矢每催，曦晖朗骁；煦旭悬斡，晦魄环照；指薪修龛，袈裟永吉；矩步引领，俯仰廊庙；束带矜庄，徘徊瞻眺；孤陋寡闻，愚蒙等诮；谓语助仄，焉哉乎也。

现代字经：乾坤曚序，斗柄亮航。风雪黑舞，电闪雷响。倏嘎霆兢，晨雾雹降。虹霓霞辉，嶙峋粼疆。蹉跎应候，陆漂沧桑。咯嘣喀嚓，板块碰撞。砥山巍峨，湖泊荡漾。鹁鸪嗷春，岛撒汪洋。漕汉冰冻，坳垩沃壤。蚝蜊濡蜃，豉蛏廿镑。稽丰树森，泓泗沱滂。恍惚趔趄，尴尬哐啷。幻显走滩，境态踉跄。褛褴忸怩，幽渺著彰。酩酊夯嗒，厮哝咄瞠。嘭噔飙钗，喔唷噼镗。颏颔囫囵，依娄哽诓。漉凝浓缩，质黏固强。唯众恒谐，反柔趋刚。姨舅蹒跚，没齿爹娘。妯娌姐妹，侄闺互访。梦忆襁褓，妻哺苗壮。隔屋邻朋，遇嘈忖谅。铲轮尥蹶，辍危亟帮。痞擤龌龊，矬婆踹郎。蛄蝼杂荟，疖妞嗔伥。螯蠓蜥蜴，蜢蚱蟑螂。阑泌很馊，种豕魍魉。孑孓沓蝮，炎痱娃涎。嗑睾虻蛊，猝袭臃胱。蛲蚶衄瘀，冢豸蛐螳。獠鬣桀纣，商侯各邦。娲燧羲吒，尧舜轼嫦。熹乜孬桧，赡权刘项。黝柩骷髅，元赳宋僵。太祖塾辎，完颜驻舫。膑割傈峙，瑜刈畲乱。隋邸腐朽，亨忤桥变。崇丧边卫，清关鼎防。鸦片战争，恣占香港。戊戌谑诩，谕泯弩放。辛亥峥嵘，迥崛社党。粉碎侏倭，台湾靖畅。孙咛联共，红革飓亢。卓医扁鹊，鲁班佼匠。犁域针灸，帖疗术狂。蔡毕硝药，儒聊三厢。楷篆词赋，匾砚楣榜。琵琶戏剧，镂锣铿锵。唢呐呜咽，卧笛悠扬。箫筝奔奋，骏骊鸿昂。荆浩蓼庐，董源潇湘。寺阁皓窟，丈室绿窗。凡尔赛墓，姬陵塔状。虎符越镫，马俑璞葬。瑛翡琥珀，希腊塑像。铜骨缕纱，镌殓伟创。瓷黯瓮瓶，绸熨他乡。闩爿蓬槛，墅栋雕梁。蹍踏赭院，影屏幕障。纭尘藻井，篱笆柱桩。舷舵踮靠，凭栏瞭望。崖巅峭壑，峰峦叠嶂。湍急汩瀑，峡沟涧淌。涪潭堰坝，沼泽泥塘。礁屿江涛，漩涡波浪。汹涌澎湃，灾涝汛涨。椿榆梅桦，柏寿柳苍。芭蕉蒲藓，斑篾[illegible]筐。梓柞椴柁，杉桂榕樟。斋扉紧闭，栅苑濒旁。蕴蒂荚芯，蓓蕾琳琅。坪埔莱茵，菲窥坞坊。蔷薇菊翩，莜莠蔚茫。花季奇卉，昽昽艳秧。泉喷岚罩，淙潺芬芳。谛鹃泣血，芙蓉迪祥。茉莉萃馥，玫瑰刺芒。茴椒芹葵，瓜皮辣酱。葱蒜韭蔬，葫芦瓢瓤。番茄蘑菇，肴膏米粱。溢旨酶汁，葡萄琼浆。芸苔莓芋，乳蛋醇酿。碘盐醋液，脆卜甜糖。桃杏柿椰，味鲜舌爽。菠萝柑橘，橄榄槟榔。柚橙桔榴，荔栗栖凰。蟠饵蚯蚓，蠕虫蚂蟥。蝌蚪摆尾，蜜蜂穿忙。鸥莺燕雀，蝴蝶鸳鸯。鲤鲫鲇鲸，喱螺蛙螃。蚜蛾蝉蛹，龟卵翼蝗，蚊蝇鼠蚁，蛇蝎鳝蟒。蜈蚣毒腺，蟋蟀蹬闯，鹿狈狐狸，熊豹豺狼。猿啼猴吱，鸵孵獭躺。蜻蜓噗翅，鸠鹏栩膀。蜘蛛牵补，蛊煨冽蚌。蝙蝠攀梢，鹦鹉渴饮；鹌鹑蛤蟆，雏猩智品，噢咧猢狲，韧茹蛀蛉。鲵鳅遛匿，蜷鳗貉羚。牝哞鹳呱，戛鹗鱿喑。鲥蛟鲨豚，睡狮渐醒。雌牡鲑鲢，鲈泻潮泗。猕崽牯犍，玳瑁麒麟。砂舟骆驼，鹧鸪鹞喻。麝貂鹬蛔，狍鸢豢抿。骥毽迅捷，麋獾猹馑。馄饨庖脍，梨枣楂苹。玖久顺茶，咖啡递迎。记忌狠猛，戒贪稳进。褒贬惩罚，刃斧须撤。纪末总揽，监视统拎。六七害螟，依谋熄零。谄媚狡猾，敏慧兼颖。势突逢险，赈消救荧。梯度吏饷，宏昌兆繁。纯朴宽厚，耿肃襟袒。糊涂皆昧，懈怠惰懒。韬丞儆莅，侩弼姚婉。赝珞偌铮，杰雄健悍；琢镯佗樽，骄奢傲慢。睹猜诡秘，羞涩拘缄。拙笨碌耶，至聪烈偏。货币帛钞，亚企财盼。幂加匀乘，憧憬贷款。抵押拆借，股票债券。储蓄倍计，循例停产。销售买卖，剩余差算。毅勇开厂，价值均钱。博赌输赢，虽赚喜减。供需拒客，跌赔疯癫。蔽休攘夺，穷绝嚣喧。消燥萌芽，怯懦忧涣。筏渡倚晓，讲趣把盏。滴碧镶眸，秀眉斜弯。乌臀双坠，酥胸腰间。魅鼻单翘，舒额腮胭。娑腿负躯，弓脚婷站。纤藕挚臂，软颈削肩。绯颌妩腚，皙嫒脂嫣。姗骼啾颚，黛籁樱含。袅锦饰佩，缤绫绣缎。透彻沐净，梳妆乔扮。雯迷眼睛，眈瞟娥宛。帼髦皎迤，靛簪簌銮。挥毫绎就，抒句颂叹。菩萨寞了，僧尼觐虔。弥陀赏悟，佛融耀莲。痂癖苦恼，跪向褡裢。辩证殄邪，保佑姻李。试管培婴，裁判探案。莎翁托佬，霏寰璀璨。细胞速冷，脱氧核酸。脉冲数码，激辐格段。程控话讯，网络点线。洲际测距，贫铀导弹。辚珑戍闾，艇侧系箭。捆绑辆座，赎还污舰。讣届阂丘，牦牛识坦。鹄瓴淬瑕，徇岭彗鸾。菱锥棱角，凸凹顶尖。竖撇捺折，隆擘纂范。奥技十球，淘汰筛选。跨跑垒排，蹦跳撑竿。铁饼标枪，弧舢驶帆。锁链杠铃，摔跤击拳。刀锤棍棒，钩爪杖鞭。郊区原署，村镇屯店。拉耙耕耘，垦播搅拌。畜粪灌溉，柴棚炊烟。膜压窖湿，渔猎驳船。嫁插攻磷，穴浇尿氮。稻麦豆苗，蓖麻薯棉。粟苞芝麸，秫秸橛秆。菅籼莩荠，瓠蓑蔗豌。埂堤垄畦，荞秕稞旱。禾穗粽枞，蔓附藤缠。陲棕柠檬，枫棵麓檀。颗粒籽秣，株蕊茎秆。杞榻篝梏，楦橱膳饯。剪丫打杈，灰埋屎浅。猪仔啃坡，狗犬护岸。春厩罕鬃，驯罴乍唤。虾鳖蹼鸭，猫兔鹅蚕。旋绕鹰鸽，哀鹤仃圈。镢铠铧锲，扎寨陡滦。疣痣仫仡，胼皴逶遢。淞浜羸艄，瘠浃醺髯。刍葆霖茸，嵩坨睽缮。触犟蓦瞑，佻侃忽剜。帅旗挺拔，待戈阅演。磐踞较劲，擎帜呼喊。伪装跟踪，抱枕遮掩。挎锐披戟，哨岗旌篮。靶轰卅仞，稍纵瞬暂。趁却骚扰，骋舆驭倌。谍报频渗，构筑壕堑。耗损酬饲，搡挡阻拦。擒敌破阵，盔甩烬焰。围追堵截，狩剿全歼。崭旅另召，衰蜕派返。但卸焚址，筹织备员，咀嚼鄱蟹，剂焙绌卷。饪蜇膺膈，擞鳃督煸。凯摧碉堡，拥挤逃窜。俘虏缴械，胜败前沿。死奠魂寝，裹尸闹棺。活着祈祷，牺牲殉惨。蔼部遭逝，枉涕泪然。彪炳衔册，炫烁灿烂。狱牢禁卒，肯否司宪。哭诉颁奖，屈讼伸冤。允敞矛盾，抚恤申签。馈宦贿赂，昭划界限。诅咒吓唬，挑衅侮谩。淀滤猖浊，剖层剥茧。谀讽诽谤，浑噩撤验。朦胧伎俩，仍留隙嫌。斟酌掺谎，包庇捂瞒。妨碍侦查，怂恿叵检。陨堕棘阱，殃萦祠眷。妖魔鬼怪，凶煞酷阎，歹徒坏类，狰狞嘴脸。豪阔犯科，缉拿协办。唆拐孩提，劫窃孕残。烧杀抢掠，栽赃诬陷。虐淫昵妓，搜刮懿彦。蹂躏炙鬓，痞劣刁蛮。屠戮暴毙，敲诈欺骗。氓绅诱瘾，倒置昏暗。婢奴躲避，怨斥责谴。殴架滋酗，逮魁奕顽。偷漏冒坑，妄贩募捐。秽砟泛滥，剃囚拷奸。饶恕征敛，傀儡敷衍。镣铐铛呦，囹圄悔忏，匆慌失措，徐踱圃团。侥悻踌躇，彷徨怖添。剽末摒砝，期告赦免。黧材伽衲，裨蹑忡鳖。窘焦愁绪，沦颓苟喘。硕虱蛆蛔，茅厕臭便。钾钠钙铝，锌钢锡铅。硼汞硅硫，钡苯锰碳。氯氢氟汽，钨镭砒泔。腔膛脏腑，脾肾髓胆，唇嗓喉咙，颐臆腹腆。肛胯脐趾，膝颅眶睑，肪膘冗赘，颧颊铄嵌。憨傻痴呆，聋哑瘫痪，疙瘩痘疹，脓疮秃癣。霉肤搔痒，疤痕愈痊，痈疽痔痢，瘸挤脖腕。瘴瘪痹瘸，瘁疟瞌鼾，胳膊腋弛，瘀肢抖颤。胃胰溃疡，筋肌痉挛，胁肋疼痛，腭龈菌沾。艾滋侵略，岷哥惫倦。肿瘤癌症，瘟疫黩诞。警惕疾病，诊恙预患。雇佣嫦姆，仆役聘换。仨街采购，磅秤肉馅，掌勺炉灶，料堆厨馆。溜炸熏烤，炖煮卤腌，烘焙烙炕，烩炒灼涮。焖爆燎烫，笼蒸熬煎，烽焕泼沥，酝酵醉酣。荤腥肺脯，滑嫩肚肝。粳糕馍饺，稀稠糯黏，糜费羹粥，油浸饴馒。饿择粗糙，润肘迈艰。钥匙纽扣，兜屉袋帘。盒套柜砻，瓦罐盂痰。牙缸皂梂，磬碟筷碗。咫幔靴帽，整齐挂拴，壶锅盆桶，皿匣圳坛。笤帚垃圾，矿蛰碱矾，夹裆袄袍，篓臼灯伞。钵钮阄琛，叉镖橱镰，乒乓晃瞳，缰绳磕绊。珊瑚贝壳，玛瑙煤炭，泡沫膨胀，蒿苇飒冕。漯浒扩埠，租赁畴佃。郦享彬斌，胄裔娟隽，雉翎勃愣，婀娜熙曼。舱釜锈蚀，釉铆剔焊，誊蜡印刷，趸赠寄件。琐屑账簿，注裱赐翰，棋牌弈拼，衙巷蜍蟾。乞丐住讨，叼吃腻馋。库仓巡逻，翱峪邃瞰。鞍骑骤遁，刹那摁莞，坎坷崎岖，岔径蜿蜒。蜗般橹闸，逾轨辙辗。逛遨獗峻，霹雳臾侃。厦幢崩塌，窑庵囤填，廓礴磊覆，箍垮隧涵。淮泄滞沽，浦溅汀澜，泅泳涉滔，渤澳浚涎。驿舶豁缺，桅桨歪坍，兀巢禺囱，畸柩裂檐。泸涯涸枯，淤础溺淹。荀淆葩甬，诋诘确断。翻译荐课，考究钻研。决错搁误，编辑校勘。贮汇篇页，谜惑梗概。专题版刊，普遍浏览。函恋私已，配偶婚胭。做媒介绍，娇媳茜斓。槌簧铙钹，轿娶暮串。炮震弄里，喇叭叙延。族姥婶婿，逞送贴柬。赶赴邀请，觅述迟缓。扭捏局促，仲甥嫉羡。叟嫂咨询，叮嘱徙迁。伙伴参议，吾你她俺。爸妈恩准，爷奶批咱。俏姊模样，镜示展倩。祝贺钦们，纶裙贯衫。伶俐戴圭，混绒絮缅。呈诺献勋，弘誓牍删。或妊胚胎，呕吐娩嬉。幼稚早窍，头脑要练。噪晌叩框，浴娱沸燃。辈份低矮，继孳妒娴。壹贰摹仿，第叁韵底，伍渲描绘，柒捌譬喻。吟啧倡哦，夸评毓呓。胖瘦小囡，嗅舔吮吸，呀啊哪孥，喂哄乖谧。诵认竽谱，炽汗淋漓。孜挚倔犟，摸爬滚蹊。韶努宵馁，半脊裸屁。洒扫除厅，擦抹桌椅，墩窒蹈凳，晶莹玻璃。锯锉凿刨，钝锹锋匕，锹锄镐铲，箩纹簸箕。鞋袜衬裤，缝纫缀洗，毡垫毯褥，晾晒该替。匮欠勤诀，谆诲磋肄。肮袱褂渍，挽袖析涤。渣滓臊畔，废粕丢弃。铺篷渎泵，氽筒啜唧。暇疵兑玷，吝啬阐惜。夭午酉巳，寅卯丑乙。嘘喵呗嗖，吧吗吁呢，庚壬癸矣，干支今昔。斤又到吨，拾佰仟亿。轴幅艘瓣，枚朵茬匹。矗耸屹咦，怎么砌级。只秒俄顷，霎朔旺汐。队档励辅，仗式趟隅。萎紊憔悴，疚歉咋抑，怜悯惭愧，窝暖怆凄。慷慨愉快，狭隘惆怅，愤怒憎恨，憋闷嘟囔。掏挖抠掘，担抬扛搬，揪掐卡握，抡劈拧扳。搓揉揩拭，拂撩拖拽，捅挟搂括，拓扑撬掀，扪掬搌捋，拮摺劐擀。抄捞撮捧，摘揭抓拣。擂捣捶砸，抛扔掷撰。拍揣拢扯，扒拨挠捡，挪搭挨掖，挣拽搏栓。搀夯碾轧，撅搪携捻。扼拈援拄，拯挫拗按。摊撵捎找，摞搞掉捍，掇搐抉撕，揍拟拇擅。掂掂挞攒，擞掣掰撼。钉键铣锚，钳锭镀锻，煽铡炯镊，熔铸冶炼。跷踊跛踩，踢踩踢蹿，趴蹲躁踵，蹭蹄跋昙。眯睫盹瞪，睁睬噜喃。盯瞧瞅瞄，盲瞎眨看。瞥瞩央未，晕曙炬眩，憾讶讳谬，谒订讹谚。谄谊诧讷，谰诙讫谗。堪坯砖碴，砰砧磁砍。苛萍盎萤，掳藐蔑蔫。芜茸芍蘸，揖缚绞缆。纲综纬绰，绢绦绷绽。绚纠缭缔，吡澈沮漫。澡溯沤沁，溶涅漱瀚。滨泞淳沏，漳洼洄涟。潦凑凛冽，怔怕懂惋。怄悼忱悸，悄怡惬惮。惺愕恢懊，怦恰慑惯，忍恳惹慰，惘忿鄙惦。枷檄橇檩，椎札梭椽，栎槁枳荸，屐笠畚苫，楔梆楞榨，榛橡槽栈。璋瑞琉玲，乏瑶屡阡，假偿倘僻，仅伺副俭。估佯俱偕，什侨侣覃，篙箔篡簇，够氛由氨。埃垠垛墟，违碛硬砾，逆遂逊迫，迁逗迸迄。褪赅这廷，迢遏迭犀，刽剁剐舀，昨曝晴晰。鳍鳄吞噎，孺龄蠢殖。它赊您予，帧聩粹悉。馏凫熘酪，驮猬歇狙，禀型辖贸，葛某卦敝。仑殡衩幌，些陌皑窄，甸妥奈彤，竣辄戳契。阀龋褐鞘，阉曳皱辟。衷辫帕耐，臻祟窿诣，晤翌录歧，甭犒厄崧。呵叱咆哮，吆喝吵骂；吩咐嘀咕，叽哩哇啦；哆嗦唠叨，吭哧喊喳；呻叫吼嚎，嗡嘶嘹哗；啮喋咂咬，咚呛唉哈；唾咳啄嗽，哎哟哼哈；嘻嚷嘿咭，呸吻嘲啪；嗯吠啤噤，咪嗜嗤嘛。津冀沪辽，浙闽粤陕；徽鄂滇渝，陇蜀赣黔；彝傣傈佤，侗汾滁皖；潍淄崂潼，胶趵沂汕。

姓氏童谣：曾蒋曹窦，哲聂况袁。朱许巩邓，彭於厉郸，个厘旬捉，仇沈庞潘，崔胡贾郑，罢苏寇谭。萧尚裴付，佘欧肖樊，龚靳鲍雍，吴翟蔺冉。勾韦甫稽，冯夷佟冼，丛霍娄狄，甄毋襄詹，岑奎裘赫，邝穆倪卞。薛尉杭汝，邹瞿俞晏，荫邢牟肇，郸邱邵藩，巴巫尤汲。辜卢柯湛，郭廖孚恪，逵滕幺秩，裕钊轩辕。

作者是谁？北邮教授杨义先。

读者朋友们，怎么样，当读完上节的“易道文”后，是不是有“道”的感觉了?！对了，我还想解释一下，为什么要把过去叫“千字文”的文章改名为“易道文”，因为，“易道文”不一定只是“千字”，既可能是数十字、数百字、数千字甚至上万字。如果把它们都叫“千字”，显然不严谨。还有一点需要强调：上面的那个“易道文”的难度远远大于现有的所有其他易道文，因为，它是“指哪打哪”的易道文，它事先限定了字集（《小学生标准字典》的全部 4 523 个字。一个字不多，一个字不少），如此一来，其难度就大大增加了。若非借助机器算法，单凭人力是很难做出来的；当然，对事先限定字集的“易道文”，目前还需要人工辅助。

下面我们将放弃“事先锁定字集”的要求，撰写“打哪指哪”的易道文，这时就完全可以由机器自动完成，不必人工干预了。比如，下面这篇易道文就是由机器在几秒内，完全自动生成的，而且，其文学水平也还基本能够接受了。

首篇完全由机器自动生成的易道文：

作者杨义先，佳句染华笺；瑞锦送麒麟，念昔挥毫端。
启闭八窗牖，伏枕寄宾馆；绣段装檐额，巾拂那关眼。
祇看座右铭，论材愧杞楠；旅食岁峥嵘，餐霞漱瑶泉。
张目视寇雠，凛欲冲儒冠；圣心颇虚伫，飘飘搏击便。
惆怅难再述，数州消息断；此意竟萧条，里巷亦呜咽。
针灸阻朋曹，药饵憎加减；炉存火似红，穷年忧黎元。
奉诏令参谋，多秉辅佐权；敢辞茅苇漏，邦家用祀典。
直讶杉松冷，夜隔孝廉船；枫栝隐奔峭，昆仑崆峒颠。
入村樵径引，李邕求识面；俎豆腐膻肉，芝兰迭玙璠。
推迁孟母邻，洒翰银钩连；履险颜益厚，市暨瀼西巅。
凄怆郇瑕色，白头搔更短；骨惊畏曩哲，尚错雄鸣管。
信宿游衍阒，沐浴休玉堂；又爱从禽乐，吹箫间笙簧。
风起春城暮，神其思降祥；乔木澄稀影，群仙夹翱翔。
江边踏青罢，漾舟清光旁；溪喧獭趁鱼，潜鳞输骇浪。
渔父忌偏醒，洎吾隘世网；试待盘涡歇，挂席钓川涨。
呼鹰皂枥林，开口咏凤凰；层飙振六翮，争长业相望。
蚩尤塞寒空，有虞今则亡；尧汤免亲睹，在德非馨香。
禹功翊造化，永言题禅房；姑苏台下草，形势反苍黄。
恭闻魏夫人，曷以赞我皇；遂习宫中女，身卧翠羽帐。
婵娟碧鲜净，钟残仍殷床；镜奁换粉黛，颖脱抚锥囊。
真珠络臂鞲，行迈越潇湘；斟酌姮娥寡，嫉恶怀刚肠。
糠籺对童孺，斑鬓兀称觞；幼子饥已卒，凋瘵满膏肓。
老翁逾墙走，未暇杖崇冈；兄弟遭杀戮，耿贾摧欃枪。
阴阳割昏晓，嵚岑猛虎场；雷吼徒咆哮，秩礼自百王。
悬崖置屋牢，鸿洞半炎方。
最窄容浮查，倾国选嫔妃；交期余潦倒，服玩尽奇瑰。
乘桥蹑彩虹，肃穆列藩维。镇静示专征，讲殿辟书帷。
绮丽玄晖拥，触热向武威。君臣留欢娱，燕昭延郭隗。
暖客貂鼠裘，远传冬笋味；彤庭所分帛，吟同楚执珪。
县官急索租，高楼鼓角悲；凭轩涕泗流，雁矫衔芦内。

应共冤魂语，哀猿透却坠；归来觊命驾，顾惟蝼蚁辈。
巡守何寂寥，他乡饶梦寐。忆昨狼狈初，恋阙劳肝肺。
葛洪尸定解，犹得备晨炊。尘沙傍蜂虿，北辕就泾渭。
饮啄慰孤愁，敛翅避峨眉；巴蜀倦剽掠，明灭洲景微。
许靖力还任，感时花溅泪。
俄顷恐违迕，破敌过箭疾；足可追冥搜，魍魉森惨戚；
贞观铜牙弩，爆嵌魑魅泣；水赤刃伤手，荣枯咫尺异。
兵戈况骚屑，罗袂控金羁；石戴古车辙，劝勉防纵恣。
牲璧忍衰俗，号怒怪熊罴；浩歌弥激烈，听妇前致词。
三叹问府主，二男新战死；遗恨失吞吴，乾坤含疮痍。
海图坼波涛，夙被霜露欺；掘剑知埋狱，每惜河湟弃。
驽骀漫深泥，疏顽惑町畦；旋瞻略恒碣，回首见旌旗。
辄拟偃溟渤，飞雨霭而至；及壮当封侯，敝使笼宽织。
紫盖独不朝，放筐亭午际；倜傥汗血驹，潋滟九折池。
牛羊散阡陌，蹇予羡攀跻；芳菲缘岸圃，逍遥展良觌。
兔丝附蓬麻，褊性合幽栖；谷米与贤才，尝稻雪翻匙。
常曝报恩腮，窃效贡公喜；名岂文章着，柴荆学士宜。
召募赴蓟门，腰肢胜宝衣；皆如马上儿，杂种抵京室。
万事随转烛，虽乏谏诤姿；居然成濩落，汉道盛于斯。
严程到须早，排闷强裁诗；是节东篱菊，园庐但蒿藜。
杜曲晚耆旧，带束通天犀；若倚仲宣襟，必验升沉体。
鹅费羲之墨，厉阶董狐笔；累奏资薄禄，博涉供务隙。
原情类鹡鸰，铦锋莹鹭鹅；鸬鹚窥浅井，照耀珊瑚枝。
谁能即嗔喝，谠议果冰释；尔宁要谤讟，甘苦齐结实。
拓羯渡临洮，缆侵堤柳系；局步凌垠堮，秋夏忽泛溢。
采柏动盈掬，伊洛指掌收；兼葭离披去，酒酣进庶羞。
四月芰荷发，南岳配朱鸟；树立甚宏达，一览众山小。
接叶暗巢莺，仰穿龙蛇窟；睿想丹墀近，只疑淳朴处。
欻吸领地灵，登危聚麋鹿；胡为慕大鲸，经纬固密勿。
柱史正零丁，芜蔓少耘锄；操持郢匠斤，漏日绝壁出。
罟弋毕提携，祝融五峰尊；牵迫限修途，荡胸生曾云。
润物细无声，星垂平野阔；且复寻诸孙，坐觉祆气豁。
忘机陆易沈，嘉蔬没混浊；吁嗟后郄诜。

最后，与大家分享一个小插曲：诗仙李白，虽然一生作诗 979 首，共约 8 万字，但是，用本人的“机器文学算法”，意外发现，原来李白所有诗中只有 3 471 个字是不重复的（比上面完全由机器生成的那篇易道文的字数，还少 1 052 个字呢）。即，平均到李白的每首诗，其实不重复的字只有不足 4 个！怎么样，也许读者由此可以想象得到易道文的撰写难度了吧?!

第四章　机器训诂学

训诂学是研究中国传统古书词义的学科，是传统的语文学分支。训诂学在译解古代词义的同时，也分析古代书籍中的语法、修辞现象。从语言的角度研究古代文献，帮助人们阅读古典文献。训诂学有广义和狭义之分。广义的训诂学包括音韵学和文字学，狭义的训诂学只是与音韵、文字相对的学科。

长期以来，训诂学几乎成为了文科的专利，但是，其实计算机才是研究训诂学的最有力工具。本章将介绍我们利用机器在甲骨文预测、中华文化成型时间表、古人习性研究等方面的研究成果。

甲骨文预测表

仿照化学中门捷列夫元素周期表，本节给出一个预测甲骨文单字存在性的表格，希望它有助于更多甲骨文图的破译，因为，根据该表，专家们便可有的放矢地破译甲骨文图，从而，将其难度大幅度减少。按照可能性的大小排队，表中预测的甲骨文单字分为四个档次：“几乎肯定存在”“很可能存在”“可能存在”和“可能存在，但是，可能性不大”等。另外，根据此表的预测思路，**我们还否定了过去权威专家的至少一个甲骨文图（鍝）的破译结果**。

从1899年甲骨文首次被发现至今，人们已经挖掘出约15万片甲骨，含4 500多个单字，并且已经识别出约2 000个单字（**还有一大半甲骨文单字未被破译，因此，本节的预测表将大有用武之地**）。如果去掉异体重复字，那么，至今宣称被破解的甲骨文单字，其实只有如表1中的788个。

表1　至今已被宣称破解的甲骨文单字

安八巴癸白百败般邦雹宝饱保豹卑北贝狈祊偪鼻匕比必闭畀敝辟濞兵丙秉并驳帛泊亳卜
不步才采仓曹册叉昌长鬯朝车中尘臣辰成呈承乘齿赤春虫稠丑臭出初刍楚豖传吹娕此束
琮沓大汏带丹单旦宕刀盗得登弟杕帝典奠吊耋丁鼎东冬斗豆剢督杜端对兑多娥儿而耳洱
二伐凡杋匚方彷非扉分焚丰风妦封夆缶夫弗伏凫刜孚服福甫斧父妇阜复富腹干甘刚高膏

续表

杲槁告戈鬲各更庚工弓公肱宫龚冓遘古谷蛊鼓雇剐官毌盥雚光归龟癸鬼鲧果国亥熯蒿好 禾合何妹盉龢宏虹后厚乎虍狐壶虎户化淮萑黄熿会昏火鸡姬基箕擠及吉彶即亟疾棘集 耤己丮旡季既洎祭夹家豭甲戋艰监见姜降交角教解介戒今尽晋京晶井汬竞九酒旧咎娵 爵君麇亢尻可克口叩夸狂困来婪牢老乐雷李豊力立利栎砅栗秝蒚联良林潾霖吝閔夌姈 靁令柳六龙咙泷卢鲁鹿旅律率泺马鷂霾买麦满汒龙莽卯枚眉湄每美妹门梦麋米宓免黾 面蔑民皿敏名明鸣冥沬莫牟母牡木目牧穆内乃艿奈囡男南猱麑逆匿惄年辇廿念娘鸟臬 孽宁寍妞牛奴女虐妏庞旁盆朋倗彭品牝叵七凄戚霎齐其祈肵骑棋乞企启杞弃千欠俔羌 戕妾秦嫀沁庆磬丘秋裘区曲取龋则泉犬雀冉瀼人壬刃任妊扔日戎肉如汝乳辱入朊若洒 塞三桑丧啬森山杉商上少舌设射涉申身娠升生声省圣尸十石祏食史矢豖驶示室奭首受 书殳黍术戍束咰庶脽顺纟丝司死巳四汜兕宋夙宿岁孙它贪唐天田畋聑亭同童涂梌土兔 吨屯豚乇橐鼍妥宛万亡王网往望危微为韦唯尾未文闻问我婐硪巫五午武舞兀勿戊物夕 兮西昔析奚嬉熹习洗喜系下先咸苋陷羡献規乡相襄祥向象小效劦燮心辛欣新炘兴星行 杏姓凶兄休羞戌须畜宣旋薛血寻旬讯徇疋亚娅言岩炎畲甗焱燕餍央羊阳徉昜恙夭爻尧 曣埜页一伊衣依匜夷宜椸乙以乂义亦异邑易益翊翌因寅嚚尹引饮印庸雍雝永用攸幽尤 由犹斿友卣酉又幼囿于余盂臾鱼竽渔艅羽雨玉聿郁毓胥元员爰袁远曰月戉岳龠云允孕 晕齾栽宰葬责昃曾乍宅翟占召折砓者贞朕争姃拯正之織执侄直嬂止只旨址沚祉凿至陟 彘鷹雉雹壴祝铸爪专妆隹追椎坠濯潧兹子自宗奏卒族祖尊左中众舟俜淍周婤肘帚胄昼 酎朱竹逐舳贮

甲骨文诞生于三千多年以前的商朝。从已经破解的单字来看，那时，汉字的主要构造方法（象形、会意、形声、指事、转注、假借等）都已经成熟，汉字体系也初具规模。

从完整性体系角度来看，甲骨文应该是最早的了。但是，从理论上看，从局部上看，比甲骨文还早的是以“象形文”和“独体字”等为代表的“源字”，因为，所有其他的汉字（包括甲骨文），都是由这些“源字”中的某些字经象形、会意、形声等方法制造出来的。

全部象形文共有如表 2 所示的 244 个。

表 2　全部 244 个象形文

丫丰乌丹册乐了丁不丑丏业丙乙乞也主八勺勿匕卜卤卣刀龟兔儿兆兕兢于互井云亚兽
几凡卯卵冉网冏力出函人仓介以侯入升午克亢亥交亨京亭又反若囊彳巢川大夭夫奠飞
干工巨巫弓弗弟己已巤巾帚带帝口吕向周黾马门它宫寅女山尸居壶才巳巴土堆囱舜小
禺禹禽弋孑子孔贝焉燕长车歹斗方戈戊户火斤毛木未朵来果某牛气欠犬日昔易星晓氏
手水永泉瓦文心牙爻月肩朋胃能爵爪白皇癸登瓜禾秃秋秫龙矛皿母目盾眉鸟石磬矢甲
田畎番玄率穴窗用甫玉臣蜀而耳缶虎臼耒糸齐肉舍西要行羽至舟竹自辰豆角身豕象辛
酉齿阜鱼雨雷隹革鬼韭面首鬯高鬲黄鹿鼎鼠页衣羊

全部独体字共有如表 3 所示的 280 个。

表 3　全部 280 个独体字

一乙二十丁厂七卜八人入乂儿九匕几刁了乃刀力又乜三亍干于士土工才下寸丈大兀与
万弋上小口山巾千川彳个么久丸夕及广亡门丫义之尸已巳弓己卫孑子孓也女飞刃习叉
马乡幺丰王井开夫天无韦专丏廿木五卅不太犬歹尤车巨牙屯戈互瓦止少曰日中贝内水
见手午牛毛气壬升夭长片币斤爪父月氏勿欠丹乌卞文方火为斗户心尹尺央丑爿巴办予
书毋玉末未示戋正甘世本术石龙戊平东凸业目且甲申电田由央史冉皿凹民弗出皮矛母
生失矢乍禾丘白斥瓜乎用甩氐乐匆册鸟主立半头必永耒耳亚臣吏再西百而页夹夷曳虫
曲肉年朱缶乒乓臼自血角舟兆产亥羊米州农聿艮严求甫更束两酉豖来芈里串我身豸系
羌良事雨果垂秉臾肃隶承柬面韭禺重鬼禹食彖象

不难发现，表 2 和表 3 中的许多字是重叠的，因此，将该两张表整合（去重）后，我们就得到了汉字的所有 392 个“源字”如表 4，即其他汉字都由“源字”所造。

表 4　所有 392 个源字

丫丰乌丹册乐了丁不丑丏业丙乙乞也主八勺勿匕卜卤卣刀龟兔儿兆兕兢于互井云亚兽
几凡卯卵冉网冏力出函人仓介以侯入升午克亢亥交亨京亭又反若囊彳巢川大夭夫奠飞
干工巨巫弓弗弟己已巤巾帚带帝口吕向周黾马门它宫寅女山尸居壶才巳巴土堆囱舜小
禺禹禽弋孑子孔贝焉燕长车歹斗方戈戊户火斤毛木未朵来果某牛气欠犬日昔易星晓氏
手水永泉瓦文心牙爻月肩朋胃能爵爪白皇癸登瓜禾秃秋秫龙矛皿母目盾眉鸟石磬矢甲

续表

田畎番玄率穴窗用甫玉臣蜀而耳缶虎臼耒糸齐肉舍西要行羽至舟竹自辰豆角身豖象辛 酉齿阜鱼雨雷隹革鬼韭面首甾高鬲黄鹿鼎鼠页衣羊一二十厂七乂九刁乃乜三亍士下寸 丈兀与万上千个么久丸夕及广亡义之卫孓刃习叉乡幺王开天无韦专丐廿五卅太尤屯止 少曰中内见壬片币父卞为尹尺夬爿办予书毋末示戋正甘世本术戊平东凸且申电由央史 凹民皮生失乍丘斥乎甩氏匆立半头必吏再百夹夷曳虫曲年朱乒乓血产米州农聿艮严求 更束两芈里串我豸系羌良事垂秉臾肃隶承柬重食彖

好了，下面就可以，利用表 1 和表 4，来构造“甲骨文破解预测表”了。

1. 甲骨文破译纠错

在预测甲骨文新字之前，很抱歉，我们不得不首先否定前人宣称的一个所谓甲骨文单字：“鎷”（在表 1 中，我们特别用红字将它标明）。

如果不借助我们发明的“机器文学算法”，那么，将很难发现这个错误！因为，仅仅从外形上看，“鎷”与其对应的甲骨文图几乎一模一样。因此，若不仔细分析，那么，**所有已被破解的甲骨文单字中，也许最不应该被怀疑的就是这个“鎷”字了！**

但是，事实就是事实，“鎷”绝不是甲骨文单字的主要理由如下：

1869 年门捷列夫发明元素周期表后，每当再有一个新元素被发现，那么，人们就会造一个新汉字来命名该新元素，而且，其造字规则很统一：所有金属类元素都用一个金字旁，配一个形声部分（实际上，全部金属元素的名称分别是“锂铍钠镁铝钾钙钪钛钒铬锰铁钴镍铜锌镓锗铷锶钇锆铌钼锝钌铑钯银镉铟锡锑铯钡镧铈镨钕钷钐铕钆铽镝钬铒铥镱镥铪钽钨铼锇铱铂金铊铅铋钋钫镭锕钍镤铀镎钚镅锔锫锎锿镄钔锘铹鑪鉧鍂鎶”等，其中“金铅铁”等极少数元素不遵从该造字规则的原因是：它们早在元素周期表被画出来前，就已经被发现，并且已经有名称了）。于是，1925 年，当德国化学家诺达克宣布他发现了周期表中第 43 号元素（发音为“M”）时，自然地，人们就按传统造了一个“钅旁配马”的字——“鎷”，来为该新元素命名。12 年后的 1937 年，美国人伯利埃等以人工蜕变钼原子的方法，真正发现了第 43 号元素（发音为“D”），于是，人们又改用“锝”来命名该元素。

德国化学家诺达克科学的错误虽然被纠正了，但是，“鎷”字却在**1925 年**后，被留下来了。就是这个，因科学错误，几乎被废弃的“鎷”字，竟然又引发了一场甲骨文考古的乌龙事件！

如果人们在 1899 年甲骨文刚刚被发现时，就开始对它们进行文字考古，那么，“鎷”字的乌龙事件肯定不会发生，因为，1716 年成书的《康熙字典》中并无“鎷”字，当时所有字典中也都没有“鎷”字，因此，甲骨文专家就无法“考古”出“鎷”字。

但遗憾的是，甲骨文真正被官方学术机关进行独立田野考古的时间是 1928 年，即，从“中央研究院历史语言研究所考古组”对殷墟的首次发掘开始的。大规模的甲骨文“文字考古”时间就更晚了，也许那时专家们就已经从字典中找到了貌似古字的“鎷”，而且，它又与某片甲骨上的图文十分相像，于是，专家就想当然地宣布了一个甲骨文考古的“重大成果”。

你看，甲骨文研究史上的一个笑话，就这样，被国内外的科学家和文学家们，阴差阳错地排练出来了！

至此，合并异体字后，至今人们已经破译的甲骨文单字只有 787 个（而不是表 1 中的 788 个）。

但愿甲骨文考古成果中，不再有类似于“鎷”的乌龙出现。

2. 甲骨文存在性预测表

“门捷列夫元素周期表”仅仅用半页纸，就成功地预测了许多化学新元素的存在性，并催生了若干位诺贝尔奖获得者。

下面，我们也来努力构造一张半页纸的预测表，希望它也能够催生一批甲骨文考古的重要成果。

推测 1：从**相对时间**来看，“源字”应该早于甲骨文，因此，从理论上推断，表 4 中的“源字”都有“可能出现”在某片甲骨文龟壳上。所以，那些“已经出现在表 4 中，但还没有出现在表 1 中”的如下 144 个字（见表 5），都可能藏在某个甲骨片中（提醒：这里特别强调的是“相对时间”，即，每个“源字”仅仅在其自身的“地盘”上是最早的）。

表 5　可能存在的甲骨文单字表

丫乌了丏业也主勺卤兆兢互兽几卵冏函侯亨反蓑彳巢川飞巨已巾吕居堆囟舜禺禹禽弋孑 孔焉歹斤毛朵某气晓氏手水瓦牙肩胃能皇瓜秃秫矛盾畎番玄穴窗蜀臼耒糸舍要革韭鼠厂 刁乜亍士寸丈与个么久丸广卫孓幺开无丐卅太片币卞尺夬爿办予毋末世本平凸且电凹皮 失斥甩氐匆半头吏再曳乒乓产州农艮严求两芈里串豸事垂肃隶柬重象

推测 2：表 5 中的那些**绝对时间**不晚于甲骨文时期（公元前 1300 年至前 1000 年之间）的字，很可能隐藏在某片甲骨文龟壳上。比如，表 5 中的“豸”是表 1 中“豹”字的母字，因此，就应该先有“豸”，后才有“豹”，所以，甲骨文“豸”字就“很可能存在”！类似地，表 5 中的“彳厂几寸广巾士幺歹斤氏瓦玄耒艮臼糸”字，分别是表 1 中“徉厚凡对庞帛壶幼死斧民甗率耤艰舂系”字的母字，它们也都很可能存在。

推测 3：表 5 中的那些可能出现在周朝（或周朝之后）的字，就属于“可能存在，但是，可能性不大”的甲骨文单字。这样的字到底有哪些，我们也没有确切的证据，只是觉得如下这些“源字”既比较抽象又与甲骨文时期的生活不十分密切：乒乓兢凸凹冏毋韭了丏也亨巨囟孑孓蜀刁乜与个么久卞夬办予世且失斥甩氐匆半再产严两串垂肃重象秫。所以，我把它们列入“可能存在，但是，可能性不大”一栏。特别是其中的“彖夬”等字，应该是周文王创立 64 卦之后才诞生的专用字，几乎肯定不会出现在甲骨文中。

推测 4：如下几个甲骨文单字“几乎肯定存在”，其理由分别如下。

“水”字存在的理由：表 5 中的“水”是表 1 中“沓砯泉”的母字，而且还与表 1 中的多个字密切相关，比如，潩（水面动荡）、洎（往锅里添水）、姜（水名）、井、汫（细流蜿蜒的样子）、酒、泷（急流的水）、泺（水名）、沁、汝、洒、涉、汜（水名）、涂、洗、匜（盥洗时舀水用的器具）、益（水漫出）、雍（水被壅塞而成的池沼）、永（水流长）、攸（水流的样子）、渔、沚（水中的小洲）、澫（雨声或水声）等。

“金”字存在的理由：该字虽然不在表 1 和表 5 中，但是，与那个乌龙“鐫”相对的甲骨文图的左边部分就很像“金”；另外，远古五行的“金木水火土”中，在表 1 中已经出现了“火木土”，若前面的“水”几乎肯定存在，那么，“五缺一”的可能性就更小了；还有，甲骨文时期正处于青铜时代，有“金”之物（而且还是重要之物），当然也该有“金”之字；最后，表 1 中的“铸”字也与“金”密切相关。

“手”字存在的理由：表 5 中的“手”是表 1 中“承”的母字，而且，还与表 1 中的许多字密切相关，比如：盥（洗手）、刍（割草）、汏（淘洗）、伐（砍杀）、丰（古代盛酒器的托盘）、肱（手臂由肘到肩的部分）、剐（割肉离骨）、及（抓住）、丮（握持）、取（割下左耳）、扔（拉）、束（捆绑）、析（劈木头）、洗（用水洗脚）、新（用斧子砍伐木材）、乂（割草或收割谷类植物）、引（拉开弓）、又（右手）、臾（捆住拖拉）、戉（大斧）。

“舜禹”两字存在的理由：祭祀是甲骨文的主要内容之一，而祭祖先又是重中之重。“尧舜禹”是最重要的祖先，而且还经常被放在一起来提及。既然表 1 中已经有“尧”了，所以，有“舜禹”的可能性就更大了。另外，“舜禹”两字都在表 5 中，这又增加了存在的可能性。当然，“舜禹”这两个字可能很难考古，因为，它们太抽象。

“兆”字存在的理由：甲骨文的核心内容是卜卦，而其结果就叫“兆”，而该字又处于表 5 中。

“弋盾矛农”四字存在的理由：甲骨文卜卦的主要目的是问“战争”和“农事”，因此，表 5 中的“弋盾矛农”四字也是应该存在的。

“右”字存在的理由：已经有右手的概念（其实“又”即右手），同时，在“上下左右”四个方位中，“上下左”全都已经出现在表 1 中了，“独缺右”几乎没可能，而且“右”手还是最重要的一只手呢。

推测 5：除甲骨文之外，在商朝还肯定存在过的文字就是各类出土文物上的铭文字了。这些文字，也同时出现在甲骨龟片上的可能性也很大。据我所知，目前已知的商代铭文至少有：“併戠父辛卣，子蝠何不且癸，文父丁觚，耳鼎，嗍祖庚父辛鼎，啦父己鬲，好甗，史鬲，祖丁甗，子父辛鼎，嗍祖庚父辛鼎，子父乙甗，父丁彝爵，母彝卣，併戢父辛卣，大丏簋，妇嗞卣，戈御作父丁盉，中父丁盉，黾作父辛甗，册拊祖癸方彝，圦日戊鼎，凤作祖癸簋，作彝鬲，商妇甗，作父辛鼎，作父乙岂鼎，大丏簋，作圗从彝觯，娄母鼎，盟彝，从彝，岂彝镬，鳠，傯子作鼎盟彝鼎，小子佽卣，乙巳，子令小子佽先以人于堇，子光赏佽贝二朋，子曰，贝唯蔑汝鵾，佽用作母辛彝，在十月二，隹子曰，令望人方㑺，四衵嘆其卣，小子省卣壶，小子佽卣，作册般，唧鬲，亚唧父乙簋，作册般甗，作册豊鼎，豊作父丁鼎，般觥，𢍰方鼎，𢍰觚，戊寅作父丁方鼎，小子䢼鼎，小臣缶方鼎，戍堋鼎，戍𨌫鼎，逦方鼎，寝埰鼎，作父已簋，小子咙簋，函图作兄癸卣，寝敄簋，傛作父乙簋，㡌卣，帔作母乙卣，孝卣，小臣候卣，小臣候卣，驭卣，小子省卣壶，宰甫卣，毓祖丁卣，二衵嘆其卣，四衵嘆其卣，六衵嘆其卣，小子佽卣，子启尊，小子夫父已尊，执尊，执卣，小臣俞犀尊，怀妇觚，凤作祖癸簋盖，戋爵，或作父癸角，宊卣，亚鱼鼎，寝鱼爵，寝鱼簋，辔亚倘角，宰椃角，小臣邑斝，文扯已觥，趋作父癸方彝盖，戍铃方彝，倚孳方鼎，版方鼎，子黄尊，堉方鼎，女鬲，寝鱼爵，𢍰觚，作父已簋，小臣邑斝，小臣候卣，戍嗣子鼎，唧鬲，宰椃角，宰甫卣，小子佽卣，小臣俞犀尊，大兄日乙戈，大祖日已戈，祖日乙戈，子作妇帘卣，乃孙罍。”这些铭文中的许多字已经出现在表 1 里了，但是，如下 71 个字“作佽岂併戢彝觚衵嘆𢍰唧椃俞犀寝簋斝候嗣蝠且啦喇嗞御拊圦丏圗觯娄从镬鳠傯盟堇赏鵾在㑺䢼堋𨌫逦埰函图敄傛㡌帔孝驭怀凤或宊辔倘扯觥趋盖铃倚孳版堉帘罍”还没有出现在被破解的甲骨文中。从这 71 个字中，去掉推论 1～4 中已经出现的“丏且”两字，便得到另外 69 个可能出现的甲骨文单字“作佽岂併戢彝觚衵嘆𢍰唧椃俞犀寝簋斝候嗣蝠啦喇嗞御拊圦圗觯娄从镬鳠傯盟堇赏鵾在㑺䢼堋𨌫逦埰函图敄傛㡌帔孝驭怀凤或宊辔倘扯觥趋盖铃倚孳版堉帘罍”。

推测 6：在表 1 中，有关四季，已有“冬秋”，但无春夏。有两种可能，其一，当时确实还没有区分出春夏；其二，已经分出了四季，但是，甲骨文破译还没找到。由于，“春夏”两字也不在表 4 中，所以，我们把它们放入预测表中的“可能存在，但可能性不大的甲骨文单字”一栏。在表 1 中，关于家庭成员名称，已经可区分“妹孙兄父母夫弟子女儿”，因此，存在“妻姐爷婆媳”等字的可能性也是有的，但是，可能性不很大，况且这几个字也不出现在表 4 中。

综合上述推测 1～6，我们可以整理出“甲骨文预测表”（表 6）如下[注：由于“用铭文推导甲骨文”的思路不是本文重点，所以，我们把相应的预测字（推测 5）单独排列在表 6 的最后一行，以示区别]：

表 6　甲骨文预测表

几乎肯定存在的甲骨文单字	右弋盾矛农兆舜禹手金水
很可能存在的甲骨文单字	豸彳厂几寸广巾士幺歹斤氏瓦玄耒艮臼糸
可能存在的甲骨文单字	丫乌业主勺卤互兽卵函侯反囊巢川飞已吕居堆禺禽孔焉毛朵某气晓牙肩胃能皇瓜秃畎番穴窗舍要革鼠亍丈丸卫开无丐卅太片币尺爿末本平电皮头吏曳州求芈里事隶柬
可能存在，但可能性不大的甲骨文单字	乒乓兢凸凹冏毌韭了丏也亨巨凶孑孓蜀刁乜与个么久卞夬办予世且失斥甩氐匆半再产严两串垂肃重彖秝春夏妻姐爷婆媳
商朝铭文中已经出现过的可能甲骨文单字	作佉岂併戢彝觚祀嗘弹啣梳俞犀寝簋罜候嗣蝠啦喇嗞御拊圦圂觯柴从镬鳠偬盟堇赏鹍在伽逞堋軓遖埰凾图敊偺旀帔孝驭怀凤或宊訾倘扖觥趋盖铃倚孳版埥帘罍

首先承认，我并不懂甲骨文，因此，不敢保证文中结果全都正确，但是，我相信本节的推理思路是正确的。

锁定表 6 中的字（特别是前三行的字），去有的放矢地寻找其对应的甲骨文图，将远比漫无目标的考古更加有效和容易。

过去的甲骨文专家主要是纵向考古（即，很深入地细究每个单字），而本文则是横向考古（即，通过分析已被破解的甲骨文单字之间的关系，来推测并引导寻找新的未知甲骨文单字）。当年，门捷列夫的化学元素周期表就是用这种“横向考古”方法画出来的。其实，“横”与“纵”是相辅相成的，大量“纵”的成果，肯定有助于发现更多规律，从而，有助于“横”的研究；反过来，“横”的成果又可以去引导有的话的“纵”向研究，使其成功的可能性更大。

过去甲骨文专家是用“人脑＋知识”来考古，本节则是用“电脑＋算法”进行“考古”。如果与某些真正的甲骨文专家合作，那么，“文理结合”的效果会更理想。我虽然不知道专家们现在是如何进行甲骨文考古的，但是，我的直观感觉是：甲骨文考古的难度不应该大于通信密码破译的难度，毕竟甲骨文的冗余度好大，我相信，如果充分借鉴现代手段（比如，密码分析、拓扑识别、计算机算法等），那么，IT 人士应该可以在这方面有所作为。

我心里最没底的素材是表 1，它是我从网上下载的号称“甲骨文字典大全”的东西。而且，表 1 还特别重要，因为，所有后续推理都以表 1 为基础，如果表 1 错了（或表 1 不完整），那么，后面的许多结果都会受到影响。但是，即使表 1 错了，只要甲骨文专家能够给我提供代替表 1 的正确素材，那么，与表 6 相对应的推理预测表也可以很快重新做出来，没准还能够做得更好呢。

本节预测表的思路还有一个重要应用，即，无论何时（只要甲骨文还未被全部破译），那么，我们都可以根据已知的甲骨文单字去预测其他甲骨文单字。

时间表计算中华文化成型

“文化”真的能量化计算吗？是的，“文化”真能量化计算。不信，请读此节。

本节利用数学和计算机方法，精确地计算出了中华文化在成型过程中的（绝对和相对）时间表和成熟度的量值，有些结果确实出人意料，比如，早在甲骨文时期，中华文化的成熟度就至少已经高达60%；西周时，中华文化的成熟度就已经达到80%以上；中、日、韩三国，共有的中华文化基因至少高达76%；古代蒙童学完《千字文》《弟子规》和《三字经》后，就已经接触了约84%的中华文化；今天的大陆人（不含港澳台的华人）在中华文化熏陶方面有严重缺失，比如，至少在“禅鼎祭伦祀侠”六个方面，还不如古代的蒙童，此外，在“恕”“儒”两个方面也很差。从相对时间表来看，中华姓氏成型之日，便是中华文化成熟之时（95%）。

“文化”作为一种意识形态，甚至连定义都不统一，如何还能量化计算呢？是的，“文化”是一种非常复杂的社会现象，是人们长期创造形成的产物，同时又是一种历史现象，是社会历史的积淀物。确切地说，“文化”是凝结在物质之中又游离于物质之外的，能够被传承的国家或民族的历史、地理、风土人情、传统习俗、生活方式、文学艺术、行为规范、思维方式、价值观念等，但是，无论你“文化”怎么千变万化，“文化”的主要载体（虽非唯一载体）是不变的，那就是“字”。因此，通过计算“字”，就能够计算“文化”，正如，通过计算“车辙深度”，就能够计算“货物重量”一样，而不管你货物的大小、形状或味道是什么。

特别是“中华文化”，它与“汉字”之间的关系更是密不可分：有些字，比如“孝”，就是为中国特定的文化现象而造的；反过来，有些字，比如“鬼”，却又能够进一步促进相关文化的发展。总之，“中华文化”与“汉字”之间的关系，正如同“鸡”与“蛋”之间的关系：若有了相关的概念，就一定会产生相应的字或词，比如，孝顺的概念就催生了“孝”字；反过来，若没有相关概念，就很难产生相关的字或词，比如，西方文化就没有孝的概念，所以，至今在英文中也没有“孝”字。

本节的“文化计算”基于如下三个假设前提。

前提 1：本节试图计算的“中华文化”，主要是指中国特色的那部分，对人类的普适文化，比如，人权、自由等，不在计算之列。

前提 2：“计算”的基准是当代“中华文化”，即，假定现在“中华文化”的成熟度为 100%（虽然，她还会继续发展），然后，以此向远古推移，计算出“文化”不断成熟的程度。

前提 3：假定“文化”是前进的，即，现在已有的重要“文化”分支，从其源头流出后，不会再“倒流”或“断流”（注：虽然“文革”差点让中华文化的许多重要支流“断流”，但是，毕竟最终还是蚍蜉撼树）。

最能代表中华特色文化的 100 个汉字是“安禅淡汉年山善贪天田仙元圆院宝北本兵财册茶车春瓷道德帝鼎东法丰凤佛福耕工鬼国禾和化祭家戒井敬九酒乐礼粮令龙伦美民名农人仁日儒社神生食士寿书恕水丝祀堂土王网文武悟侠孝信休羞羊阳一医义易阴玉月真智中忠宗祖”。下面，将这 100 个字组成的集合记为 A1。

中华文化成熟度计算的原理：如果某个汉字已经产生，那么，根据上述的“蛋鸡关系”，我们有理由相信，该汉字所代表的文化支流也已经（或即将）出现，换句话说，如今中华特色文化的主流，是由集合 A1 中的那 100 个汉字所代表的支流汇集而成的，因此，我们只要找到其中某个汉字诞生的时间，那么，便可由此推断出该汉字所代表的文化支流的发源时间，从而，根据支流个数除以 100，确定出中华文化整体的成熟度。

1. 中华文化成熟度的绝对时间表计算

借助我们发明的“机器文学算法”，现在根据前面的计算原理，按照绝对时间的先后，来计算中华文化成熟度。

中国最早的一批汉字是甲骨文和商朝青铜器上的铭文，它们出现在至少 3 300年前，其中，已经破解的甲骨文有 787 个，将它们记为集合 C1＝｛安八巴癹白百败般邦雹宝饱保豹卑北贝狈祊偪鼻匕比必闭畀敝辟濞兵丙秉并驳帛泊亳卜不步才采仓曹册叉昌长鬯朝车中尘臣辰成呈承乘齿赤春虫稠丑臭出初刍楚豕传吹娕此束琮沓大汏带丹单旦宕刀盗得登弟杕帝典奠吊耋丁鼎东冬斗豆剢督杜端对兑多娥儿而耳洱二伐凡杋匚方彷非扉分焚丰风妦封夆缶夫弗伏凫刜孚服福甫斧父妇阜复富腹干甘刚高膏杲槁告戈鬲各更庚工弓公肱宫龚冓遘古谷蛊鼓雇剐官毌盥藋光归龟癸鬼鲧果国亥熯蒿好禾合何妹盉龢宏虹后厚乎虍狐壶虎户化淮萑黄熿会昏火鸡姬基箕擠及吉彶即亟疾棘集耤己丮旡季既洎祭夹家豭甲戋艰监见姜降交角教解介戒今尽晋京晶井汫竞九酒旧咎娵爵君麇亢尻可克口叩夸狂困来婪牢老乐雷李豊力立利栎砅栗秝蒚联良林潾霖吝閔麦姈霝令柳六龙咙泷卢鲁鹿旅律率泺马霾买麦满汒龙莽卯枚眉湄每美妹门梦麋米宓免黾面蔑民皿敏名明鸣冥沬莫牟母牡木目牧穆内乃艿奈囡男南猱魔逆匿惄年辇廿念娘鸟臬孽宁寍妞牛奴女虐妓庞旁盆朋倗彭品牝叵七凄戚霎齐其祈肵骑棋乞企启杞弃千欠俔羌戕妾秦嫀沁庆磬丘秋裘区曲取龋剅泉犬雀冉瀼人壬刃任妊扔日戎肉如汝乳辱入朊若洒塞三桑丧啬森山杉商上少舌设射涉申身娠升生声省圣尸十石祏食史矢豕驶示室奭首受书殳黍术戍束响庶脽顺纟丝司死巳四汜兕宋夙宿岁孙它贪唐天田畋聑亭同童涂梌土兔吨屯豚乇橐鼍妥宛万亡王网往望危微为韦唯尾未文闻问我媒硪巫五午武舞兀勿戊物夕兮西昔析奚嬉熹习洗喜系下先咸苋陷羡献粯乡相襄祥向象小效劦燮心辛欣新炘兴星行杏姓凶兄休羞戌须畜宣旋薛血寻旬讯徇疋亚娅言岩炎畲甗焱燕餍央羊阳徉昜恙夭爻尧曣埜页一伊衣依匜夷宜椸乙以乂义亦异邑易益翊翌因寅嚚尹引饮印庸雍雝永用攸幽尤由犹斿友卣酉又幼囿于余盂臾鱼竽渔艅羽雨玉聿郁毓智元员爰袁远曰月戉岳龠云允孕晕龘栽宰葬责昃曾乍宅翟占召折砓者贞朕争姃拯正之織执侄直孅止只旨址沚祉凿至陟龚鹰雉壴壴祝铸爪专妆隹追椎坠濯濔兹子自宗奏卒族祖尊左中众舟侜洀周婤肘帚胄昼酎朱竹逐舳贮}；

另外，至少还有如下 71 个汉字，它们已经出现在商朝铭文中，但不含于已经被破解的甲骨文中，C2＝｛作伥岂併戢彝觚祀嗘鼻唧梳俞犀寝篡罜候嗣蝠且啦喇嗞御拊圦丐囫觯娄从镬蠖傯盟堇赏鶡在伽垩堋戭逦垛函图敉偺帟帔孝驭怀凤或宊訾倘扻觥趋盖铃倚孳版堉帘罍}。

将上面的集合 C1 和 C2 合并后，形成的字集记为 B1，即，它们就是已经知道的，在商代就诞生了的 858 个汉字。

结论 1， 集合 A1 中，已经出现在集合 B1 中的汉字共有 60 个："安宝北兵册车帝鼎东丰福工鬼国禾化祭家戒井九酒乐令龙美民名年人日山生食书丝贪天田土王网文武休羞羊阳一义易玉元月宗祖中祀孝凤"，换句话说，早在商朝的甲骨文时代，中华文化的成熟度就至少已经达到惊人的 60%了（注：这其实是一个比较保守的数值，因为，也许还有许多甲骨文和铭文没有出土，或没有被破译呢）。此时，还没有出现的中华特色文化支流最多只有如下 40 条：A2＝｛阴水忠仁礼智信德真善和恕敬儒佛道寿神仙侠士禅粮医堂法院伦春耕农茶瓷圆悟本社汉淡财}。

东周的老子写了本《道德经》，该书虽然有 5 000 余字，但是，其中真正互不相同的字却只有如下 799 个：

B2＝｛儽琭纇繟斲皦安辩川淡澹短反泛甘敢关观官矜含寒涣患坚间兼俭见贱建楗剑鉴廉乱满免难年泮偏千前全犬然三散埏善天田畋恬顽晚万先贤鲜玄焉燕言俨厌渊远怨战湛专阿嗄哀爱广奥八拔白百伯败邦薄宝保报抱悲倍被本比彼鄙必闭敝蔽弊臂璧宾并兵病帛泊魄博搏补不财采仓藏草策层察长常超朝车尺彻臣尘陈称成诚乘骋驰持赤冲虫重宠筹出刍除处畜揣吹春淳辍疵雌慈辞此次从脆存寸挫达大代贷殆带当盗道得德地登敌涤柢第帝冬动独毒笃兑敦沌多恶儿而耳饵二发伐法方妨非费废纷粪丰风奉夫弗伏服辐福父甫负复腹覆富改盖刚高槁割合各根功攻弓公拱共狗垢孤骨古谷毂故固寡光归鬼刿贵过国果孩海害行号毫好和何阖褐黑恒侯后厚乎惚虎户化华怀荒恍恢瞟讳慧昏浑混

活或惑货祸几饥鸡奇积基稽及极吉诘棘已纪济忌伎系迹既寄祭寂稷加家甲江将匠降强交郊骄教角徼皆结竭解介今金筋进经惊荆精径静九久咎救且居据举惧绝蹶攫军均君峻开抗可克客孔恐口枯夸跨狂旷况窥来牢老乐累羸离礼里力立莅利梁两寥飂裂猎邻灵凌令流六聋露路珞马盲没美昧闷门猛弥迷妙灭民名明冥命末莫谋母牡木目乃奈讷能鸟宁怒诺配烹譬飘朴贫牝平普七其岂起企气弃泣契器巧亲勤清轻穷求曲屈取去缺却攘热人仁刃扔日戎荣容柔如辱入锐若弱塞丧色啬杀伤上尚少召奢折舍社涉摄歙身深什甚神慎生胜声绳圣失师施嘘十石时识实食使始士示市式似势事恃视是室逝释螫熟手守首寿受兽疏孰属数爽谁水税顺私司思斯死祀四驷兕肆俗素虽随遂孙损所台太泰堂忒听通同偷投图徒土推退托脱橐洼外亡王网枉往望妄威微为唯惟伪卫未味畏谓遗文闻我握无芜吾五武侮勿物兮希昔溪熙袭徙细狎瑕下乡相祥享象肖小孝笑歙邪心新信兴形姓凶雄修虚徐学央殃阳养妖约要窈钥耀也一衣夷宜已以矣倚义亦异抑易益阴音饮隐应婴迎营盈勇用忧悠尤犹有牖又右于与欤余鱼隅愚渝舆雨玉欲育域豫愈遇御誉曰阅云芸哉载宰在凿早躁则责贼张章彰丈昭爪兆谪辙者真镇正争政之知执直埴止至致志制质治智置中忠终众舟周骤主注壮状赘拙浊资滋辎子自字宗走足罪尊作左佐坐}。

结论 2，集合 A2 的 40 个汉字中，出现在《道德经》字集 B2 中的汉字共有 22 个，“淡善本财春道德法和礼仁社神士寿水堂信阴真智忠”，根据上面前提 3 的假设（即，文化是前进的）和结论 1，因此，直至东周老子时期，中华文化的成熟度至少已经达到 60%＋22%＝82%。此时，还没有出现的中华特色文化支流最多只有如下 18 条：A3＝｛恕敬儒佛仙侠禅粮医院伦耕农茶瓷圆悟汉}。

东周还有一个比老子晚一些的重要人物，孔子，其弟子整理的《论语》共使用了如下 1 345 个相异的汉字：

B3＝｛輗軏雎缊誾饐喭讱鞟硁蒉莅駉躩皦愬安版半笾鞭卞变便辨参残襜产谄川穿传箪惮澹颠点坫殿端短樊反犯饭泛干甘敢绀关观官棺冠矜莞管贯灌寒罕汉憾桓焕鲩患浅坚间肩监兼俭简见贱践荐谏卷倦狷堪侃宽滥连廉琏敛乱蛮慢免勉冕面南难年念畔盼片偏篇骈千迁愆骞前倩权犬劝然冉三散山善算贪坦叹探天完万先闲贤弦鲜宪陷献玄选绚殷焉燕言颜俨偃厌谚晏宴渊原远怨愿

占瞻战专颛撰馔钻哀爱餲幂奥八罢霸白百伯柏败拜邦谤薄饱宝保报豹暴卑悲
北备倍被奔本崩比彼鄙必裨敝蔽辟表别宾彬摈殡冰并兵秉屏病播帛勃博不布
偲才材裁菜蔡藏草侧策曾察柴长尝常裳朝车尺彻撤臣辰晨陈谌称成诚城盛枨
承乘逞絺迟持齿耻赤重崇臭出处楚黜畜创春纯辍绰雌兹慈辞次赐聪从卒蹴衰
崔存磋措错答达大待逮代殆带当党荡刀祷蹈到盗道稻得德地等狄觌弟第帝谛
禘棣凋雕吊钓莜定东动侗斗豆读独渎椟笃度对多夺铎惰恶饿而尔迩耳二贰发
伐罚法方防放非菲肥悱斐费废分焚忿愤粪风封冯凤佛否夫肤扶弗浮桴服黻父
釜甫辅脯府附负妇复覆富赋改盖刚纲皋高羔告戈歌割格合各给更耕羹工功红
攻弓躬公肱宫恭拱共贡沟苟沽孤觚古谷贾鼓瞽故固顾瓜寡怪归圭龟鬼贵过国
果椁海害行巷貉好和何河荷盍恒衡薨弘侯后厚乎呼戏忽狐瑚虎互户华画怀坏
皇黄回悔毁会绘诲慧惠火或惑货获几饥击鸡期箕及吉即亟急疾棘集踖己济系
际季迹既继寄祭稷骥加嘉家驾稼将姜讲降酱交骄教角绞徼觉校节阶皆接揭讦
桀洁竭戒借今津尽谨馑锦进近晋浸经荆精兢井景径胫静敬纠九久酒旧咎疚救
厩就且居据鞠矩沮莒举拒具俱惧聚绝谲军均君开康亢科可克客铿空孔恐倥口
叩哭脍匡狂窥馈篑喟昆困适来赉劳牢老乐缧雷诔类离犁礼里鲤力历厉立莅利
戾栗良粮梁量两谅寮缭列烈邻林临磷吝灵陵令流柳六陋鲁禄辂路戮旅屡履虑
率伦论麻马貌没每美袂媚门蒙猛孟梦弥迷苗庙灭民闵敏名明鸣命磨末貊莫默
牟谋某母牡亩木沐目穆纳乃讷馁内能尼泥麑逆匿溺鸟涅宁佞牛农耨奴怒女虐
傩诺区耦袍匏陪沛佩朋彭皮匹譬瓢贫平仆圃七妻栖戚欺漆齐其俟乞岂杞起启
气弃器墙襁巧切窃亲秦禽勤寝清轻倾卿情请磬穷丘求裘曲趋蘧取去缺阙群壤
攘让扰人任仁忍荏仞饪衽仍日戎荣容柔肉如儒孺汝辱入润若洒塞丧桑扫色瑟
杀伤汤商上赏尚筲韶少召奢舌折舍社射赦摄申绅身深甚神审哂慎升生胜声省
圣尸失师诗施十石时识实食史矢使始士仕氏示世市式试弑似事侍饰视是室逝
殖熟手守首寿受授兽书叔疏孰暑黍数述束树恕庶帅谁水说顺舜朔私司思斯死
四驷兕肆松讼颂宋送诵叟素速宿蹜粟虽绥随遂岁燧孙损所他台太泰唐堂滔陶
讨慝滕体悌听廷庭通同童恸偷突图途涂徒土退豚托拖亡王罔枉往望忘危巍威
微违为唯帷惟维卫未味位畏谓遗魏温文闻问汶我呜圬巫诬于无毋吾吴五怃武
侮舞勿物务夕兮西希昔惜析皙肸息奚翕酰习席徙喜葸饩细绤狎柙暇下夏乡相
襄翔享萧小孝笑叶邪绁亵心新信兴星腥骍刑幸性姓凶兄修羞朽秀嗅须虚洫薛

学血恂循迅巽雅亚羊洋阳仰养夭约要尧药也冶野夜一伊衣依医揖噫仪夷沂怡宜移疑已以矣倚弋亿义议艺亦弈异抑邑佚毅绎易佾羿翼益逸意懿因阴淫尹饮隐应盈庸雍永咏勇用优忧尤犹由游友有牖又右幼诱迂于与予余馀臾鱼隅愚逾愉窬虞雩舆羽禹语圉庾玉浴欲郁狱域阈喻愈遇御誉曰月悦云耘允愠韫哉宰再在臧葬藻灶造躁则责择贼谮憎诈张章掌丈杖昭赵者贞袗枕朕正征争证政郑之祇知执直植止旨指至致窒志忮质治挚雉中忠钟终冢仲众舟州周纣昼朱诛诸主助祝庄壮追坠棁卓琢咨缁子紫自宗总纵邹緅鄹足族俎罪尊作左阼怍坐}。

结论 3，集合 A3 的 18 个汉字中，出现在《论语》字集 B3 中的汉字共有 10 个“汉佛耕敬粮伦农儒恕医”，根据上面前提 3 的假设（文化是前进的）和结论 2，因此，直至东周孔子时期，中华文化的成熟度至少已经达到 82%＋10%＝92%。此时，仅仅通过“字的计算”，还没有出现的中华特色文化支流最多只有如下 8 条：A4＝{仙侠禅院茶瓷圆悟}。

下面对 A4 所代表的 8 条文化支流“仙侠禅院茶瓷圆悟”进行逐一综合考证。

结论 4，关于“瓷”：1955 年和 1965 年在郑州的商代墓中，出土了两件较完整的商代瓷尊，被誉为中国瓷器的鼻祖，因此，有理由相信“瓷”这个中华文化支流，在商朝就发源了。

结论 5，关于“茶”：据晋人常璩《华阳国志·巴志》记载“周武王伐纣，实得巴蜀之师，茶蜜，皆纳贡之”，这表明在周朝的武王伐纣时，巴国就已经以茶与其他珍贵产品纳贡与周武王了，因此，有理由相信“茶”这个支流，最晚在西周时发源了。

结论 6，关于“禅”：禅宗初祖菩提达摩在北魏时期，约 1 500 年前，就已经开始传教了。因此，有理由相信“禅”这个支流，至少诞生于北魏时期。

结论 7，关于“仙”：道教追求的目标就是“成仙”，而一般认为道教创建于老子，所以，有理由相信“仙”这个支流，发源于东周老子时期。

结论 8，关于“侠”：早在先秦和汉代，就出现了“游侠”；从唐代开始，“武侠”文学便开始逐渐兴盛。那么，我们就冒失一点，选择先秦作为“侠”这个文化支流的发源时间吧。

结论 9，关于“悟”：西汉末年，佛教传入中国，而佛很讲究“悟”，因此，如果胆大一点，可以相信早在西汉时期，“悟”这个文化支流就已经发源了。若再保守一点，禅宗便是“顿悟”的结果，因此，最晚在初祖菩提达摩的北魏时期，“悟”这个文化支流就已经发源了。

结论 10，关于“院”：早在公元前 11 世纪，周文王就在筑灵台、灵沼、灵囿，因此，有观点认为这就是最早的“皇家庭院”。那么，我们也就借用该观点，认为“院”这个文化支流，发源于周朝吧。

结论 11，关于“圆”：“天圆地方”的概念，来源于先天八卦的演化中，它所推演出的天地运行图就是“天圆地方”。另一方面，“方”字早在甲骨文中就出现了。因此，有理由相信，“圆”这个文化支流发源于甲骨文时期，再保守一点，最晚不过周文王写《易经》的时期。

好了，至此，中华文化长河中，最具代表性的 100 条支流的发源时间段就已经大致锁定了。综合而言，我们可以说：除了“侠”（先秦）与“禅、悟”（北魏）这三个支流之外，其余 97 条支流均已经在周朝前就成型了；特别是，早在甲骨文时期，中华文化的成熟度就已经高达 60%了！这些量化结果，确实出人意料。

2. 中华文化成熟度的相对时间表计算

上面我们计算的是“绝对时间”，现在我们考虑“相对时间”，即，根据一些重要的史料，来判断其涉及的中华文化之河的支流个数。计算的原理和方法与前节相同，所以，我们直接描述结果如下。

《易经》肯定晚于甲骨文时期，虽然关于《易经》的作者是不是周文王、孔子是否注解过《易经》等问题还存争议，但是，《易经》中使用的不同汉字共有如下 1 030 个：

D1＝｛安班半变辨辩川遄眈颠电蕃藩凡繁反犯干甘敢感关观官贯盥汗含寒翰桓缓涣患戋坚间艰兼渐俭蹇见贱建健荐坎宽连涟挛乱满免面男南难年盘偏翩迁牵谦愆前潜泉劝然三山善坦天田象万先闲贤咸嫌显险苋限陷玄旋铉股焉燕严言掩衍宴渊元园原远愿簪占战哀爱八拔罢白百败邦包苞剥饱保豹陂卑背北贝悖备惫奔贲本鼻匕比妣彼笔必闭敝辟宾冰并炳帛博跛逋不部财裁藏草恻察长常裳畅鬯巢朝车坼掣臣称成诚城承乘惩迟踟赤敕憧重崇宠仇畴愁丑臭出初除处畜触垂纯兹辞此次聪从丛摧萃粹存错大待逮代带当道得德地的登瓶

敌弟娣第帝耋顶鼎定东动栋斗独毒渎笃度对兑敦多掇朵恶而尔迩耳二贰发伐罚法方防飞非肥腓匪分纷焚忿奋丰风冯奉缶否夫肤弗拂伏孚服绂辐福父斧辅附鲋负妇复腹覆富夹改盖刚高膏告诰歌革葛个合各艮庚耕功攻躬公肱宫恭巩媾孤谷股蛊鼓故固梏瓜括寡卦光归圭龟鬼簋贵过国果害行巷号好和何河曷盍鹤亨恒弘鸿侯后厚乎狐弧虎户化华怀荒隍黄挥辉徽悔会晦惠婚火或获几机击积期箕跻及汲极吉即疾蒺棘耤己济忌系际既继祭稷嘉家颊甲假疆讲强交郊骄教角校节阶皆接嗟竭解介戒诫金谨进近晋浸经惊精井静敬九久酒旧咎疚就且拘居据橘惧聚决桷绝厥爵矍君浚开康亢考可克客嗑恐口寇枯苦快筐况亏窥逵睽馈坤困腊来劳老乐雷羸类丽离藜礼里理历厉立莅利良两列冽邻林临吝灵陵留流六陆龙隆漏庐禄鹿旅履律纶马莽茅茂美妹昧袂闷门蒙迷靡密眇庙灭蔑民名明鸣冥命末莫谋母拇木目牧幕纳乃囊内能尼泥逆鸟臬宁凝牛女旁沛配朋彭匹频品牝平瓶皤裒仆普七妻戚齐岐其杞起气汔弃泣器戕切妾侵亲禽清倾情庆穷丘秋求驱衢取娶去阒确群桡人仁任日戎荣容柔肉如茹濡入若弱塞丧桑沙伤汤商上尚畬舌折舍设社射涉赦申身深神慎升生牲胜声省眚圣尸失师施湿十石时识实食史矢豕使始士世试弑势事视是室筮噬收守首受狩鼠数束庶帅霜谁水说顺硕思斯死祀四讼苏俗夙素速虽随遂岁损隼所索琐他它泰啕忒滕体涕逖惕听庭通同童统突涂徒土退屯豚臀沱瓦外亡王罔往望妄忘危威违为唯惟维尾卫未位畏谓蔚遗文闻问瓮我握渥巫屋无吾五武兀勿物误夕西晰息锡嘻习喜遐下相祥翔享象消小孝笑邪偕渫心新信兴刑形性凶兄休修羞盱须虚需徐序恤穴学血熏旬驯巽哑牙殃扬杨羊阳养约爻药也野业曳夜一依仪夷宜颐疑乙已以矣弋亿义议亦异邑易翼益意懿劓因阴音夤引饮隐应盈庸墉永用忧攸幽尤犹由友有牖又右佑宥于与馀鱼渝虞舆羽雨语玉欲裕育狱豫遇御誉曰月刖跃龠云允陨孕愠杂灾哉载再在臧造早燥则泽昃宅张章丈昭照者贞枕振震正征拯政之支只知执直止祉趾至桎致窒志制治置雉中忠终众舟昼朱株诸逐蹢主壮酌咨资子自字宗纵足族祖罪尊樽作左褫牿}。

结论 12，字集 A1 的 100 个字中，出现在《易经》字集 D1 中的字共有 67 个：“安年山善天田元北本财车道德帝鼎东法丰福耕鬼国和化祭家戒井敬九酒乐礼龙美民名人仁日社神生食士水祀土王文武孝信休羞羊阳一义易阴玉月中忠宗祖”，即，仅仅是《易经》一书，就已经横跨中华文化 67%的重要支流了。字集 A2 中，出现在《易经》字集 D1 中的字共有 18 个｛善本财道德法耕和敬礼仁社神士水信阴忠｝，因此，根据结论 1 和文化的前进性，可以断定，直到《易经》成书时（甲骨文和铭文当然已经有了），中华文化的成熟度就至少已经高达 60％＋18％＝78％了！如果承认《易经》在《老子》之前，那么，结合此处的结论和前面的结论 1 和结论 2，就可以知道，直到《老子》成书时，中华文化的成熟度已经达到 84％：｛安淡年山善贪天田元宝北本兵财册车春道德帝鼎东法丰凤福耕工鬼国禾和化祭家戒井敬九酒乐礼令龙美民名人仁日社神生食士寿书水丝堂土王网文武孝信休羞羊阳一义易阴玉月真智中忠宗祖祀｝，好巧，据说老子活了 84 岁。但是，如果说《易经》是孔子注解的，那么，此处的 84 之说，就当演义吧。

日韩文化均有中华文化的基因，但是，比例到底有多大呢？现在就来回答这个问题。

至今，中、日、韩还在共同使用的汉字共有 808 个：

D2＝｛安案暗半变便参产川传船单典点电店端短番反饭甘敢感关观官韩寒汉欢患浅坚间减见建卷看连练满眠免勉面男南难年念判片千前钱权全泉犬劝然三散山善算谈探天田团完晚万仙先闲贤鲜现限线选研烟严言眼元园圆原远怨愿展战广长场常唱窗当方防访放光行皇黄江将讲降强浪良凉量两忙让丧伤商上赏堂亡王往望忘乡相香想向央扬羊洋阳仰养造章壮哀爱败拜才材财采菜待代栽再在外太泰买麦卖保报抱暴招着兆早约要药消小孝笑效少妙毛中忠钟终众永勇用胸兄雄通同童统松送八下夏他杀马白百悲北贝备本鼻比彼笔必闭表别冰兵病波不布步部草册茶察朝车尺臣成诚城盛承乘持齿赤充虫种重崇愁出初除处吹春纯慈次从卒村存寸答打达大刀岛到道得德地的灯登等低敌弟第调顶定东冬动都豆读独度对多恶恩儿耳二发伐法飞非分丰风奉佛否夫扶伏浮服福父妇富改高告歌革个合各给根更耕工功红弓公共句骨古谷故固归贵过国果海害号好和何河贺黑恨后厚呼湖虎户化华花画话回会惠婚混活火货基期及极吉急集己计记技季祭加家假价交教角校节皆结接街洁解界借今金禁尽进近经京惊精井景净静竞敬究九久酒旧救就居局举巨决绝军均君开考科可客课空口苦快困适落来劳老乐冷礼里理力历立利例料列烈林令领留流六陆露绿路旅律论每美妹门米密民名明鸣命末母木目暮内能逆鸟牛农怒女暖区皮贫品平

破七妻起气泣桥亲勤青清轻情晴请庆秋球曲取去热人仁忍认日荣容柔肉如入若弱色舌舍设射申身深什神生胜声省圣失师诗施十石时识实拾食史使始士氏示世市式试势事视是室收手守首寿受授书暑数树谁水说税顺私思死四寺俗素速宿岁孙所特体题铁听庭停头投图徒土推退脱危威伟尾未味位遗温文闻问我屋无五午武舞物务误悟夕西昔惜习席洗喜细叶协写谢心辛新信兴星刑形幸性姓休修秀须虚许序续学雪血训野业夜一衣依医移已以亿忆义议艺异易益意因阴音银引饮印应英迎忧由油游友有又右幼与馀鱼渔宇雨语玉浴欲育遇月云运则责增宅者针真正争证政支枝知执直植止指纸至致志制质治宙昼朱诸竹主贮助住注祝著追子姊自字宗走足族祖最罪尊作昨左}。

结论 13，字集 A1 的 100 个字中，出现在中、日、韩共用汉字集 D2 中的字共有 76 个：{安汉年山善天田仙元圆堂王羊阳财孝中忠北本兵册茶车春道德东法丰佛福耕工国和化祭家井敬九酒乐礼令美民名农人仁日神生食士寿书水土文武悟信休一医义易阴玉月真宗祖}。换句话说，中华文化的至少 76%都已经被日韩两国吸收，真是出人意料呀！而日韩可能还没有吸收的中华文化支流最多只有如下 24 条：{禅淡贪院宝瓷帝鼎凤鬼禾戒粮龙伦儒社恕丝祀网侠羞智}，显然，这还很保守，比如，“儒”字就未共用，但是，韩国有人甚至还声称孔子是他们的祖先嘛。

结论 14，字集 A1 的 100 个字中，出现在《诗经》中的字共有 80 个：{安汉年山善贪天田仙元宝北本兵车春道德帝鼎东丰凤佛福耕工鬼国禾和祭家戒敬九酒乐礼粮令龙伦美民名农人仁日社神生食士寿书水丝堂土王网文武孝信休羊阳一义易阴玉月中宗祖祀}。如果再考虑结论 1 和文化的前进性，那么，甲骨文与《诗经》一起，共有字集 A1 中的 84 个字出现，{安汉年山善贪天田仙元宝北本兵册车春道德帝鼎东丰凤佛福耕工鬼国禾和化祭家戒井敬九酒乐礼粮令龙伦美民名农人仁日社神生食士寿书水丝堂土王网文武孝信休羞羊阳一义易阴玉月中宗祖祀}。由于《诗经》大约在西周时成书，因此，至此中华文化的成熟度至少达到了 84%，它又从另一个角度印证了结论 2（82%）的可靠性。

结论 15，字集 A1 的 100 个字中，出现在甲骨文（含铭文）、《易经》和《诗经》中的字共有 87 个：{安汉年山善贪天田仙元宝北本兵财册车春道德帝鼎东法丰风佛福耕工鬼国禾和化祭家戒井敬九酒乐礼粮令龙伦美民名农人仁日社神生食士寿书水丝祀堂土王网文武孝信休羞羊阳一义易阴玉月中忠宗祖}。换句话说，此时（也许该在西周时期吧），中华文化的重要支流中，至少87%已经出现！

中国还有一个非常稳定的字集，那就是由姓氏组成的字集，某个姓氏一旦产生，基本上都会子子孙孙地传下去。目前，我收集到的单字姓氏有3 292个。

结论16，字集A1的100个字中，出现在3 292个姓氏字集里的字共有95个：{安禅淡汉年山善天田仙元圆院宝北本兵财册茶车春道德帝鼎东法丰凤佛福耕工鬼国禾和化祭家戒井敬九酒乐礼粮令龙伦美民名农人仁日儒神生食士寿书水丝祀堂土王网文武悟侠孝信休羊阳一医义易阴玉月真智中忠宗祖}，仅有5个字（贪瓷社恕羞）没出现在姓氏中，而且，这5个字中还有两个字（贪羞）已经出现在甲骨文（铭文）中了。因此，中华姓氏体系成型之日，便是中华文化成熟之时（95%），但是，很遗憾，谁也说不清楚中华姓氏体系成型于何时，据说，早在5 000多年前的伏羲氏时期，就出现姓氏了。

汉字还有一个非常重要的“源字集”，即，所有其他汉字都是经过这些源字，按形声、会意等方法构造出来的。这样的源字共有392个。

结论17，字集A1的100个字中，出现在392个源字集里的字共有38个：{年山天田本册车帝鼎东丰工鬼禾井九乐龙民农人日生食士书水土王网文羊一义易玉月中}。因此，在中华文化的100条支流中，也许这38条支流演化出来的内容，从字面上看，最丰富。

最后，我们再给出两个古今对比的结论：

结论18，字集A1的100个字中，出现在《千字文》中的字共有71个：{天日月阳生水玉淡龙帝人文国民道一王凤食化信丝羊德名堂福善宝阴敬孝忠安美令乐礼和仁义神真东仙书侠家兵车汉武士土法九宗禅田本农中易粮圆酒祭祀伦工年}；出现在《三字经》中的字共有56个：{禅汉年山善天元北本春道德帝鼎东国家戒敬九乐礼令伦民名农人仁日社神生食士书水丝祀土王文武悟孝信羊一义易玉月智中忠祖}；出现在《弟子规》中的字共有40个：{安年善天圆财车道德法福工祭家戒井敬酒乐礼名人仁日生食士书堂文孝信羞阳一义易阴真中}；同时出现在《三字经》《千字文》《弟子规》中的字共有 84 个：{安禅淡汉年山善天田仙元圆宝北本兵财车春道德帝鼎东法凤福工国和化祭家戒井敬九酒乐礼粮令龙伦美民名农人仁日社神生食士书水丝祀堂土王文武悟侠孝信羞羊阳一义易阴玉月真智中忠宗祖}，由此可见，历代启蒙教育把《三字经》《千字文》和《弟子规》选用为儿童教材是相当正确的，这样的蒙童就已经接触到了约 84%的中华文化支流。

结论 19，字集 A1 的 100 个字中，出现在当代常用 2500 个汉字集中的字共有 91 个：{安淡汉年山善贪天田仙元圆院宝北本兵财册茶车春道德帝东法丰凤佛福耕工鬼国禾和化家戒井敬九酒乐礼粮令龙美民名农人仁日社神生食士寿书水丝堂土王网文武悟孝信休羞羊阳一医义易阴玉月真智中忠宗祖}，换句话说，普通国人接触较少的 9 条中华文化支流是：{禅瓷鼎祭伦儒恕祀侠}，竟然“恕”和“伦”都缺少，这可能就是文革“斗争哲学”的恶果之一吧(但是，我们却对侵略者，比如，日本，又太“恕”了！更令人汗颜的是，根据结论 18，古代蒙童也都接触过今人缺乏的“禅鼎祭伦祀侠”)；不重视“祭”和“祀”，可否解释为连祖宗都不认？即使是在今天常用的 3500 个汉字集里，也缺少“禅”和“祀”两个字，这也许是当今社会浮躁的根源之一吧。

本节纯粹用数学算法，来定量地计算了某些阶段或事件中的“中华文化含量”。其中许多结论与过去通过其他途径获得的结论，高度一致，比如，中华文化源于《易经》(78%)，成于《老子》(82%)（当然，实际上，根据结论 1 和结论 14，还可以将时间表再提前到：中华文化源于商朝的甲骨文时期(60%)，成于更早的西周《诗经》成书时（82%)）；中、日、韩三国的文化是相近的，共同点高达 76%等。

本节的计算之所以可行，一方面，因为我们发明了一种有效的“机器文学算法”，否则文中的许多运算根本无法进行下去；另一方面，更主要的是因为，汉字包含的信息非常丰富，而且，汉字与其相关的概念和意识几乎是同时诞生的，保守地说，相关概念和意识肯定不晚于相应汉字的诞生，所以，我们只要能够找到相关汉字的诞生时间，就可以知道相关文化（概念或意识）的发源时间。相信，本节的思路一定还可以用于训古学的其他方面，因此，理工融合真的大有作为。

“机器文学”大有可为，实际上，到目前为止，我们已经利用数学、密码学、计算机等工科手段，在千字文、《璇玑图》、唐诗的大数据挖掘、甲骨文考古、成语接龙、时空穿越、易道文、千家姓、同音文等方面取得了不少成果。

穿越远古不是梦

据说，若能造出超光速火箭，那么，人类就可以回到过去。但是，很遗憾，根据爱因斯坦的理论，速度无法超过光速。不过，别失望，因为，我们可以另辟蹊径，利用存封在汉字中的原始信息，制造一种“文字时光机”，并带你去远古旅游。乘坐该“时光机”，读者朋友，你便可以穿越到遥远的古代，去见识先人们的生活和起居等。

原理：人类的“言”与“行”始终是一致的，而且“言”与“行”是相互影响和相互促进的。文字是“言”的主要载体。“行”虽然无法独立传承，但是，却可以通过记录“行”的成果，通过文字，将“行”转化为“言”；另一方面，每个人，每时每刻的“行”，又在很大程度上，受到过去（它人或自己）的“言”的影响。所以，通过分析古人的“言”，便能够大致了解他们的生活起居等“言”与“行”。该理论的详细描述，请第一章的“字距猜想”。

思路：当某种“言行”特别重要时，人们总要千方百计地去研究它，而且，首先得用一个字、词或术语去定义它。因此，人类刚刚发明“字”时，

“字”所能够表达的东西，一定是当时最重要（或给人们印象最深刻）的东西；而“字”所没有涉及的东西，或者是不十分重要，或者是根本没有被注意到。因此，只要我们能够精确判断某些“字”诞生的时间，那么，就可以，在一定程度上，推断出这些“字”之前和之后，人们生存方式的差异。

虽然没有任何办法知道每个汉字诞生的精确时间，但是，目前已知，人类最早的汉字是**象形文**(共有如下 244 个)，它们本文“时光机”的主体：丫丰乌丹册乐了丁不丑丏业丙乙乞也主八勺勿匕卜卣卣刀龟兔儿兆兕兢于互井云亚兽几凡卯卵冉网冏力出函人仓介以侯入升午克亢亥交亨京亭又反若蓑彳巢川大夭夫奠飞干工巨巫弓弗弟己已彘巾帚带帝口吕向周黾马门它宫寅女山尸居壶才巳巴土堆囟舜小禺禹禽弋孑子孔贝焉燕长车歹斗方戈戉户火斤毛木末朵来果某牛气欠犬日昔易星晓氏手水永泉瓦文心牙爻月肩朋胃能爵爪白皇癸登瓜禾秃秋秝龙矛皿母目盾眉鸟石磬矢甲田畎番玄率穴窗用甫玉臣蜀而耳缶虎臼耒糸齐肉舍西要行羽至舟竹自辰豆角身豕象辛酉齿阜鱼雨雷隹革鬼韭面首鬯高鬲黄鹿鼎鼠页衣羊。

人类早期（此处的“早期”是相对的，即，在该字所表达的领域内是最早，而非绝对时间的最早）发明的还有如下 280 个**独体字**：一乙二十丁厂七卜八人入乂儿九匕几刁了乃刀力又乜三亍干于士土工才下寸丈大兀与万弋上小口山巾千川彳个么久丸夕及广亡门丫义之尸已巳弓己卫孑子孓也女飞刃习叉马乡幺丰王井开夫天无韦专丐廿木五卅不太犬歹尤车巨牙屯戈互瓦止少曰日中贝内水见手午牛毛气壬升夭长片币斤爪父月氏勿欠丹乌卞文方火为斗户心尹尺夬丑爿巴办予书毋玉末未示戋正甘世本术石龙戊平东凸业目且甲申电田由央史冉皿凹民弗出皮矛母生失矢乍禾丘白斥瓜乎用甩氐乐匆册鸟主立半头必永耒耳亚臣吏再西百而页夹夷曳虫曲肉年朱缶乒乓臼自血角舟兆产亥羊米州农聿艮严求甫更束两酉豕来芈里串我身豸系羌良事雨果垂秉臾肃隶承柬面韭禺重鬼禹食豸象。

显然，“象形文”与“独体字”有许多重叠，当去掉这些重叠后，我们就获得了人类“最早”发明的如下 392 个汉字。现在就用这些字来制造“文字时光穿越机”[为清楚计，今后，当用作“时光机”时，它们将被标为*斜体表示*（象形字）或**黑体表示**（独体字）。再次提醒：这里的“最早”是相对最早，即，在其指领域是最早出现]：

丫丰乌丹册乐了丁不丑丏业丙乙乞也主八勺勿匕卜卤卣刀龟兔儿兆兕兢于互井云亚兽儿凡卯卵冉网冏力出函人仓介以侯入升午克亢亥交亨京亭又反若蓑彳巢川大夭夫奠飞干工巨巫弓弗弟己已彘巾帚带帝口吕向周黾马门它宫寅女山尸居壶才巳巴土堆囟舜小禺禹禽弋孑子孔贝焉燕长车歹斗方戈戉户火斤毛木未朵来果某牛气欠犬日昔易星晓氏手水永泉瓦文心牙爻月肩朋胃能爵爪白皇癸登瓜禾秃秋秝龙矛皿母目盾眉鸟石磬矢甲田畎番玄率穴窗用甫玉臣蜀而耳缶虎臼耒糸齐肉舍西要行羽至舟竹自辰豆角身豖象辛酉齿阜鱼雨雷隹革鬼韭面首鬯高鬲黄鹿鼎鼠页衣羊 **一二十厂七乂九刁乃乜三亍士下寸丈兀与万上千个么久丸夕及广亡义之卫孓刃习叉乡幺王开天无韦专丐廿五卅太尤屯止少曰中内见壬片币父卞为尹尺夬爿办予书毋末示戋正甘世本术戊平东凸且申电由央史凹民皮生失乍丘斥乎甩氐匆立半头必吏再百夹夷曳虫曲年朱乒乓血产米州农聿艮严求更束两丵里串我豸系羌良事垂秉臾肃隶承柬重食象。**

穿越之旅

现在邀请各位乘坐俺的“象形文时光机”，随我一起穿越到远古。

好了，各位朋友，远古已经到了，请走下“时光机”，开始咱们的穿越之旅。下面由我来当导游，给大家解说：

1. 远古时代，都有些什么人？

家人有“**父***母夫弟子女儿*”，那时，他们还不区分“兄、妻、姐、妹、爷、婆、孙、媳”等家庭成员哟，对此，虽然可以猜测许多原因，比如，或者没有必要区分这些关系（比如，至今，在许多西方国家中，也还不区分“堂”和“表”的关系呢）；或者太复杂，用当时已有的字，还无法做出区分；或者寿命不长，很少出现三世同堂等（比较，现在四代以上，都统称“祖先”了）。但是，这些猜测都没有根据，所以，本节下面我们就只陈述事实，不再探究原因了。

已知的重要人物有“*舜禹皇帝臣侯* **王**”（为何没有“尧”）；已有“官吏”和普通“**平民**”之分；既有文官“**尹**”，也有武官“**士**”；社会关系包括自“*己*”和他“*人*”，不区分“敌、伴”等；对自己的种族已经有了一定的优越感，已有“*夷*”的概念了，至少已可区分“**羌氐**”等民族。他们虽然还没有姓名，但是，已经可以区分“*氏*”了。已经有人专门负责记录历“**史**”和重要“**事**”情了。

2. **家里都养了哪些动物，或者都见过哪些动物？**

他们已经能够区分“*禽*”和“*兽*”了。

家畜中最重要的可能是猪，因为，竟然用了两个字“*彘豕*”来描述这种东西；其他家畜可能还有“*羊犬牛马*”，但是，还没有“驴、骡、猫”等家畜。这时家禽（比如，鸡、鸭、鹅等）也还没有被驯服，它们还在大自然中独立地生存着，与人们的生活关系不大。不过，耗子“*鼠*”和蚊虫“*孑* **孓**”已经把祖先们折腾得够呛了！

他们经常看见在地上跑着的动物有“*鹿象虎兔*”和熊“*能*”，还传说有一种神猴“*禺*”；他们看见在水中游的东西，主要有“*鱼龟*”和一种蛙“*黾*”等；他们好像还没见过“狮、豹、蛇、骆驼”等，或者说，这些东西与他们的关系并不密切，不值得专门发明相关字眼去描述它们。他们将蛇等没足的虫子都统称为“**豸**”。那时，各种虫子，在他们心目中，是一类比较宽泛的动物，因此，他们至少用了“*它* **虫豸**”等字眼来记录虫子。他们看见在天上飞的动物有“*鸟隹燕*”等，但是，却没有区分（或不见过）“鸡、雁、鹰、麻雀、乌鸦”等鸟类，但是，已经知道鸟蛋“*卵*”和鸟窝“*巢*”了。

他们已经知道害怕“*鬼*”，同时懂得敬畏“*龙*”，而这些理念都是由专业人士“*巫*”，通过“*易卜兆文*”和《易经》中的“*爻* **彖艮夬**”等手段，传递给他们的。出乎意料的是，“*乞* **丐**”也是出现较早的一类专业人士！

3. **他们吃什么，做什么，用什么，有哪些家具或工具，用什么东西打仗？**

他们已经开始从事“**农**”业活动，渔业和牧业等活动还没有出现（至少未成规模）。

已经有商业，并开始用“*贝* **币**”来交换东西，对钱的多少也有意识，钱的基本单位“*朋*”已经出现。他们对等价交换物的大小重量等已经有了明确的概念，知道“*大小巨* **少戋**”；对“少”好像特别在乎，用了“*小* **少戋**”等多个字来表示，但是，还不知道更小的“微”。已有“**重**”量的概念，衡量单位已经出现“*斤* **两尺寸丈**”等，但还没有“吨、米”等公制单位。

他们喝“*水*”和“*泉*”，烧“*火*”，点火把“*主*”，穿“*衣*”。他们的“**食**”

物主要有“**米**”、“*豆*”、“*肉*”、“*瓜*”、“*果*”，没吃过“奶”、“糖”、“糕”、“粥”等，也不细分“大米”与“小米”、“豌豆”与“胡豆”、“肥肉”与“瘦肉”(但是，已经有干肉“*昔*”出现了)、“甜瓜”与“苦瓜”、“干果”与“水果”等，甚至，可能这些东西都还没有出现。他们已经记录了甜味“**甘**”。

特别注意，他们已经有“*卤*”了，这也许是因为人体需要盐分，但又还不会造盐，所以就用卤来替代。

他们虽然没有专门发明一个字来描述酒(这很奇怪，也许“酒”与“水”不分)，但是，却相当重视酒，因为，与酒器相关的字有好几个：“*兕卣鬯鼎爵*”。

酸酸的梅子可能给他们留下了很深刻的印象，虽然不可能常吃，但还是发明了一个字“*某*”来描述它。

他们使用的农具或工具已经不少了，包括容器“*缶皿仓* **屯**”、加工或度量粮食的工具“*臼斗*”、通用家具“*耒帚* **叉夹**”、网状或织网的东西“*网互*”、曲尺“*工*”等，但是，不区分锄头和犁耙等带把的农具，都把它们统称为“*耒*”。他们已经习惯于把禾杆束在一起，绑成“**秉**”。已经意识到做农活要花“*力*”气。

他们的厨房用具有“*壶勺*”，已有纺锤“**专**”，会用腰“*带*”和毛“*巾*”，能够对兽“**皮**”加工，制造出“*革*”和“**韦**”。已经会从“*井*”中取水。已经能够将“*木*”头劈成片，做出“**爿**”。文化活动也不少了，已经有“**柬***册* **书**”等文学成果了。

众多植物“*竹韭秫萋甫禾* **本**”已与他们的生活密切相关。他们已经会乘坐“*舟车*”等交通工具了；已经会建造有“*瓦*”和带“*门窗*”的各类房子“*亭、宫、阜、舍*”等，而且，已经有双开门“*户*”了；他们还会修建短墙“*丏*”、房屋“*向*”、没围墙的房子“**厂**”等建筑物，还知道修路“**术**”，已经知道用小木桩来注标记“**必**”。

已经有音“*乐*”，出现乐器了(但不知道都有些什么乐器，难道只有“*磬*”一种乐器)，并把乐器放在“*业*”上。他们已经有凳子，坐在“*几*”上。已经能够用模具“*凡*”来生产东西了。

他们把武器都统称为“**我**”，具体地说，用“*戈矢矛戌弋盾弓刀匕* **刃**”等武器来打仗或狩猎，还穿着铠甲“*介*”。

在一年四季中，他们最关注的是“*秋*”，也许秋天给他们的印象最深，比如，粮食丰收、山火频发等。他们对春夏冬这三个季节好像不感兴趣，可见，农业还不够发达。

东南西北四个方向，他们更重视“**东***西*”，可能因为那是大阳和月亮出没的方向吧。而对南北两个方向不重视，更没有左右之分了。

左撇子不多，而且，右手很重要，所以专门用“*又*”来表示右手。

4. 他们如何历法，计数，观察天象？

他们已经能够用“一二三五七八 **九十百千万半廿卅无再**”等来计数了（注意：没有“四”，在甲骨文中，用两个“二”重叠成的“四个横扛”来表示四。也没有“六”，我就不知道原因了）。当然，不可能有“亿”的概念，那对他们来说太大了。

他们的历法体系已经比较健全了，包括的天干和地支有“*甲乙丙丁戊己辛壬癸子丑寅卯辰巳午未申酉亥*”等。但是，不知为何，天干和地支中各缺少一个：“庚戌”。

他们也已经有“*日月* **天年曳世**”等时间概念。

汉字的特色词，量词（与英文相比，因为，英文没有或者很少量词）已经出现了不少，包括“*朵堆升行页* **束串个**”等。很明显，这些量词都与农业生产密切相关，比如，“朵堆束串”等都与禾杆的收集和整理相关，“升”与粮食计量有关，“行”与农田相关，“页”与书册相关，“个”就很通用了。也很显然，这些量词还远远不够，所以，后人又发明了许多其他量词。

他们很重视天象观察，已经知道了“*日月星辰*”等星体，但还不知道“彗星”等。已经知道“**天**”，但为什么没区分“地”，也许是用“*土*”来表示吧。已经注意到“*云雨雷* **电**气”等自然现象，但还不知道区分“雾、霾、雪”等。已经知道区分每天的开始“*晓*”和结束“**夕**”。

他们已能把石头细分为普通的“*石*”头、能发声的石头“*磬*”、以及贵重的石头“*玉*”。对土地也有细分，包括“*土田*”等，而且，还把田分成了块状，用“*畎*”来分隔。

5. **关于自身，他们知道些什么？**

关于人或动物的躯体，他们知道的东西也不少，包括一目了然的“*口肩眉目耳角身牙齿毛羽手爪首* **头**”和舌头“*函*”、受伤后流出的“**血**”、死后的身体“*尸*”、婴儿头顶骨未合缝“*囟*”脑门儿（可见，其观察已经很细了）、脊骨“*吕*”等。动物的爪子给他们留下的印象可能更深，他们甚至用了两个字“*爪番*”来记录。男人的胡子也专门记录为“*而*”。对鼻子也用“*自*”来记录。对死者已经懂得尊重，有了“*奠*”和“**亡**”。

特别奇怪的是，他们甚至知道两种内脏“*心胃*”，但是，不知道其他更多的内脏，比如，肝、肠、肺等。其原因也许是：猛跑后，心脏跳动很快，他们能够直接感觉得到；经常吃不饱，因此，能够感觉到肚子里有个食物“容器”。

6. **他们还知道些什么？**

关于外部环境，他们已经在区分大“*山*”和小“**丘**”，也有河“*川*”的概念。他们知道“**上下中央**”，对平面有“**凹凸平兀**”的认识，能描述“*丫孔穴*”等形状。在两物相比较方面，已有“**正***长齐*”等认识。

他们已经记录许多比较复杂的动作了，比如，“*出入亨交以反夭飞干居来欠登率用克要至于若已* **予之系求产曳立甩斥生失示办见止曰开卫习乂承与垂乜及为由隶**”等。

“*黄乌丹* **朱***白玄*”是他们认为重要的，需要记录的颜色。他们能够区分的声音，包括牛羊的叫声“**芈**”和“**乓乒**”之声。

他们掌握的形容词也不少了，包括“*丰兢冉冋彳焉歹秃糸亢才永* **严更***亚* **刁广久太曲良肃聿幺尤匆**”等。

他们对位置的描述主要有“*周方高面* **内里末**”。已经有“**乡**”野的概念，而且还区分“*京* **州亍**”，已经产生了一些地名“*蜀巴鬲* **卞**”。

关于否定和拒绝的字也出现了“*不勿弗* **毋**”等，对东西的形状描述已经有“**丸片**”等字眼。

已经出现了一些比较抽象的虚词，包括“*了也* **乃么且乍乎**”。

也有一定的道德价值观，有了“**义**”的概念，由此可知，“义”在中华文化的“五常”中是首先出现的，随后才完善为“仁、义、礼、智、信”。

当然，由于本业余导游水平有限，上述“穿越”的解说词可能不严谨。不过，我相信，**这种穿越的方法是行得通的**。如果，再借助其他训诂知识，完全可以使“穿越之旅”更加丰富和精确。

上面所说的汉字诞生时间的“早”与“晚”，只是相对的。比如，虽然可以断定：狗比猫更早进入人家，因为，先有“犬”，后有“猫”字；同样，人们先发现鸟，后才驯化鸡，因为先有“鸟”字，后有“鸡”字。但是，我们无法断定狮和猴到底哪个先被记录，鸡与鸭到底哪个先被驯化（也许是鸡，因为，它进入了十二生肖嘛）。

上面，我们主要**从面上**来分析和综合相关汉字中隐藏的信息，并把不同字眼中的信息整合起来考虑（过去，专家们研究甲骨文和象形文时，重点关注对每个字的研究，但是，对这些字的联合研究不够）。其实，除了**面上**外，还可以对它们进行**点上**的分析和综合。比如，

从绝对时间来看，先人发明的第一个字，很可能是“一”，它其实是八卦的阳爻；紧接着，被发明的字是“二”，它其次是变形的阴爻。因为，它们书写很简单，含义又很重要。

先人最早注意到的星球是太阳和月亮。太阳是圆的，并且很热（属阳），所以，就把一个阳爻放进圆圈中来表示太阳，这就是“日”字。月亮经常是弯的，而且不热（属阴），所以，就把一个阴爻放进弯形中来表示月亮，这就是“月”字。

有些字，很可能是在同一段时间（甚至可能由同一批人）发明的，比如，动物身体以肉为主，而“月”也有“肉”的意思，所以，人和动物的躯体部件的描述字眼都很有规律，几乎都是月字旁：肌肋肠肚肝肛肓肘肪肥肺肤肱股肩朊肾肽胀肢肿肫胞背胆胡胛胫脉胖胚胎胃胱脊胯脑脓脑胼胸脩胰脂脚脸脲腌腚腓腱腈腔腕腋腹腮腿腰膀膑膏膈膜膘膛膝臂臀臁。另外，由于躯体是软的，属阴，所以其他部件，如“骨目耳身面血”等，也都含有变形的阴爻“二”。

总之，我们坚信，“文字时光机”才刚刚启程。如果有更好的导游，那么，穿越远古之旅将会更加精彩！

第五章　单音文

本书所研究的单音文，在网络上被称为同音文。

但是，由于『机器文学』中研究的『同音文』，意指两篇文章的发音完全相同，但内容（文字）完全不同的『机器文』，或『影文』，并且，在第一章中，我们还研究了所谓的『影文猜想』，即：每篇文章，都存在着至少一篇影文。

所以，本章我们仍然坚持自己的名词用法，即，若全文只发一个音，那么，就称这样的文章为『单音文』。

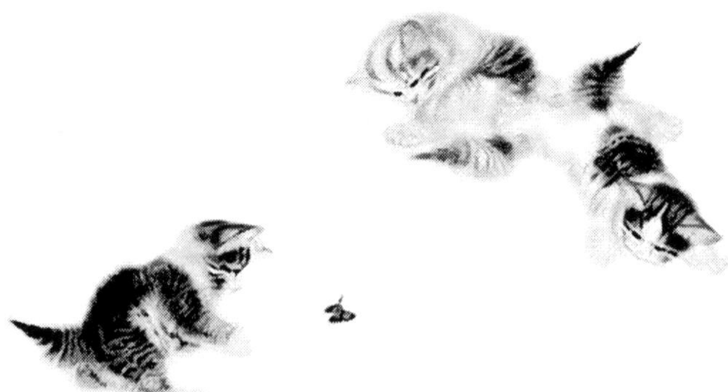

赵元任的发明

赵元任，清朝著名诗人赵翼（瓯北）之后，1892年生于天津，他博学多才，是现代著名学者、语言学家、音乐家、数学家、物理学家，对哲学也有一定造诣。然而他主要以著名的语言学家身份蜚声于世，是中国现代语言学先驱，被誉为“中国现代语言学之父”，同时也是中国现代音乐学之先驱、“中国科学社”的创始人之一。特别是他创作了一种奇特的文章，这类文章通篇只发一个音，本书称之为单音文。

赵元任亲自创作的，最有代表性的三篇单音文如下。

《施氏食狮史》（作者，赵元任）：石室诗士施氏，嗜狮，誓食十狮。施氏时时适市视狮。十时，适十狮适市。是时，适施氏适市，氏视是十狮，恃矢势，使是十狮逝世。氏拾是十狮尸，适石室。石室湿，氏使侍拭石室。石室拭，氏始试食十狮尸。食时，始识是十狮实十石狮尸。试释是事。

此文翻译出来便是：石屋子里住着一位姓施的诗人，特别喜欢狮子，发誓要吃掉十只狮子。施诗人常常去市场上看狮子。十点钟，正好有十只狮子到了市场。那时候，刚好施诗人也到了市场。施诗人看见这十只狮子，便放箭，把那十只狮子杀死了。他托起这十只狮子的尸体，回到石屋。石屋子很潮湿，施诗人叫仆人把石屋擦干。石屋子擦干了，施诗人方才尝试吃这十只狮子。吃的时候，才发现这十只狮子，实际上是十只石头狮子的尸体。试着解释这件事！

《熙戏犀》(作者，赵元任)：西溪犀，喜嬉戏。席熙夕夕携犀徙，席熙细细习洗犀。犀吸溪，戏袭熙。席熙嘻嘻希息戏。惜犀嘶嘶喜袭熙。

《对联》(作者，赵元任)。上联：齐妻起棋，齐欺妻气，妻弃七棋。下联：伊姨移椅，伊倚姨疑，姨遗一椅。

自赵元任发明单音文后，许多人便开始试图创作更多的作品。但是，由于单音文的撰写并不容易，人工撰写难度极大，而用机器则容易些，所以，至今能够从网上搜索得到的单音文也屈指可数：

《吏李立莅》(作者，程阳)：吏李立莅，赴逦岃岦岃沥俚黎，立艃漓里叕鲤礼黎，罹沴厉离，俚黎蛎鹂历呖（此段翻译后便是：官员李立上任，穿梭行走在曲折的山路间体恤山里的百姓，站在船上在漓江里撒网捕鲤鱼送给百姓，患上了瘟疫去世，乡亲百姓哭得很厉害，蛎鹂黄鹂鸟都哀鸣）。

《比璧》：毕弼俾彼婢比璧碧，比毕，嬖婢璧碧，毕弼愎，必裨币逼嬖婢畀璧，逼嬖婢鼻闭，毙。彼婢毕鄙避毕弼，毕弼匕彼婢，毕毙（翻译出来后便是：从前有个人叫毕弼，让他的婢女们比比谁的玉璧更为莹碧。比完玉璧，毕爷宠爱的婢女璧最为晶莹剔透。毕爷素来任性怎肯罢休，当即掏出金珠钱币，要那宠爱的婢女交出玉璧。婢女如何经得如此威逼，鼻息一闭倒地亡毙，婢女们见此都鄙视躲避。一怒之下毕爷动刀。作孽啊！婢女们全部死在他的手里)。

《仁人忍刃》：人人仁人人忍人，认仁人忍人刃人。仁人仁忍人人刃，人忍人人人人仁。忍人仁人任人刃，任人刃人任仁人（翻译出来后便是：如果每个人仁义就每个人都会忍耐他人，认识仁义的人会忍耐他人攻击自己。仁义的人会仁义地忍耐每个人对自己的攻击，人们会忍耐每个人那么每个人都会仁义。有忍耐力的仁义之人让别人随便攻击，任别人攻击自己的只有仁义的人)。

《遗镒疑医》：伊姨殪，遗亿镒。伊诣邑，意医姨疫。一医医伊姨。翌，亿镒遗，疑医，以议医。医以伊疑，缢，以移伊疑。伊倚椅以忆，忆以亿镒遗，以议伊医，亦缢。噫，亦异矣！

《猬围魏》：猥猬围魏，魏危，委卫尉韦唯卫魏。韦唯微谓魏卫：畏猬未？魏卫谓卫尉：微畏。卫尉娓娓慰卫：猬威为伪威，猥猬胃微，喂猬苇，猬胃违。胃违猬威萎，唯畏魏。魏卫慰，谓卫尉：魏卫未畏猬，为魏煨猬味（翻译出来后便是：猥琐刺猬涌来万万千千，团团围住魏国就要变天，大魏国祚多么危险。魏王麾下有名卫尉，英勇无比名叫韦唯，便委韦唯保国之权。韦唯接令怎敢怠慢，巡视卫队好生阅检。私下偷偷询问一卒，刺猬军来汝可惊怕，卫士颤言有一点点。卫尉娓娓道来安慰：刺猬军势外强中干，小小胃儿猥琐可怜，河畔恁多重重芦苇，尽可拿来死命喂填。刺猬小胃不堪折腾，必然撑得欲死欲仙。欲死欲仙军威必堕，只得畏惧大魏城坚。卫士闻言欣然开颜，豪言壮语足可震天：请卫尉放心！大魏卫士谁畏强敌，小小刺猬有何可怕，为国定要杀尽刺头，个个抓来烧烤尝鲜）！

《筵言》：阎琰延严嫣筵，筵言晏晏，严嫣咽腌盐，恹焉，掩眼咽言：琰厌嫣焉。阎言：嫣颜艳，琰焉厌？嫣言：嫣艳颜赝，琰厌？阎俨言：琰阉焉，嫣厌？嫣颜炎焰，偃验阎琰，厌焉（翻译出来后便是：阎琰富家花花公子，哄请美女严嫣来到酒店。嘻嘻哈哈席间调笑，气氛叫人起了邪念。严嫣美眉一口腌菜太咸，竟然勾起伤情无限，哭啼啼抹泪开言：阿琰！你定然已经将我讨厌。阎琰情场辗转无数，驾轻就熟马上回言：嫣妹长得这么漂亮，我看十年又怎会讨厌！嫣妹闻听娇羞低首：妹妹若是整过容颜，琰哥哥可会将我抛嫌？阎琰闻听脖子昂起，一脸严肃细细道来：哥玩的不是女人而是寂寞，因为我那话儿早已缺欠，妹可怜哥莫要讨厌！严嫣粉面似猛火烧燃，伸下手去拉扯检验。绝望顿时弥漫俏脸，甩手而去再不为念）。

《易姨医胰》（作者，江涛）：易姨悒悒，依议诣夷医。医疑胰疫，遗意易姨倚椅，以异仪移姨胰，弋异蚁一亿，胰液溢，蚁殪，胰以医。易胰怡怡，贻医一夷衣。医衣夷衣，怡怡奕奕。噫！以蚁医胰，异矣！以夷衣贻夷医亦宜矣！（翻译出来后的大意是：易阿姨闷闷不乐，大家叫她去看洋人医生。医生怀疑她胰脏有毛病，叫她靠在椅子上，用特殊的仪器移动他的胰脏，并设法取来一亿只特殊的蚂蚁配合治疗。结果胰脏的液汁流出来，蚂蚁死去，胰病得到医治。易阿姨非常高兴，送给医生一套洋装。医生穿上洋装，十分高兴，非常精神。啊！用蚂蚁来医治胰脏的疾病，多么奇特呵！把洋装送给洋医生，又多么适宜啊！）

《鹂驭鱼于污》：伛妪育鱼，圉鱼于盂。妪遇余，余与语，誉妪，妪愉，欲与余鱼。余予妪玉，鬻妪鱼。余于盂渔，鱼逾于污，寓于污。遇雨，鱼浴雨，娱于污。余虞鱼欲雨，谕禹雩。禹喻余语，雩，雨愈，鱼愈娱。污域榆郁，鹂迂榆，于污隅遇鱼，欲鱼，谀鱼，鱼愉，逾污与语，鹂驭鱼，狱于羽，舁鱼御。吁！鱼愚欤（翻译出来后便是：驼背的老婆婆养了鱼，养在盂（这）里。老婆婆遇到我，我和她谈话，（我）赞美老婆婆，老婆婆很高兴，想给我鱼。我给老婆婆美玉来，买老婆婆的鱼。我在盂捉鱼，鱼在污泥里穿梭，住在污泥里。碰巧遇到下雨，鱼便淋浴着雨，在污泥娱乐。我思量鱼想要雨，便让大禹去祭祀（求雨下得更大）。大禹告诉我咒语，祭祀（求雨后），雨越下越大，鱼在污泥娱乐得越来越快活。（我看到）污泥所在的区域榆木葱郁，鹂鸟迂回在榆林里，在污泥的角落遇见鱼，（鹂）想要得到鱼，便阿谀奉承鱼，鱼很高兴，越过污泥和鹂说话，鹂（马上）控制了鱼，（把鱼）囚禁在羽毛中，携带着鱼走了。唉！鱼真愚蠢啊。）

《芝芷》：芝芷陟沚殖彘，芝致帙智，芷致枳痣。芷忮芝智，芝知芷忮，稚之，挚止之。值芝芷之峙，芷执芝至枳絷芝，制桎桎之，芝之桎，蛭豸致芝肢痣。芝智智，咫纸旨侄至，至治芝肢，肢痣治。智芝支侄制芷。芝侄置雉炙彘，脂汁吱吱。芷至执卮直致之。炙彘之脂汁致窒，芝掷帙质之，指芷之忮。芷知芷至至鸷，纸志之。芷贽芝栉，芝芷黹帜，识之（翻译出来后便是：芝和芷，两个妙龄的女郎，登上河心青青的小岛，悠悠然放牧肥猪。芝锦绣心胸喜爱读书，冰雪聪明如智慧女神，芷溺口腹欲常吃酸橘，因饮食不调面上长痣。两少女本是多么明艳，可惜嫌隙如毒蔓开始生长，其中一个芷，心中已经对立，正好嫉妒攻心，暗暗憎恨芝聪明胜过自己。芝如此聪明怎会不察，只是她一心善良如春水清澈，以为对方只是年幼无知，一腔真挚劝导芷，莫要嫉妒蒙蔽双眼。因极小的事情此日两人争竞，芷狂性大发竟然动手，捉住芝绑在枳树之下，做了木枷将兰芝囚住，蚂蟥毒虫纷纷闻香出动，芝被枷怎能抵御，可怜粉臂玉腿被虫咬结疤生痣。芝毕竟聪明过人，计上心来写下一纸血书，飞鸽飞越万水千山，召来她那古灵精怪的小侄子，小侄子年少本领却高，调治芝肢体竟然痊愈，芝教侄子要好生管制芷。小侄子果然奇计百出，知道芷贪嘴爱吃，置办了一席丰盛的晚宴，摆上了烤得喷香的野鸡，更有那美味的烤乳猪，怎不令人食指大动。烤乳猪火旺肉香，油膏汁水香气诱人，架在火上吱吱作响，芷果然闻香而来，端起酒杯就直奔乳猪，狼吞虎咽大块朵颐。哪知那猪肥胖无比，脂肪层厚过棉被，烤乳猪肉汁丰富，芷猛吃哪里提防，一口油水膏汁油腻，正好卡住喉咙不能呼吸。芝一腔悲愤涌上心头，将书册香卷怒掷在尘埃，娇叱芷种种的嫉妒败德，芷被责如醍醐灌顶，猛省自己已然太过暴力，于是提笔承认错误，写下一纸悔过之书。两姐妹此后言归于好，芷赠送姐姐一把木梳，宝石镶嵌精美绝伦，两姐妹同心协力致力女工，缝制一面牧猪彩旗，从此彩旗在牧场飘飘，记录下这一段精彩传奇)。

《于瑜与余欲渔遇雨》（作者：杨富森）：于瑜欲渔，遇余于寓。语余："余欲渔于渝淤，与余渔渝欤?"余语与瑜："余欲鬻玉，俞禹欲玉，余欲遇俞于俞寓。"余与于瑜遇俞禹于俞寓，逾俞隅，欲鬻玉于俞，遇雨，雨逾俞宇。余语于瑜："余欲渔于渝淤，遇雨俞寓，雨逾俞宇，欲渔欤？鬻玉欤?"于瑜与余御雨于俞寓，俞鬻玉于余禹，雨愈，余与于瑜踽踽逾俞宇，渔于渝淤（翻译出来后便是：于瑜想去钓鱼，到我家找我，对我说："我想去渝水的滩涂上钓鱼，你和我去吗?"我说："我打算卖玉，俞禹想买我的玉，我得去他家。"于是我同于瑜一同来到了俞禹家，见到了俞禹，想要把玉卖给他。这时天下起了雨，大雨漫过了禹家的房子。我对俞禹说，我本来打算去渝水的滩涂上钓鱼，现在在你家遇上大雨，是该钓鱼呢？还是卖玉呢？于瑜和我在一起在俞家避雨，我把玉卖给了禹禹。等雨停了，我和于瑜慢慢走出俞禹的家，去渝水的滩涂上钓鱼）。

《季姬击鸡记》：季姬寂，集鸡，鸡即棘鸡。棘鸡饥叽，季姬及箕稷济鸡。鸡既济，跻姬笈，季姬忌，急咭鸡，鸡急，继圾几，季姬急，即籍箕击鸡，箕疾击几伎，即齑，鸡叽集几基，季姬急极屐击鸡，鸡既殛，季姬激，即记《季姬击鸡记》（翻译出来后便是：季姬感到寂寞，罗集了一些鸡来养，是那种出自荆棘丛中的野鸡。野鸡饿了叫叽叽，季姬就拿竹箕中的小米喂它们。鸡吃饱了，跳到季姬的书箱上，季姬怕脏，忙赶鸡，鸡吓急了，就接着跳到桌子上，季姬更着急了，就借竹箕为赶鸡的工具，投击野鸡，竹箕的投速很快，却打中了几桌上的陶伎俑，那陶伎俑掉到地下，竟粉碎了。季姬睁眼一瞧，鸡躲在几桌下乱叫，季姬一怒之下，脱下木屐鞋来打鸡，把鸡打死了。想着养鸡的经过，季姬激动起来，就写了这篇《季姬击鸡记》)。

《侄治痔》：芝之稚侄郅，至智，知制纸，知织帜。芝痔炙痔。侄至芝址。知之知芷汁治痔，至芷址。执芷枝，蜘至，踯侄，执直枝掷之，蜘止。侄执芷枝至芝，芝执芷治痔，痔止。(翻译出来便是：芝有个年幼的侄子叫郅，很聪明，会造纸，会织布。有一天阿芝长了痔疮，用火燎烧了一下，结果反而越来越严重了。郅到阿芝家里去，知道了这件事。郅知道芷的汁液可以治痔疮，就到长着芷的地方去采摘。突然来了一只大蜘蛛，大蜘蛛绕着大郅来回走，郅拿起一根笔直的枝条扔了过去，砸到了蜘蛛的脚，蜘蛛停住不敢向前。郅拿着芷的枝条给阿芝，阿芝用芷的枝条治好了痔疮)。

《羿裔熠》：羿裔熠，邑彝，义医，艺诣。熠姨遗一裔伊，伊仪迤，衣旖，异奕矣。熠意伊矣，易衣以贻伊，伊遗衣，衣异衣以意异熠，熠抑矣。伊驿邑，弋一翳，弈毅。毅仪奕，诣弈，衣异，意逸。毅诣伊，益伊，伊怡，已臆毅矣，毅亦怡伊。翌，伊亦弈毅。毅以蜴贻伊，伊亦贻衣以毅。伊疫，呓毅，癔异矣，倚椅咿咿，毅亦咿咿。毅诣熠，意以熠，议熠医伊，熠懿毅，意役毅逸。毅以熠宜伊，翼逸。熠驿邑以医伊，疑伊胰痍，以蚁医伊，伊遗异，溢，伊咦。熠移伊，刈薏以医，伊益矣。伊忆毅，亦呓毅矣，熠意伊毅已逸，熠意役伊。伊异，噫，缢。熠癔，亦缢。(翻译出来后便是：后羿的后裔中有个叫熠的人，居住在少数民族彝族地区。熠是个义医，经常为百姓免费看病，医术精湛。熠的姨妈死后留有一个女儿名叫伊，伊长得很漂亮，神态可人，穿上漂亮的衣服，简直就是天上的仙女，人间的凡夫俗子根本没法比。熠喜欢上了表妹伊，他给伊买漂亮的衣服，可是伊并不领情，抛掉了表哥给他的衣服，穿上怪异的衣服以表示不喜欢熠，熠感觉很郁闷。为躲避表哥的纠缠，伊离开家乡，躲到一偏僻的地方，找一叫毅的人下棋，毅长得很帅，相貌堂堂，精通下棋，很有造诣。毅穿着不同寻常，看上去意气风发。毅开导伊，使伊受益匪浅，伊很高兴，偷偷喜欢上了毅，毅也喜欢上了伊。第二天，伊继续和毅下棋，毅送给伊一只蜥蜴作为礼物，伊则把自己的衣服回赠给毅。伊病了，梦中喊着毅的名字。伊精神不正常了，靠着椅子咿咿细语，毅陪着她，也跟着她咿咿细语。毅早就听说过熠的大名，于是找到他，说明来意，求熠救救伊。熠要挟毅，提出条件，要求毅在治好伊的病后离开。毅思量着只有熠可以治好伊，答应了熠的要求。熠用了各种办法医治好了伊。伊想起了毅，又在梦中叫者毅的名字，熠暗示伊毅已经离开了，自己很喜欢她。伊想到再也见不到毅了，生活得没意思。于是就上吊自杀了。熠精神也恍惚了，也自杀了。）

《御雨遇伛妪》（作者：龚森林）：予与俞玉羽渔鱼，俣雨，欲于宇寓臾。遇伛妪驭舆于宇御雨。妪语彧，予吁欤。妪语余，竽于娱，聿郁，迂于宇域。予与俞玉羽誉语揄妪。誉余，予吁："予愚吁欤?!"（翻译出来后便是：我和俞玉羽去捕鱼，却遇上了下大雨，准备到野外的小屋子里暂避片刻。这时一个驼背的老妇人赶着车子也来到小屋子里躲雨。说话之间老妇人显得很有文采，我感到非常地惊讶。老妇人说话之余，拿出一支竽来吹着玩，竽声轻快悠扬韵味浓郁，久久地回旋于整个小屋之中。我和俞玉羽用非常优美的语句称赞老妇人。赞扬之余，我不禁感叹道："我为什么就这么笨啊?!"）

《启妻弃棋》（作者：龚森林）：岐栖启，启棋奇。其妻绮，棋齐启。妻启期起棋。其期，妻启起棋，启欺妻，妻气，泣弃棋，迄畦起芪。（翻译出来后便是：陕西岐山的地方住着一个叫启的人，启的棋艺很高，非常奇特。他的妻子容貌长得很美丽，棋艺和启不相上下。启和妻子经常在一起下棋。这一天，启和妻子又开始下棋，下棋的时候启却欺负妻子，妻子很生气，哭泣着扔了棋子，到田园中挖黄芪去了。）

《石氏嗜诗》（作者：龚森林）：史士氏石，师施氏事诗。师诗时，石氏侍。时始识诗，时始嗜诗。食时是诗、驶时是诗、适市是诗，时时是诗。嗜使诗示。适石氏室视，轼饰是诗、室饰是诗，炻是诗。时适试，氏试是仕。适时，氏蚀，侍仕时，逝。时识士谥氏：诗嗜（翻译出来后便是：古时候有个读书人姓石，拜一个姓施的做老师学作诗。老师作诗的时候，他总是陪伴在左右。从这时开始他才知道什么叫诗，也从这时开始酷爱上了诗。他吃饭的时候背的是诗、驾车的时候背的是诗、就连到市场上去买东西的时候也背着诗，他真是无时无刻不在背诗。他还喜欢把自己作的诗题写在物件上让人看。如果到石氏的住处观看，他的车子上写着诗、家里的装饰上到处写着诗，就连他家的水缸、罐子上都写着诗。这时正赶上朝廷开考，石氏应试得中。也就在这个时候，他的身体也因为过度用功而严重损伤。就在他准备赴任的时候，却遗憾地去世了。当时有认识他的人在他去世后给他起了个外号叫：诗嗜）。

志贪（作者：龚森林）：贪贪忐探探，坦探探贪贪。探探摊贪袒，忐贪坍叹瘫（翻译出来后便是：贪官贪污的时候很惧怕被警察查出来，无私的警察总是按合法的程序搜寻着贪官的贪污证据。警察查出贪官犯罪证据时便揭露出来，整日提心吊胆的贪官发现事情败露后叹息着瘫倒在地）。

单音文的机器生产

自赵元任发明单音文以来，几十年过去了，虽然爱好者不少，可是由人类创作的单音文仍然只有区区十余篇。确实，单音文由人类来撰写难度极大，因为，众多同音字对人的思维干扰非常大。但是，对机器来说，就不再存在这些干扰了。

那么，单音文的存在是偶然的还是普遍的呢？根据第一章中的字典猜想，我们知道，若将某些同音字当成“字库”，那么，只需要利用简单的移位操作，便可以创造出有含义的文章，因此，单音文的存在就是普遍的了。准确地说，基于“字典猜想”我们有：

单音文存在性猜想：基于汉字的每个音（共 400 余个音），都能写出该音的“单音文”（发音相同，但四声不限，标点不限）。

下面便是我们借助计算机写出的，按照拼音顺序排列的，百余篇单音文。为了节省篇幅，我们省去了这些文章的白话翻译，同时，作为补偿，也为了让读者更加容易进入相关“意境”，我们给每篇文章都取了一个“俗名”并附上相应的发音，当然，若严格要求，也可去掉这些“俗名”，代价便是：更难理解。此节中的这些文章，可能是世界上最枯燥无味的文章，一定会读得你头晕脑涨，当然，你也可以一扫而过，只要能够给你留下深刻的印象就行了。

嫪毐歪传［ai］：毐爱嫒，嫒暧，毐哎！艾爱毐，毐哀，艾唉！嫒皑，毐矮，碍嫒爱毐。毐蔼，艾癌，隘毐爱艾。嫒挨毐爱，毐挨艾爱，唉，埃蔼！

和尚尼姑恩仇记［an］：俺谙鞍，安桉鞍，庵按俺鞍：鞍案。鞍案黯俺，俺暗安鞍，鞍安！庵暗揞鹌、鮟，俺安？俺案庵，庵黯、庵犴！案安，俺安庵，庵安俺：庵、俺安安！庵谙俺，俺谙庵：俺埯桉，庵揞氨，安桉岸岸！

夫妻鸳鸯斗［ao］：媪骜，敖傲，敖熬媪，媪熬敖！敖媪鏖：敖拗媪鳌，媪拗敖螯；敖懊媪袄，媪嗷敖獒；敖遨嶅，媪翱澳；敖聱媪，媪聱敖；敖凹，媪坳。敖奥？媪奥？敖媪懊，敖媪嗷！

勤劳勇敢的老父亲［ba］：爸扒芭，芭叭！爸巴芭疤，芭吧，芭吧。爸拔茇，耙茇，茇巴粑，粑巴杌，杌巴靶。爸跋灞坝，笆八鲅，霸把八鲅，拔爸肱，爸罢！霸霸爸笆，爸把笆；霸扒爸疤，爸巴疤。霸霸爸杌，霸爸靶，爸耙霸，霸罢！

野田趣事［bai］：伯掰白柏，柏摆，伯败，伯拜柏。稗拜，伯掰稗，摆百稗。伯摆柏，柏摆稗。拜拜！

雷锋班的故事［ban］：钣绊班，半班扳钣；板绊班，半班搬板。半班颁半班斑瓣，斑瓣伴半班；半班拌瓣，扮瓣瘢斑般。半班颁半班版板，版板伴半班；半班办板版，板版斑斑。班搬坂舨、斑板、半钣，办钣舨！

沙家滨剿匪［bang］：滨帮傍膀，谤邦，绑镑，梆磅，棒蚌。邦榜绑帮，邦膀棒帮，邦膀梆帮。滨傍邦，磅蚌，绑蚌，梆蚌。邦棒！滨蚌棒！棒棒!!

西门豹兄弟逛青楼［bao］：雹瀑，豹饱，豹胞饱。豹胞、豹趵鸨堡。豹褒鸨宝，豹胞包鸨苞。鸨抱豹，豹胞暴，豹胞爆鸨堡！鸨抱豹胞，豹暴，豹爆鸨堡！鸨抱豹、豹胞。鸨煲鲍，豹胞剥苞，豹刨雹。鸨包豹薄褓，豹报豹胞，豹胞、豹保鸨堡。

鲜卑人苦命［bei］：北碚卑辈悲，辈辈背碑，辈辈被焙，辈辈惫，辈辈狈！邶卑辈卑，邶卑背：臂被焙、被被褙，倍惫，倍狈，倍悲。卑焙杯蓓，备卑碑！邶卑背北碚卑备贝，悖卑碑，北碚卑背邶卑倍备贝。邶卑、北卑，背、狈、卑、惫、悲！

莽汉写真［ben］：栟贲笨，倴贲笨：栟贲锛坌，倴贲奔畚！坌本奔畚，畚本锛锛！栟贲奔倴，锛倴贲；倴贲奔栟，畚栟坌。贲笨，笨贲！

时来运转的使者［beng］：伻绷琫，嘣，琫崩！伻泵蚌，蚌蹦！伻绷甏，甏迸，甏镚蹦！伻绷！甭绷，甭绷，琫甭崩，蚌甭蹦，甏甭迸。伻蹦，伻蹦，蹦蹦蹦！

深宫惨剧［bi］：鼻辟鄙币，避璧，庇婢，闭狴，裨妣，弼陛。辟秘，辟痹妣，妣蔽辟，妣逼辟，妣狴辟，妣匕辟，妣毙辟。婢毖妣，妣臂必匕，荜婢篦妣，婢避妣鼻弊，婢比辟、妣，婢鄙妣，婢蔽蓖璧。妣笔毕，妣痹，婢毙妣。陛狴荜婢，陛愎，陛婢彼毖。陛裨婢秕，陛逼婢比碧臂。妣毙辟，婢匕妣，陛狴婢。毕！

蝙蝠神话［bian］：汴边蝙，蝙变匾。匾边遍蝙，蝙变鞭。鞭编辫，辫辨蝙蝙，鞭蝙。蝙蝙辩，蝙褊，蝙贬蝙，蝙便煸蝙，蝙扁。

文娼武妓［biao］：婊摽彪骠，婊飚彪骠，飚骠镖鳔。婊裱表，标骠膘，表鳔。婊彪，标婊！

王八窝里斗［bie］：鳖憋，鳖别瘪鳖，瘪鳖蹩！蹩鳖憋，蹩鳖瘪。蹩鳖别鳖？别，别！

孙膑送葬［bin］：膑彬，膑鬓彬，膑傧彬彬。膑、傧殡宾濒滨，滨槟缤缤，膑斌斌摈槟。膑：宾，宾……

长子勤家［bo］：伯跛，伯魄，伯脖勃。跛伯搏舶，舶泊博渤；博渤波薄，薄波玻箔。伯剥钵菠，剥菠泊簸；伯拨簸菠，拨拨菠簸。伯驳帛柏，帛薄柏勃；跛伯播菠，博菠勃勃；伯剥铂箔，箔薄铂薄；伯膊拨饽，拨饽钵脖。

敢问薄都督翻船［bo］。波播：剥薄钵！剥薄伯钵？剥薄伯钵！薄拨舶驳？薄舶泊渤！薄膊搏？薄膊魄！薄脖勃？薄脖跛！薄波泊？薄波泊！薄铂博？铂博，帛博，帛卜博，铂簸博，铂钹博，铂菠博，铂饽博，玻鹁博……拔拔铂啵！薄拨铂泊柏？拨薄播菠？拨薄剥饽？拨跛伯泊舶？跛薄驳？跛薄搏？博博跛薄搏搏？

埔埗双城记［bu］：埔卜，埗不卜，埗怖埔卜，卜簿布埔；埗哺，埔不哺，埔怖埗哺，埗补埔哺。埔怖埗，埔怖埗！钚布埗堡，埗部步埔，捕怖；埔埠补布，补埗部，不补埗卜。埔补埗，埔补埗！

蔡老汉迷彩票［cai］：蔡采菜，采彩菜，猜菜彩，睬菜财。蔡才采菜，蔡裁材，裁彩材，猜材彩，睬材财。蔡才裁材，蔡踩菜，踩彩菜，猜彩财。采菜猜彩，裁材猜彩，踩材猜彩，踩菜猜彩……蔡才彩才！

农家乐［can］：骖灿，骖餐移，骖残篸，骖惭。蚕惨，蚕篸残，蚕餐残移。蚕参骖，骖残蚕；骖参蚕，蚕惨惨！蚕残，蚕篸残，蚕餐残，惨！

曹孟德下岗［cao］：曹操漕草，草艚糙，操曹嘈嘈。曹操漕槽，槽艚糙，操曹嘈嘈。曹操操漕，艚糙、槽糙、草糙……曹操嘈嘈：草螬！操，操！

通臂拳师张策改行［ce］：策测厕，测厕侧，侧测厕，测侧厕。策策厕，策厕侧，策侧厕，侧策厕，策厕册。册册厕册，测厕册，策恻，策恻策！

奇峰雨景［cen］：岑，参岑，参岑涔，涔岑参参。岑，涔岑，涔岑参，参岑涔涔。岑参参，岑涔涔。

懒汉登山［ceng］：噌……噌……蹭，蹭，蹭，层层蹭，蹭层层。曾噌，曾噌，曾噌，噌！曾噌嶒，噌嶒嶒！噌…… 蹭……

古刹维修［cha］：察刹，诧刹差！刹叉差，刹衩差，刹茶差，茶杈差，茶茬差！查刹岔碴，岔差，碴差！搽刹，喳，喳，喳……搽叉，嚓，嚓，嚓……叉衩，插茶……刹姹！姹刹茶姹、岔姹、叉姹……

新聊斋［chai］：豺瘥，豺差虿拆柴。虿：茝柴？豺：钗柴！虿侪拆钗柴。虿差豺拆钗。豺：茝钗？虿：茝钗！瘥豺拆茝钗。

昭君出塞［chan］：单搀婵，婵颤颤，单搀婵禅。孱婵馋蝉，婵缠单，单谄婵，单产孱蝉。潺蟾缠婵，婵颤颤，婵谗潺蟾，单铲潺蟾，单忏潺蟾。蝉掺蟾，蟾掺蝉；蟾产蟾，蝉产蝉；婵搀单，单挽婵。

嫦娥思凡［chang］：嫦常唱，唱肠怅。嫦常怅，怅娼猖，怅娼伥。嫦裳敞，裳厂昌，厂场畅，场菖长，嫦徜场，嫦偿厂。嫦常尝鲳，鲳肠长长；鲳肠偿鲿，鲿昌徜畅。嫦唱：厂畅，鲿昌，鲳长，菖猖，裳敞……

晁盖造反［chao］：晁嘲朝，晁抄朝巢，朝吵抄晁。朝钞超晁，晁抄朝钞。朝巢吵，晁巢潮；晁吵朝，朝吵晁。

试车场汰劣车［che］：扯，彻扯，扯车，车坼，撤坼车。扯，彻扯，扯车掣，车掣坼，撤坼车掣。

逆臣［chen］：臣，郴臣，臣碜，称碜臣。碜臣嗔，嗔陈宸；陈宸尘，宸尘沉；沉尘橙，尘橙陈。碜臣瞋琛，臣瞋琛宸；趁晨称琛，忱嗔琛宸；碜臣抻衬，趁衬伸琛；臣瞋晨辰，瞋晨辰嗔。碜臣伸沉琛，沉琛衬晨辰；碜臣称沉橙，沉橙尘沉沉。

丞相难当［cheng］：丞呈城，丞承城，丞撑城，逞城诚。丞称蛏，称蛏秤，秤称橙；橙成蛏，诚丞瞠，丞惩诚。丞骋盛蛏，骋程盛蛏，盛蛏澄澄；丞成蛏橙，丞成橙丞，丞成秤丞。丞撑城逞诚，撑城呈蛏橙；诚丞乘城诚，丞称橙木撑诚。

圣威［chi］：持敕弛，敕斥痴，敕笞痴，敕叱痴；斥痴迟，笞痴齿，叱痴耻；斥痴吃豉，笞痴吃翅，叱痴持尺；斥痴吃侈翅，笞痴持赤池，叱痴持炽匙。炽匙哧赤池，哧……

灭虫记［chong］：虫，重重虫，虫宠铳，铳充虫，忡虫虫。虫，舂虫，舂舂虫，铳舂虫，舂虫虫。舂虫憧崇，宠舂虫铳！

潘金莲出嫁［chou］：瞅，瞅丑，瞅丑臭。愁，惆，愁臭丑，惆丑臭。仇，仇臭丑，仇丑臭。抽，抽臭丑！踌筹，踌稠筹，稠筹绸。酬仇丑，酬抽丑；稠酬仇丑，稠酬抽丑。

楚歌［chu］：楚出厨，楚厨褚。褚怵畜，褚杵畜，畜搐搐，厨触畜，褚厨畜。畜刍绌，褚锄刍，褚储刍，处畜刍。褚厨雏，雏怵厨；厨处雏，储初雏。厨础出蜍，褚怵础蜍，出锄除蜍，蜍搐厨础，褚厨踷踷！

王宝钏痨病［chuan］：舛传，钏喘。钏遄川，钏喘！钏串船，钏喘！钏传椽，钏喘！钏穿钏，钏喘！钏船穿，钏串椽传船，钏喘！钏篅穿，钏遄串篅，钏喘！钏椽穿，钏传椽串椽，钏喘！钏……喘……喘……

李闯王落败［chuang］：闯创，闯创疮，创闯怆，怆创疮。闯床创，闯窗创，闯幢创，闯怆，闯噇，闯怆噇，闯怆……

新编《八大锤》［chui］：棰、锤、椎、槌垂陲。棰炊，锤吹，椎垂，槌捶槌。棰吹棰炊，锤吹垂棰，椎垂椎槌，槌捶棰槌。棰锤捶椎槌，锤棰捶椎槌，棰槌捶椎槌，棰棰捶椎槌……椎吹、槌吹、锤吹、棰吹！

满汉全席［chun］：椿，春椿，春椿纯。鰆，鰆唇，鰆唇淳。鹑，蠢鹑，蠢鹑醇。莼，春莼，春莼纯。醇，纯醇，纯醇淳。春鹑、春鰆、春莼、纯椿、纯鹑、纯鰆、纯莼……

铁沙掌练功秘笈［chuo］：戳，娖戳，逴戳，踔戳。戳惙辍，啜歠，啜绰歠。戳龊歠，啜龊歠；

惙戳辍，啜戳辍。婥戳绰龊，绰戳踔龊。戳辍啜龊歠，啜龊歠辍戳。

针灸奇效 [ci]：刺，磁刺，磁刺刺雌，雌辞雌疵，雌赐瓷祠。刺，瓷刺，瓷刺刺疵雌，疵雌辞雌疵。此次伺雌，伺雌此茨；雌赐此茨，次糍赐茨。磁刺词，次瓷词；赐次祠，次赐祠。磁刺辞雌疵，疵雌辞雌疵；磁刺刺祠糍，祠糍伺疵雌。

秦蜀马帮乐 [cong]：淙，淙淙，……骢从賨，骢从，賨从。賨悰，賨丛悰，骢聪，賨骢悰悰。賨匆丛葱，葱骢匆从葱賨，賨匆匆，骢匆匆。賨聪丛苁、枞、葱、囱、琮：苁从枞，枞从葱，葱从囱，囱从琮。琮悰賨，琮囱悰賨，琮葱悰賨，琮枞悰賨，琮苁悰賨。淙，淙……賨悰，骢悰。

周瑜死因新考 [cu]：酷，酷促殂，酷促猝殂。粗，粗促殂，粗促猝殂。踧，踧促殂，踧促猝殂。蹵，蹵促殂，蹵促猝殂。酷蹴殂，粗蹴殂，踧蹴殂，蹵蹴殂。殂簇徂粗：酷、粗、踧、蹵。

沸水煮蛙 [cuan]：蹿，蹿汆，蹿爨汆，撺蹿汆，撺蹿爨汆。窜，窜汆，窜爨汆，撺窜汆。蹿攒窜，窜篡蹿，撺窜蹿。

逼债 [cui]：催，催崔，啐崔，摧崔翠，摧崔璀翠，摧崔翠粹，摧崔璀翠粹。崔悴，崔瘁，崔瘁悴，崔淬脆翠，崔催翠萃。催，催崔，摧崔！崔啐，啐，啐……

冻疮普查报告 [cun]：村存皴，村村皴，寸寸皴，吋吋皴；存寸皴，存吋皴。村忖皴，忖村皴，忖，忖……

武大郎学钳工 [cuo]：矬，矬痤，痤挫矬，矬措挫痤。搓，矬搓锉，矬错搓锉，错搓磋矬。磋，矬磋锉，矬磋锉撮，锉撮嵯。撮，矬撮锉，撮错锉，措错锉，错锉磋矬，矬挫。锉，锉锉，锉错，错锉锉，锉错锉。矮措搓、磋、撮、锉，矮错搓磋，矮撮磋锉。矮错，矮挫，矮磋。

敖包飞鸿 [da]：嗒，嗒，嗒……搭褡鞑达，大褡达，搭沓达，打沓达。奆鞑达，达鞑达，瘩鞑达，奆鞑、达鞑、瘩鞑搭大褡。鞑褡奆，鞑打褡，鞑答搭奆鞑、达鞑、瘩鞑。鞑打，嗒，嗒，嗒……

戏龟 [dai]：呔，玳呆，玳待，傣逮玳，傣逮呆玳，傣逮待玳，玳殆。傣带袋，袋带歹玳，傣贷歹玳。傣戴黛，傣逮岱玳，岱玳怠，岱玳代呆玳，呆玳带怠玳，岱玳呆、怠、待。傣待玳呆逮玳，玳怠待傣逮。傣逮玳，玳待傣，傣歹，玳殆。

道士走火入魔 [dan]：丹，耽丹，单耽丹，但耽丹，殚耽丹，单殚耽丹，但单殚耽丹。担丹，担丹蛋，担单丹蛋，耽担丹。淡瘅，淡疸，淡胆疸，惮丹弹，丹弹诞疸。担丹蛋，旦担丹蛋，丹蛋淡，担淡蛋，担石淡蛋。掸丹担，丹担丹。

两党相斗 [dang]。党：凼党、裆党，凼党当凼，裆党裆荡。铛，铛……凼党荡裆党，裆党挡凼党，裆党宕凼党。当凼党荡裆党，裆党当凼党档，当档挡凼党，当档宕凼党。凼党荡，裆党荡，党党荡。

神偷 [dao]：盗到稻岛，盗稻岛刀，刀倒，盗蹈刀，盗祷，刀盗到。岛道导盗，盗盗岛稻，盗蹈岛稻，稻倒，盗叨，稻盗到。盗捣岛，捣岛道，蹈岛稻，捣岛刀，盗道倒！盗悼盗道倒，到岛悼盗道；盗叨叨，祷盗道。

退休计划 [deng]。登：登磴，登嶝，登磴嶝；登凳，登镫，登凳登镫，登镫登凳，噔，噔……噔，登，登……瞪：瞪灯，瞪凳，瞪嶝，瞪镫，瞪凳灯，瞪磴凳，瞪嶝磴，瞪磴镫。等：等凳登镫，等灯登嶝：等灯瞪镫，等等……

皇帝难断家务事［di］：娣诋帝弟，帝弟诋娣，娣诋娣弟，弟诋娣娣。娣睇弟笛，帝弟嘀嘀，弟提笛底，帝弟敌娣。弟递娣镝，帝提弟镝，帝嘀镝的，娣涤弟镝。帝邸低，邸底低，低堤地，帝缔邸堤抵敌，邸堤迪弟睇娣；嫡弟睇娣，娣诋帝弟，帝弟敌帝，帝谛睇弟。帝敌弟，弟敌娣，娣敌嫡弟，娣敌帝弟……

云南佃农命苦［dian］：滇佃癫，佃甸淀，甸淀玷，淀玷佃。佃典佃垫，典垫佃踮，佃踮点垫。佃惦典店，惦店殿巅，典店殿颠，殿巅颠店。佃点店垫，店垫巅碘，巅碘靛垫，靛垫玷佃。佃掂淀靛，靛淀佃癫；佃踮典店，典店电佃。

禽兽斗［diao］：雕刁，雕叼貂，叼貂掉，掉貂吊，吊貂掉碉。貂掉叼雕，貂叼雕，雕凋。貂刁，雕刁；貂叼雕，雕叼貂；貂钓雕，雕钓貂；貂调碉叼雕，雕调钓吊貂。雕刁雕，雕貂雕，雕貂叼雕，雕刁雕叼貂。

暗算［die］。谍：蝶谍、碟谍、牒谍。蝶谍谍蝶，碟谍谍碟，牒谍谍牒，谍迭谍。爹叠碟碟，碟谍跌爹，爹爹跌，爹爹喋。爹爹迭叠牒，牒谍迭爹牒，爹爹喋牒牒。爹爹跌蝶谍，蝶谍跌碟，蝶谍跌，蝶谍喋。

壮汉受刑［ding］：钉，钉腚，钉顶，钉丁腚，钉丁顶。锭钉丁腚，锭顶丁顶；锭钉丁疔，锭钉丁疔腚。叮丁，丁顶；盯丁腚，丁盯鼎；定钉丁钉，丁盯定钉。丁，丁……钉丁，丁鼎定，丁仃仃。

董老汉过冬［dong］：董懂冬，冬冻董，董动动，冬，冬，冬……董懂洞，懂东洞，东洞冻，董恫侗，侗胴冻，侗动董栋，咚，咚，咚……侗懂冬洞，侗懂冻董，董动侗栋，董恫冻侗。

窦皇后的私生活［dou］：窦逗蚪，窦逗蚪斗蚪，蚪都抖，抖蚪斗抖蚪。窦兜豆，兜豆篼，豆篼兜斗豆，豆篼抖豆，豆篼都抖。窦陡痘，陡抖抖，窦抖、篼抖、豆抖，都抖都抖。窦兜兜篼、斗，窦抖兜，篼抖斗，斗篼都抖。

杜牧放牛［du］：杜渡犊，犊肚堵，犊肚嘟嘟，犊肚毒堵，犊笃，犊肚笃；杜睹犊堵肚，堵肚犊睹杜，犊妒杜，杜督犊，杜度犊，杜度犊肚，杜赌犊肚嘟，犊肚嘟嘟。杜督犊，杜渎督犊；杜睹椟，杜渎睹椟；杜读牍，杜独读牍，杜独笃读牍。杜镀毒，椟毒、牍毒、犊肚毒，椟牍犊肚都毒。

北京堵车［du］：嘟……嘟，嘟……堵，毒堵，都堵，堵都，渎都，黩都。独堵，独都堵，都督堵，妒堵督，睹都堵，读堵都。都督笃堵，毒渎独都；都堵肚堵，肚妒都督；独犊杜堵，赌椟杜堵；堵堵都督，督督堵度。杜堵赌杜牍，都督黩堵都；笃犊督堵都，堵都堵堵堵！嘟，嘟……（杜都督）

制旗流水线［duan］：断椴，断椴端，端段断短，端短端段。断缎，缎短，短段缎，端短段缎。椴段断椴，缎段断缎；椴段短缎，缎段短椴；椴段端缎段椴，缎段端椴段缎。短椴断缎端，短缎断短椴，椴、缎端。

捣米舞［dui］：碓，碓，碓队堆。敦，敦，敦队堆。碓队对敦队，碓对敦。碓队憝碓，碓队兑敦碓；敦队怼敦，敦队兑碓敦；碓对敦，碓队对敦队。碓队憝碓镦，碓队兑敦镦，对镦对对对。

懒汉素描［dun］：蹲，敦蹲，钝蹲，盹蹲；蹲礅盹，沌蹲墩，钝蹲囤，敦蹲盾。盹，蹲盹，沌盹，钝盹，敦盹，顿顿盹。钝，钝炖礅，炖墩盾，礅蹲遁。沌，盹沌沌，蹲沌沌，炖沌沌，遁沌沌，蹲沌沌，礅沌沌。敦，蹲敦，礅敦，遁敦，盹敦，敦，敦……

恶城管执法［duo］：夺，夺舵，夺朵，夺铎，夺垛，夺垛朵；咄夺，跺夺，躲夺，剁夺，多夺，多多夺。咄，咄咄，咄哆哆，咄躲垛，咄哆躲，咄惰踱。剁，剁哆哆，剁朵堕，剁垛垛，剁躲垛，剁舵，剁，剁，剁……跺，咄跺，夺跺，跺，跺，跺……

俄国美女奇遇记［E］：俄娥饿，饿娥扼鹅，鹅愕，鹅屙，饿娥遏鹅，鹅恶，鹅恶娥。俄娥讹鄂娥，鄂娥饿俄娥，鄂娥扼鳄额，鳄腭厄鄂娥，鄂娥遏鳄，遏鳄腭，鳄愕。鄂娥婀，俄娥饿；鄂谔婀，俄娥恶。噩娥扼蛾颚，蛾颚厄，蛾腭锷厄。

戏鸸鹋［er］：尔二耳，儿二耳，尔儿二耳，二儿二耳，耳，耳，耳。耳饵鸸，饵饵鸸，饵二鸸，饵儿鸸，饵鸸迩而洱，鸸佴洱，佴洱尔，佴洱尔耳。儿佴耳佴，鸸佴尔；鸸佴尔佴，尔耳佴。

军阀丑态［fa］：伐，发伐，发筏伐，伐垡，伐法，阀伐阀。罚，罚垡，罚筏，罚发，罚伐发，罚砝，罚珐，阀罚阀。法，乏法，乏伐法，乏罚法，乏法砝，乏伐筏法，乏罚珐法。阀发筏伐垡，阀乏伐阀法。

案情陈述［fan］：樊犯反梵幡，梵幡翻，梵范翻，梵帆翻，梵泛反，反樊犯。樊犯贩番矾，贩番饭，贩番钒，贩番畈，贩番藩，贩番帆，樊犯泛贩凡番，番泛反，反樊犯。范犯烦樊犯，樊犯反范犯；樊犯翻范犯藩，范犯返翻樊犯繁幡；樊犯贩范犯帆，范犯翻樊犯饭。

妻妾争宠［fang］：方房芳，邡房仿方房，方房防邡房仿，邡房仿，仿，仿！方房纺坊昉，邡房访方房，邡房放舫仿方坊，方房妨邡房仿，邡房仿，仿，仿！方房纺坊防肪，邡房舫房防肪；方房妨邡房防肪，邡房防方房防肪。方防邡，邡防方；方仿邡，邡仿方；方放邡肪，邡放方肪。

可怜的戴安娜［fei］：妃绯沸，诽妃蜚，非妃飞，妃肺沸，妃肺废！匪吠妃肥，匪诽妃痱，匪非妃费，匪扉诽妃翡；妃废妃翡，妃飞淝非匪。妃狒肥，狒吠匪，匪诽狒。妃狒非匪狒，匪狒废匪费，匪狒废匪肺！

鼢鼠童话［fen］：鼢焚粪，汾鼢焚粪，汾鼢焚鼢粪，汾鼢纷纷焚粪，汾鼢忿忿焚粪，粪粉愤汾鼢，鼢愤愤，焚氛愤愤！汾鼢粉坟，鼢吩汾鼢粉坟，坟分份份，汾鼢粉鼢坟，汾鼢奋粉坟，鼢粉坟芬，粉氛芬芬。

冯先生戏烽火［feng］：冯逢疯蜂，疯蜂封冯，冯疯，冯疯封蜂，封蜂锋，烽风封蜂，冯疯封缝，冯讽疯蜂，讽疯蜂峰。冯逢疯蜂峰凤，疯蜂峰凤逢冯，冯奉疯蜂峰凤，冯奉凤丰俸。疯蜂峰枫丰，峰烽丰，风丰，烽风丰，冯奉疯蜂峰，奉疯蜂峰凤，奉疯蜂峰枫，封疯蜂峰蜂。

中国微博［feng］：封，封！疯封，封讽，封风，封沨，封烽。甮封奉，甮封丰，甮封逢；逢讽封，逢缝封，逢赗封。丰俸封讽，甮封丰俸；风峰疯封，奉峰甮封；疯封讽峰，逢奉甮封；俸丰奉丰，俸峰奉峰；丰逢丰俸，奉峰逢峰。丰奉俸甮封，讽风峰疯封！甮封，甮封……封，封……（冯凤凤）

家天下［fu］：妇赴父府，拂妇父服，父服附符，佛符赋福，福孵父富，富父辐妇夫，妇夫扶富妇，富妇抚夫，妇夫辅妇父，妇父咐妇夫，妇夫俯妇父。妇傅负妇父，妇傅弗服妇夫，妇傅缚妇夫，妇夫肤腐，妇敷夫肤，妇负夫袱，妇伏妇父，妇父俘妇傅，妇父斧妇傅，讣妇傅。

贪官 [fu]：富，妇富，夫富，父富，驸富，驸傅富，夫父富……妇肤浮馥，夫服茯脯，父孚佛符，驸抚芙凫，驸傅孵蝮、缚蝠。腐，妇腐，夫腐，父腐，驸腐，驸傅腐……妇负夫弗孚，夫附父扶腐府，父抚驸妇腹，驸付驸傅覆父福。浮，妇伏佛赋赋，夫赴阜付麸，父缚服匐涪，驸俘父府蝮。（傅馥馥）

丐帮传奇 [gai]。丐：垓丐、荄丐。垓丐：垓丐溉垓芥，垓丐盖垓陔，垓陔赅，垓丐改陔溉芥，溉芥荄。荄丐：荄丐戤垓丐，荄丐该荄丐垓，荄丐该钙，荄丐该概。垓丐盖荄丐，荄丐丐垓丐，荄丐改概盖垓丐。

江西印象 [gan]：赣柑甘，赣橄甘，赣橄赶赣柑。柑杆擀橄，橄杆擀柑，杆擀淦坩，坩赶橄泔、柑泔。赣淦干，淦柑干，淦橄干，淦矸干，淦竿干，杆杆干。

圣旨 [gao]。诰稿：高、部搞羔膏，高、部膏糕膏，高高部。高告部搞槁，部搞稿；高告部搞稿，部搞槁；高告部搞篙，部搞槁稿。高告部，部告高，告，告……羔睾槁，糕膏槁，篙高槁，槁高稿。

双簧戏 [ge]：葛哥割革，仡哥歌革；葛哥割革格，仡哥歌革格；葛哥割格膈，仡哥歌格膜；革格硌葛哥，葛哥隔革格，仡哥歌革格。葛哥隔舸骼，仡哥歌舸骼；葛哥搁蛤舸，仡哥歌舸蛤；葛哥隔阁鸽，仡哥歌阁鸽，仡哥歌各个鸽，舸鸽咯咯，仡哥咯咯；葛哥搁个戈，仡哥歌葛哥戈；葛哥胳疙疙，仡哥咯咯咯，咯，咯……

耿大爷 [geng]：耿耕埂，耕埂梗，埂绠梗，埂梗梗，耿赓耕，赓耕耕，耿耕埂，埂鹒哽，哽，哽……耿哽羹，羹鲠鲠，耿鲠鲠，耿哽鲠，鲠更鲠，耿哽哽，哽，哽……耿更庚。

弓匠 [gong]：弓工龚，龚恭供宫弓，龚拱贡宫弓，龚躬贡公蚣，龚公供宫汞，龚共贡宫弓、蚣、汞。龚攻巩弓，躬躬巩弓，弓弓，龚功。龚拱弓宫，拱宫弓，公弓拱，龚工躬拱弓，弓弓，恭龚。宫蚣攻龚，公蚣攻龚，宫蚣、公蚣共攻龚，龚弓弓攻蚣，龚供公蚣贡宫，龚功。

勾先生与狗 [gou]：勾购狗，狗够沟，狗够沟笱，沟沟垢，沟笱垢，狗狗垢，勾诟垢狗，勾钩垢狗，垢狗佝，勾诟狗佝，诟佝。勾购枸，枸狗篝，狗篝够；勾枸枸钩，枸钩够；勾枸笱，笱够；勾媾篝笱，狗狗够，够，够，够……

奸商 [gu]：贾雇孤，雇孤箍轱，轱箍固，轱咕咕，孤辜贾，贾鼓孤股，孤呱呱。贾沽轱，贾蛊姑沽轱，姑姑估轱，轱骨痼，轱股痼，贾辜姑姑，贾故辜姑，故辜姑。贾贾故鸪，贾沽痼轱，贾锢古梏，贾辜姑沽菇，故辜姑沽谷。贾股痼，贾骨鼓，贾蛊姑箍孤，贾痼，痼，痼……

荒野刑场 [gua]：呱，呱，呱……鸹呱呱，刮挂褂，褂刮刮，挂剐寡，剐寡刮，刮，刮，刮……鸹呱寡褂，鸹剐瓜瓜，鸹呱挂卦，鸹剐挂寡，鸹括挂剐寡，鸹呱呱，呱，呱……

人贩子受挫 [guai]：拐，拐拐，拐拐拐乖，拐乖。乖乖，乖怪乖，乖掴拐，乖拐拐拐，乖怪拐，拐拐！

牧民孤影［guan］：莞倌鳏，鳏倌冠纶冠，鳏倌惯观鹳，鳏倌观鹳冠，鳏倌灌罐罐，鳏倌管官棺，鳏倌贯盥管，鳏倌惯莞官。官馆关鳏倌，莞官管鳏倌，莞官贯鳏倌冠，莞官灌鳏倌，鳏倌惯。官管倌，倌管棺，棺关鹳，鹳观管，管灌罐，罐管灌莞，莞冠鹳观。

闲游［guan］：逛，广逛，光逛，犷逛，广犷逛，光广逛，光犷逛，光广犷逛，逛逛，逛……逛桄，逛广桄，逛犷桄，逛桄光。桄光，胱犷，光广……逛，逛……

龙宫奸臣［gui］：龟规瑰规：龟贵，鲑闺归龟，鳜篡归龟，鬼规归龟。鲑鬼，鲑归闺鳜；鳜鬼，鳜归篡鲑；鬼鬼，鬼跪龟刽规。龟诡，龟规鲑跪鳜柜，龟规鳜归鲑桂，龟规鬼刽鲑桧，龟规鲑规鬼轨，龟规鳜皈鬼，龟规鬼跪龟圭，龟规鲑刽鬼晷。鲑诡鳜，鳜诡鬼，鬼诡鲑，鲑、鳜、鬼归龟，鲑、鳜、鬼跪龟，龟贵，龟贵！

禹父碾坝［gun］：鲧滚辊，辊磙滚，磙棍滚，滚棍绲；辊滚滚，磙滚滚，棍滚滚，鲧衮滚滚，衮绲滚滚。

顺手牵羊［guo］：郭过郭国，过郭国裹果，裹过果裹锅，裹过锅裹埚，裹过埚裹帼，裹过帼裹椁，裹过椁裹蝈，蝈啯啯，啯，啯……郭国帼掴郭，帼果掴郭。郭过，郭国帼裹郭，掴郭，郭啯，啯，啯……

可怜天下父母心［hai］：咳，咳咳，咳……骇氦害孩，海氦害孩，氦害孩骸，氦还害孩骇，嗨，嗨嗨，嗨，嗨……海嗨。孩骇氦，氦害海，海还骇孩，孩骇，骇，骇，骇……

彪哥［han］：汉，悍汉，憨汉，罕汉，罕悍汉，罕憨汉，罕悍憨汉，罕憨悍汉。悍汉捍旱，憨汉酣鼾，罕汉含蚶，罕悍汉喊寒，罕憨汉焊翰，罕悍憨汉颔含，罕憨悍汉涵瀚。悍汉悍憨汉，憨汉憾；憨汉喊悍汉，悍汉鼾，悍汉汗酣，憨汉撼悍汉，悍汉颔，悍汉函憨汉。

杭州修路［hang］：夯，行行夯，夯行行，颃夯，夯巷巷，夯夯行巷，夯杭巷，夯巷远，夯巷吭，夯航远，夯远绗巷沆。

贪得无厌［hao］：郝好貉毫，郝好貉，貉好，毫好，貉毫好，貉嗥郝，貉耗郝，郝号貉，郝嚎，郝嚎。郝好蚝，郝好壕蚝，壕浩，蚝浩，蚝好，好，好，好……郝好蒿，郝好壕蒿，貉好壕蒿；郝嗥貉，貉嗥郝；郝号貉，郝耗貉。郝好壕，好蒿壕，好蚝壕，好貉壕，壕豪昊，壕浩豪，郝皓皓，郝好豪。

动物世界［he］：貉和鹤合喝河，貉呵鹤，鹤吓貉。褐河涸，禾壑涸，鹤核壑，鹤核涸河，鹤颌喝何？壑荷合，荷核合，褐核合。壑阂貉和鹤，貉阂鹤和禾，鹤阂饸和貉，貉赫赫，鹤赫赫。貉鹤合，貉鹤和；貉贺鹤，鹤贺貉；貉荷盒饸，鹤荷禾核；貉荷鹤，鹤荷貉。

嫦娥叹［heng］：姮脝，姮横脝，姮恒横脝，哼，姮哼，哼，哼……姮哼哼，姮哼。姮亨，亨姮横珩，姮衡横珩，亨姮哼，姮哼。姮哼桁，姮哼鸻，姮哼桁鸻，姮哼鸻桁，姮哼蘅，哼……

夏日雷暴［hong］：轰，轰……洪宏，宏洪；泓鸿讧，鸿讧哄，讧哄哄；虹红，弘虹红，宏虹；虹烘泓，烘宏虹；鸿哄鸿，轰，轰……

伴君如伴虎［hou］：侯喉瘊，侯喉厚，侯喉齁，喉齁齁。后厚，后齁厚，后候侯，后候侯猴，侯吼后，侯猴吼后。候厚猴，侯鮈厚猴，侯后候侯猴，侯猴吼侯后。侯猴鮈，侯鮈鮈，侯吼猴，猴候侯，候侯。

动物园［hu］：虎唬狐，狐扈虎；狐呼猢，猢护狐；猢护鹕，鹕鹄互护；鹄忽蝴，蝴护葫，葫护湖，湖浒互护，湖瑚护瑚湖。猢惚呼葫，猢唬葫核，猢忽琥壶，猢呼囫葫。湖弧狐糊胡户，狐糊户煳，胡户煳。沪蝴惚惚，蝴惚湖岸，猢呼蝴湖，虎胡唬猢，虎唬狐乎，虎呼，猢呼，狐呼。

华老写生［hua］：华画花，华画华花，画桦花，桦花哗哗，华哗哗画。桦哗，华滑，桦划画，桦画花，华划桦花画！华画骅，画华骅，华骅哗，哗骅猾，华滑猾骅，华画猾骅，画滑骅，华画骅画，华花化骅。华话画画，华话画铧画，铧滑，铧花，华画，华哗哗画，哗哗画，华画铧画，铧画华。

林农志忑［huai］：踝坏，徊淮，怀淮槐，怀淮槐坏，槐坏怀坏，徊徊淮槐。坏踝徊淮，徊淮坏踝坏；怀怀淮槐，怀怀坏槐，怀徊徊，踝徊徊。

太监沉浮录［huan］：宦欢欢，宦焕焕，宦唤欢欢，宦唤焕焕，欢宦焕，欢宦幻焕，焕宦幻奂寰……宦幻缓涣，宦还幻，宦还欢换患，宦还焕换涣。宦浣环，唤宦浣环；宦豢獾，唤宦豢獾，换宦豢洹鲩。宦患浣环，宦患唤唤，宦患换缓，宦患獾痪，宦患鲩欢，宦患换豢獾，宦患，患，患……宦痪，欢宦痪，焕宦痪，宦涣！

皇帝驾崩［huang］：皇恍恍，皇肓荒，皇惶惶，皇惶慌，凰慌，凰惶，凰徨，凰晃皇，晃晃皇，皇黄！凰谎皇遑，谎皇煌，潢皇幌，晃皇璜。凰徨隍荒，凰惶黄蝗，凰慌湟磺，慌慌惶鳇，凰遑遑谎。凰簧晃，凰恍！凰荒凰隍，凰遑凰幌，凰煌凰璜，凰潢凰幌。凰隍煌，凰鳇黄，凰璜晃。凰煌，凰煌煌！

秦桧毁宋徽宗［Hui］：桧毁徽，毁微麾，回回毁微麾，回回毁微：毁微辉，毁微晖，毁微诙，毁微卉，毁微茴，毁微惠，毁微慧……桧挥彗毁微，桧会回毁微，桧汇秽毁微，会贿蛔毁微，桧绘喙毁微，桧烩茴毁微。微悔惠桧，微悔诲桧，微讳桧晦。慧微挥麾毁桧，毁桧辉，秽桧喙，毁桧灰辉，毁桧荟卉。微慧回辉，回晖，回微恢！

馄饨的魅力［hun］：馄昏魂，昏浑魂，浑魂昏，魂昏昏。馄混荤，混浑荤，混荤馄诨：婚馄。婚馄昏婚魂，婚馄混荤、馄，婚馄浑浑，婚馄混混，婚魂昏昏。

霍元甲传奇［huo］。霍获活：攉活、和活、或火活。霍惑活，攉活、和活、或火活？霍惑豁，霍豁，霍伙夥，伙夥获活，活获和活：攉活、和活、火活。霍活火，霍伙火，霍货火，霍伙祸霍，霍霍祸霍，霍惑，霍火！霍豁货，攉祸伙，攉火活。霍获夥货，获活伙，霍活。

青楼乱［ji］：纪妓饥，饥妓急，稷济饥妓，纪急汲荠剂；嵇妓讥纪妓，纪嫉嵇吉，纪击嵇脊，嵇妓疾，疾岌岌，嵇脊肌畸，嵇记纪妓击；嵇集姬妓挤纪，纪妓寂，纪忌嵇暨姬，纪悸挤及讥；姬妓吉，妓技极，姬级跻纪嵇，姬寄伎激纪及嵇，纪嵇积计羁姬，稽姬妓绩，姬急。纪唧嵇，嵇忌姬，姬挤纪。妓击妓，计计急！

门当户对［jia］：贾家佳，贾家钾甲，贾家稼甲，稼架甲。假家嘉，袈佳，夹佳，驾佳，驾架佳。假家嫁贾家，假家加贾家价，贾家稼价佳。贾家嘉假家，假家驾价甲，袈价加。贾家假：袈假，假袈嫁假家，戛假家；贾家枷假，枷夹胛加颊，假家架枷夹贾家；贾家驾假驾嫁假家，假家戛贾家嫁。

太监斗牛［jian］：奸监见健犍，健犍践茧菅，奸监捡茧监健犍，健犍渐渐艰，奸监建槛监犍。监键柬谏歼犍，监柬贱，件件贱，监渐缄。犍肩坚，坚兼健，犍渐煎监，监睑渐渐减。监坚饯歼犍，监拣尖剑，检件锏，捡坚剪，监践歼涧犍，涧溅，犍歼，监捡贱犍，监鉴犍，剪犍睑，煎犍肩，奸监渐渐健，监建坚舰，键简柬谏犍。

蒋老头［jiang］。讲江疆蒋匠：酱豇匠，僵桨匠，缰匠，酱姜浆匠，酱绛豇匠。蒋匠犟：犟奖将，犟降将；犟酱姜浆，将姜浆酱绛豇，浆江桨，犟讲江桨僵，犟将桨缰酱。蒋匠讲：江茳绛，疆姜僵，酱豇浆绛。将蒋匠奖，奖蒋匠桨，降蒋匠犟。

郊游［jiao］：郊，胶郊，胶郊姣。郊饺皎，嚼皎饺，饺椒较焦，矫焦饺椒；郊蕉佼，铰蕉角嚼蕉，窖蕉酵蕉；郊椒娇，郊蕉骄，蕉搅浇椒，绞骄蕉浇娇椒；胶礁焦，礁角较礁脚焦，郊礁较蛟狡，叫郊骄觉觉，搅郊骄觉，校郊骄脚。胶礁姣，礁脚蕉佼，郊角椒骄，郊胶较焦，郊骄姣叫，郊窖窖椒、蕉，教酵饺、蕉、椒。

舅妈进津拜官［jin］：妗进津觐搢，妗靳斤金，搢矜，搢禁妗觐搢，禁妗仅仅觐搢，搢尽劲禁妗进津。妗谨进津浸巾，禁近襟烬，尽噤今晋，紧紧衿锦，靳缙巾。妗进津仅进缙，噤觐搢，尽劲近搢，紧紧近搢襟锦，紧紧近搢筋。妗今近觐搢！

进京赶考［jing］：经泾径进京，泾径竞荆菁，警泾径阱井，惊阱井荆茎，兢径镜井阱，敬泾径净旌，憬径京粳精，京径景晶晶，京境竟静静，径旌劲靖景。进京竟胫痉，颈胫竞劲痉，警睛净镜镜，兢兢晶晶睛。静静进京，精劲竞；兢兢精竞，憬旌径；敬经净镜，警京境。

舅舅［jiu］：鸠啾啾，鸠久啾啾；鸠纠旧厩，鸠就厩臼，鸠究臼韭，九鸠啾啾。鹫揪九鸠，鸠啾啾，鹫赳赳，鹫揪厩鸠。舅舅救鸠，舅舅揪鹫，鹫咎舅舅，舅就揪，舅久揪鹫，鹫久疚。舅舅灸鹫，舅舅救鹫；舅舅究阄，玖舅舅纠韭，舅舅就韭就酒，舅舅臼旧臼，舅舅纠舅柩。

猴精［ju］：狙居车，雎居枸，驹居巨局；狙、雎、驹俱惧疽，俱距苴，俱拒剧飓，俱聚剧句。狙踞巨锔，炬锔巨桔，掬锔桔咀，拒驹据锔桔。狙举矩具，锯桔橘；狙具车具，掬桔居车；狙聚菊桔，惧疽苴；狙倨拘雎，雎剧拒狙，雎据枸距狙，狙沮雎鞠局，狙聚驹拘雎，雎惧！

巨人国历险报告［ju］：巨，瞧巨，狙巨，驹巨，车巨，锔巨，疽巨，苴巨；巨瞧举剧飓，居巨枸；巨狙掬巨桔，居桔橘；巨驹倨咀菊，居车局；巨车聚矩具，锯具锯车炬；巨锔锔桔菊，掬菊举咀锔菊；巨疽踞狙、驹、雎，巨苴据巨居。狙拒瞧，瞧沮驹，驹惧狙，狙、瞧、驹俱倨，俱拒聚。

行善录［juan］：捐，狷捐，眷捐，涓涓捐，圈倦捐；捐圈，捐隽，捐绢，捐鹃绢，捐娟卷，捐绢卷，捐娟镌，捐镌鹃。绢圈捐卷，圈卷捐眷。

怪爵士［jue］：爵，爵矍，爵倔，爵獗，爵谲。爵掘蕨，嚼蕨；爵抉珏，撅玦。孓獗，爵绝孓；駃倔，爵决駃；诀绝，爵觉绝诀；蕨蹶，爵掘蹶蕨。爵决爵角，爵角厥。

皇帝哭穷［ku］：哭，哭……苦，苦……哭苦，哭酷；库枯，哭库枯，哭枯库；哭窟骷，哭骷窟；哭酷苦，哭苦酷；哭库酷枯，哭酷枯库；裤窟，哭裤窟，哭窟裤。哭，苦哭，酷哭，苦酷哭，酷苦哭，

库枯哭，裤窟哭，矻哭，哭，哭……（訾）

百姓盼医改与教改［pan］：蹒，蹒……胖蹒，胖蹒……盼！蹒盘磐，蹒盘畔，蹒盘泮，蹒盘爿；胖盘磐，胖盘畔，胖盘泮，胖盘爿。盼，盼！！蹒攀磐，胖攀磐；蹒判畔，胖判畔；蟠判畔，蟠判泮。盼，盼，盼！！！蟠叛盼，蹒叛盼，胖叛盼！盼判蹒盘，盼判蹒攀，盼判蹒蟠！盼……盼……（潘盼盼）

反腐倡廉［tan］：贪，贪昙，贪檀，贪毯，贪炭，贪碳……贪……谈贪，探贪，袒贪（忐贪→坦贪），摊贪……叹贪！弹贪？贪坍，贪瘫，贪潭坍！贪谈贪，贪弹痰，贪叹贪，贪探贪，忐贪坦。覃贪探谭，谭贪探覃；覃贪谈谭贪，谭贪弹覃贪；覃贪忐，谭贪忐。覃袒谭，谭袒覃，谭覃坦！（覃坦坦）

大学叹［tan］：叹，叹坛，叹坛瘫，叹坛坍，叹坛滩瘫，叹坛摊坍；叹坛贪，叹贪瘫坛，叹坍坛贪，叹贪坛潭，叹坛坦贪，贪昙坦坦，坦贪檀、毯、炭、碳……叹，忐叹，忐叹坛贪，忐探坛瘫，忐谈坛坍，忐袒叹坛，忐，忐，忐……忐弹叹，弹叹痰，忐弹痰，弹忐痰。贪坦，坦贪，忐叹，摊叹，摊忐叹，叹……（谭覃）

教授嘲笑行政化大学［xiao］：笑，笑校，笑校萧，笑校淆骁枭，笑校效枭，笑校削骁，笑校哮校骁，笔校消校骁；笑校孝校枭、孝校魈、孝校鸮；笑校枭嚣、校魈啸、校鸮嚣。校骁笑，校骁霄笑，骁逍逍，骁逍笑，骁潇潇，骁潇逍笑，啸箫笑笑，逍销小箫，潇潇销箫；晓销，晓硝，销硝。逍笑，潇笑，宵宵笑，笑……（肖笑笑）

校友哭母校［you］：邮有友，友忧邮。优邮诱蚴，邮由优游莠，邮釉黝。莠邮有鼬，鼬猷邮油；莠邮有蚰，蚰尤佑鼬；莠邮有蝣，蝣又侑鼬；莠邮有狖，狖悠酉柚；莠邮有蝣，蝣犹蚰、蝣、鼬、蚴。蚴幽邮，鱿邮友；鼬囿邮，邮攸疣。莠邮有优：卣优、輶优、莸优、莜优、幼蚴优、右蚴优。呦，忧悠邮，忧邮友！邮……（尤悠悠）

物价报道［zhang］：涨，涨！璋涨，樟涨，獐涨，杖涨，帐涨，幛涨；璋章涨，樟杖涨，獐掌涨，幛帐涨。张嫜帐胀，仉丈帐胀；张掌仉丈，仉丈掌张。张仉掌仗瘴：张仗杖障仉，仉掌张樟杖；张彰仉帐蟑，仉彰张嶂蟑；漳礋长帐仗……涨长张仉帐，帐嶂障张仉。张帐胀，仉帐胀，帐胀，涨……（张章丈）

恶政征税［zheng］：征，争征，狰征，睁征，整征，郑征，政征，诤征，峥征！征钲，征筝，征怔，征症！争征怔，狰征症，狰争症，争峥征，蒸挣征。挣？拯？征证？征政？整征？拯征政？征证睁？整争征征？拯狰征症？争征铮狰征，睁征铮整征，郑征铮政征。诤征政？诤征？征，征……（郑铮铮）

过去人们对单音文颇感神秘，因为，赤手空拳写单音文确实不易！但是，如果借助计算机，情况就完全不一样了！其实字典猜想，已经从理论上奠定了“单音文”的存在性基础，即，基于汉字的每个音，都能写出“单音文”。另外，从“词性分析”角度来看，每个音的汉字都足以形成一些“句子”（至少是某些特定环境下的“句子”，比如，惨叫、惊叹等），多个“句子”，连接起来就是“单音文”了。

正是因为，我们已经从理论上解决了“单音文”的存在性问题，所以，此节才胆敢采用“地毯式”方法对汉字的每个音来试图撰写“单音文”，而事实也证明，这种“穷举”没错。

“存在单音文”和“写出单音文”完全是两个不同的概念，由于本人的文学水平有限，此节中“单音文”的文学水平有待提高。因此，欢迎各位读者朋友亲自动手，写出更多、更好的“单音文”。